KB274765

碧天十雷

신가 新무협 판타지 소설

벽천십뢰 3

신가 新무협 판타지 소설

초판 1쇄 찍은 날 § 2007년 5월 12일
초판 1쇄 펴낸 날 § 2007년 5월 22일

지은이 § 신가
펴낸이 § 서경석

편집장 § 문혜영
편집책임 § 서지현
편집 § 심재영

펴낸곳 § 도서출판 청어람
등록번호 § 제1081-1-89호
등록일자 § 1999. 5. 31
어람번호 § 제2-1203호

주소 § 경기도 부천시 원미구 심곡1동 350-1 남성B/D 3F (우) 420-011
전화 § 032-656-4452 팩스 § 032-656-4453
http://www.chungeoram.com
E-mail § eoram99@chollian.net

ISBN 978-89-251-0636-6 04810
ISBN 978-89-251-0633-5 (세트)

벽산천뢰

신가 新무협 판타지 소설
新무협 판타지 소설
FANTASTIC ORIENTAL HEROES

碧山天雷

3
거침없는 행보

도서출판 청어람

碧天雷

목차

第一章 태극혜검

「사람이 아니야… 사람일 리 없어. 그래. 동방의 하늘에서 내려온 천신(天神)일 거야. 틀림없어.」

해동에서 온 백의의 사내. 한 번의 손짓에 열 개의 벼락이 떨어지고, 마교의 혈사는 그 앞에 침묵한다. 열 개의 벼락을 중원에 남겨두고 홀연히 떠났다.

그리고 오십 년 후. 다시금 중원이 어지러워지려 할 때 그의 후예가 중원으로 향한다.

푸른 하늘에 열 개의 벼락이 다시 떨어지는 순간 천하는 그 앞에서 무릎 꿇으리라.

'절대강자다. 방심하는 순간 나는 죽는다. 처음부터 전력을 다한다.'

단리운극의 머리에 스친 생각이다. 그는 환우가 내뿜는 기세를 느끼는 순간 그런 생각을 했다. 그래서 절대로 깨서는 안 되는 금기를 깨기로 했다.

정말 우연히 얻은 기연이다.

늘 수련하던 곳에서 우연히 만난 또 다른 사부. 그 사부가 대성을 하기 전에는 절대 펼치지 말라고 하던 검법을 펼치기로 마음먹은 것이다.

그 검법을 익혔기에 오늘의 자신이 있을 수 있었다. 동문

사형제들은 자신의 진정한 실력을 모른다. 그저 남들보다 성취가 조금 늦은 그저 그런 평범한 제자일 뿐이다.

하지만 상대는 자신의 진정한 실력을 알아본 것 같았다. 난데없이 무당의 검이라 불러 얼마나 당황했던가.

단리운극은 온 정신을 집중하여 자신이 익힌 '그' 검법을 펼치려 하였다. 검극이 상대를 가리킨 후 천천히 움직이려 한다.

그때 그 남자의 손이 품으로 들어갔다. 과연 왜 그런 것일까? 그러고 보니 들은 기억이 있었다. 그 남자는 열 자루의 단검을 이기어검과 비슷한 사술로 움직여 본 파의 장로인 무허진인에게 이겼다고 했었다.

분명 그 사술을 펼치려는 준비일 것이다.

하지만 상대방은 사술 따위를 사용할 사람 같지는 않았다. 그러지 않아도 충분히 강하다는 것이 절절히 느껴졌다. 단리운극 자신의 비밀의 사부 이상의 기세를 자신에게 쏘아 보내고 있었으니 말이다.

'검과 하나가 되어라.'

머릿속을 순간 가득 채운 잡생각이 사부의 그 말을 떠올리는 순간 사라졌다. 대신 온 정신을 검이 차지했다. 그리고 검 끝이 유려하고도 부드러운 곡선을 그리며 움직이기 시작했다. 검이 움직인다 싶은 순간 상대의 손이 품에서 빠져나오면서 다섯 자루의 목단검이 단리운극 자신을 향해 쏘아졌다.

단리운극은 익힌 대로 검을 움직였다. 상대의 공격에 당황하지 않았다. 이대로 움직이면 자신의 검이 다섯 자루의 목단검을 쳐내고 상대를 베어가리라.

상대의 입에 웃음이 떠올랐다. 기이했지만 상관하지 않았다. 상대는 강자고 자신은 약자다. 강자의 여유와도 같은 웃음에 일일이 마음을 빼앗길 수 없었다.

환우는 이 상황이 나름대로 재미있었다. 자신이 보기에는 가장 강해 보이는 자가 이들 사이에는 아무런 인정을 받지 못하고 있다니 나름대로 사정이 있는 듯했다.

그래서 그를 향해 공격을 했다.

과연 검의 움직임에서 현묘함이 느껴졌다. 이미 상당한 경지를 이루었을 것이라 생각은 했지만 익히고 있는 검법 자체도 무척이나 뛰어난 듯했다.

하지만 환우 자신에게 비할 바는 아니다.

검이 움직이는 순간 환우는 다섯 자루의 벽조목검을 던졌고, 과연 상대는 그것을 쳐내고 그 기세로 자신에게 검을 날리려 하고 있었다.

너무 뻔한 수다.

날아가던 벽조목검이 우뚝 멈춰 섰다.

그러자 단리운극의 검은 허공을 가르며 지나갔고 그 이후의 검로를 마음먹은 대로 움직일 수가 없었다.

단리운극은 믿을 수가 없었다.

빠른 속도로 자신을 향해서 날아오던 단검이 갑자기 허공
에 딱 멈춘다니, 그게 가능한 일이란 말인가? 정말 사람들의
말대로 사술을 부리는 듯했다. 그것이 아니라면 저런 기현상
을 만들어낼 방법은 단 하나였다.

'이기어검술.'

하지만 그럴 리 없었다. 이기어검술은 저 젊디젊은 나이에
이렇게 장난처럼 펼칠 수 있는 무공이 아니었다.

단리운극의 검이 허공을 가르자 환우의 벽조목검은 다시
빠르게 움직이기 시작했다. 다섯 방위의 급소를 노리고 단리
운극을 향해서 날아가는 검을 보는 사람들의 눈에는 놀람의
기운으로 가득했다.

어찌 날아가던 검이 멈췄다가 다시 날아간단 말인가.

특히 당가의 소가주인 당풍의 놀람이 가장 컸다. 당가의 암
기술에는 비도술도 포함되어 있다. 그랬기에 당풍은 지금 자
신의 두 눈으로 똑똑히 본 것이 얼마나 말이 안 되는지 누구
보다 잘 알고 있었던 것이다.

"사, 사술이야……."

하각이 떨리는 목소리로 중얼거렸다. 그는 자신의 눈앞에
서 벌어진 이 현실을 믿고 싶지 않았던 것이다.

주변의 상황이 어찌 되었든 단리운극은 다급해졌다. 이대
로 있다가는 다섯 자루의 단검에 자신의 몸이 꿰뚫리게 생긴
것이다. 그는 재빨리 검을 회수했다. 하지만 회수한 검으로

방어하기에는 너무 늦었다. 검의 회수는 방어를 위한 것이 아니라 반격을 위한 것이었다. 그와 동시에 그의 발이 어지러이 움직였다. 환우는 그의 발 움직임의 방위에서도 현묘한 어떤 기운을 느꼈다.

'과연.'

환우는 흥미가 점점 더 동했다.

단리운극은 그와 같은 발놀림으로 다섯 자루의 단검을 가까스로 피했다. 물론 환우가 마음만 먹었다면 절대 피할 수 없었을 것이다. 이건 어디까지나 환우가 봐줬기에 가능한 일이었다.

무당의 제자들 중 누구도 단리운극이 어떤 수를 써서 그와 같이 움직였는지 알아보지 못했다. 아직은 알아보지 못했지만 언젠가는 알아볼지도 모른다. 단지 누구도 설마 단리운극이 그것을 익혔으리라 생각을 못하고 있기에 알아보지 못한 것뿐이다.

"훌륭한 움직임이야. 재미있어."

환우의 말에 단리운극은 자신이 상대의 놀림감이 되고 있다는 것을 느꼈다. 참을 수 없었다. 자신은 자랑스러운 대무당의 제자다. 거기에다가 그 검법도 익혔다. 그런데 이런 대접을 받아야 한다니, 절대로 참을 수 없는 일이다.

"그럼 이제 내 검을 제대로 받아보시오."

그 말과 함께 단리운극의 검이 다시 움직인다. 정말로 전력을 다한 검이다. 다시 한 번 단리운극의 검은 부드러운 곡선을 그린다. 원과 원으로 이어지는 검의 움직임은 환상과도 같았다.

사방이 검영으로 뒤덮이며 천천히 환우를 압박해 갔다.

그때 무당의 무사들 사이에 웅성거림이 일기 시작했다. 이 정도로 본격적으로 펼치면 알아보지 못할 사람이 없었다. 적어도 무당의 제자라면 말이다.

"어, 어떻게 운극이 저 검법을 사용하는 거지?"

"설마……."

"아냐. 운극이는 익힐 수가 없는 검법인걸……. 더군다나 운극이 실력에… 말도 안 돼."

그와 같은 말이다.

치호는 그 웅성거림의 이유를 알 수 있었다. 치호도 알고 있는 검법이었던 것이다. 직접 보는 것은 처음이지만 사부에게 귀가 따갑도록 그 특징을 들은 검법이다. 이 정도까지 보여주면 모르려야 모를 수가 없었다.

환우는 치호의 그런 변화를 읽었다.

"아는 검법이냐?"

상대의 검이 뻔히 자신을 노리고 날아드는데도 환우는 태연히 치호를 향해 시선을 돌렸다. 그것은 상대에게 더없는 모욕이었다. 더군다나 지금 단리운극이 펼치고 있는 검법이 어디 보통 검법이란 말인가.

그런데도 환우는 너무나 당연하다는 듯 치호를 바라보면서 대답을 재촉하고 있었다. 그런 사숙의 모습에 이제는 익숙해졌기에 치호는 환우가 바라는 대답을 해주었다.

"네, 알고 있어요. 제가 알고 있는 그 검법이라면 저분 소협이 익히고 있을 리 없는데 말이지요."

"강한 검법이야?"

휘융.

환우가 치호에게 두 번째 질문을 하는 사이 단리운극의 검이 환우의 머리칼을 스치고 지나갔다. 원래는 이마를 베려 한 검이었으나 환우가 살짝 고개를 뒤로 젖히는 바람에 머리카락만 스친 것이다.

"네, 강해요."

"얼마나?"

그사이 다시 단리운극의 검이 환우의 몸을 스치고 지나간다. 이번에는 오른쪽 어깨였다.

"무당에서 가장 강한 검이에요."

치호는 확신에 찬 어조로 대답했다.

"그래?"

환우의 얼굴에 살짝 놀람이 더올랐다. 검의 움직임에서 보이는 현묘한 기운은 괜한 것이 아니었던 것이다.

'분명 태극혜검이야. 그런데 그 검법을 어찌 저 소협이……'

단리운극이 검을 움직이는 순간부터 그것을 주시하고 있던 남궁아연이 알 수 없다는 눈으로 고개를 갸웃거렸다. 그녀가 아는 한 저 사람은 절대 태극혜검을 익힐 수가 없었던 것이다.

단리운극의 세 번째 공격이 무위로 돌아가는 순간 환우는 순식간에 뒤로 몇 걸음 물러났다.

갑작스런 상대의 물러남에 단리운극이 환우를 바라보았다. 그의 두 눈은 분노로 가득했다.

"교대."

그런 상대의 시선에도 아랑곳 않고 환우는 너무나 간단히 한마디를 내뱉었다.

그의 말에 벙찐 얼굴을 한 것은 치호였다.

교대라고 했다.

교대라는 말의 뜻은 일을 서로 번갈아 한다는 것이다. 즉, 환우와 번갈아 가면서 저 단리운극이란 남자와 싸워야 한다는 것이다.

누가?

이 자리에서 누가 환우와 교대를 할까?

환우와 같은 편은 단 한 사람이었다.

누구?

바로 치호 자신이었다. 치호밖에 없었다.

치호는 설마하는 얼굴로 스스로를 가리키며 환우를 바라

보았다.

"저요?"

"그래."

환우는 당연하다는 듯 고개를 끄덕이며 말한다. 치호의 얼굴에 낭패의 기색이 어렸다.

"사숙, 저건 태극혜검이라는 검법으로 무당의 진산절학 중에서도 최고의 검법이에요."

"그래. 니가 제일 센 검법이라고 했잖아."

"그런데 저보고 싸우라고요?"

"그래. 넌 그럼 언제까지 이 사숙이 싸우는 것을 구경만 할셈이냐?"

어이가 없었다. 어처구니가 없었다.

지금껏 상대에게 시비를 걸고 도발한 것은 다름 아닌 사숙이었다. 그런데 지금 사숙이 싸우는 것을 구경하지 말고 자기보고 싸우라고 한다.

어찌 이런 경우가 있단 말인가.

"싫어?"

치호의 표정을 읽은 환우가 한마디를 더했다. 단순히 한마디만 더한 것은 아니었다. 그 표정은 험악하기 이를 데 없었다.

어쩌겠는가, 힘이 없는 것이 죄지.

"알겠습니다."

치호는 힘없는 목소리로 대답하고는 참으로 처량한 걸음
걸이로 환우의 앞을 가로막았다.

"소협은 무슨 일이십니까?"

단리운극이 환우를 향해 쏘아 보내던 기세를 거두고 정중
히 물었다. 이미 환우가 개방의 후개인 치호를 데리고 다닌다
는 것은 무당의 인물들은 모두 알고 있었다. 소림에서의 일을
모르는 무당의 제자는 없었다.

"후우. 이미 우리의 대화를 모두 듣지 않으셨습니까?"

더 이상의 대화는 무의미하다는 말이었다. 단리운극 역시
그 뜻을 알아들었다. 하지만 내키지 않았다. 자신의 눈앞에
말쑥한 모습으로 선 사내는 개방의 후개였다. 무당과 함께 구
파일방에 속한 명문정파의 다음 대 장문인으로 내정된 사람
이었던 것이다.

"하지만 전 장 소협을 향해 검을 들 수 없습니다."

"그래도 들어야 할 거예요."

치호가 고개를 가로저으며 말했다. 이대로 끝내지는 않을
것이다. 치호는 곁눈질로 힐끗 사숙을 보았다. 과연 환우는
고개를 끄덕이고 있었다. 단리운극이 치호에게 검을 들지 않
는다고 이 사태가 끝나지는 않을 것이라는 이야기다.

"아무 상관도 없는 사람을 끌어들이다니, 무인으로서 이
무슨 비겁한 짓이오!"

치호와는 정말로 싸우기 싫은 단리운극이 환우를 향해 외

쳤다.

"비겁은 무슨. 저놈은 내 사질이야. 사질이 사숙 대신 싸우겠다는데, 비겁은."

환우는 콧방귀도 뀌지 않았다.

"자신의 싸움을 억지로 사질에게 떠미는 것이 명문정파의 사람으로 할 짓이오?"

단리운극의 말에 환우는 피식 웃었다.

"명문정파? 이럴 때만 찾지, 왜? 난 등이의 오랑캐라서 인정해 줄 배분 따위는 없다면서? 그런데 이번에는 명문정파야? 내 신분은 니들 편한 대로 귀에 걸면 귀고리고 코에 걸면 코걸이냐? 택도 없다."

환우는 어림없다는 얼굴을 했다. 사실이 그러했다. 화풍천이 환우를 동이의 오랑캐라 조롱한 것이 불과 얼마 전이다. 한데 이제는 명문정파의 제자라니 말이 안 되는 짓이다.

이번만은 단리운극도 얼굴이 따끔해졌다.

"뭐, 네가 정 나와 싸우고 싶다면 눈앞의 그놈을 쓰러뜨려 보라고. 그러면 혹시 알아? 대견해서 내가 일 초 정도는 양보해 줄지."

환우가 은근한 웃음을 짓는다. 그 의미가 단리운극에 대한 조롱임은 누구나 쉬이 짐작할 수 있었다.

"네 이놈……!"

단리운극의 얼굴이 분노로 붉게 물들었다.

더 이상 사숙이 단리운극을 자극하게 놔두어서는 안 될 것 같았다. 그가 익히고 있는 태극혜검은 아무나 익힐 수 있는 것이 아니다. 분명 무언가 사연이 있는 인물일 것이다. 같은 무당의 동문들도 알지 못하는 그런 사연 말이다.

치호는 분명 무당의 전대 은거 기인과 관련된 일일 것이라고 생각했다. 현재 무당에서 그에게 태극혜검을 가르쳐 줄 사람은 없었기에.

그래서 치호는 한 발 앞으로 나서면서 양 손바닥을 펼쳤다. 그리고 가장 자신있는 무공의 기수식을 펼쳤다.

"장 소협?"

상대가 준비를 갖추고 자신을 바라보고 있는데 이에 응하지 않으면 무인으로서의 예의가 아니었다. 단리운극은 그렇게 알고 있었다.

그랬기에 떨떠름한 얼굴로 그도 검을 곧추세웠다. 덕분에 단리운극을 도발하는 환우의 말도 멈췄다. 두 사람이 곧 부딪치려 하는데 말을 해서 정신을 산만하게 할 정도로 환우가 경우가 없지는 않았다.

숨을 깊게 들이쉰 치호는 천천히 양 손바닥을 움직였다. 환우에게는 익숙한 움직임이다. 이미 한 번 상대해 본 적이 있는 무공이다.

강룡십팔장.

타구봉법과 함께 개방의 일절이라 불리우는 장법이다. 강룡십팔장이 있었기에 일개 거지들의 모임인 개방이 구파일방의 한 축을 담당할 수 있었다.

아무리 그 수가 많다 하여도 그 힘이 미약하다면 강자존의 법칙인 무림에서 인정받을 수 없다. 개방은 그 규모에 걸맞은 힘을 가지고 있었다. 그래서 명문정파인 것이다.

강룡십팔장은 그런 개방의 커다란 힘 중의 하나였다.

단리운극의 눈에도 긴장이 어렸다. 그도 상대가 펼치려는 무공이 무엇인지 짐작할 수 있었기 때문이다.

'개방의 후개가 펼치는 장법이라… 당연히 강룡십팔장이겠지?'

두 사람은 서로의 허점을 찾았다.

이미 상대가 사용하는 무공이 무엇인지 뻔히 아는 상태다. 게다가 그것들이 능히 무림 최고의 일절에 속하는 것이라면 신중히 상대를 살필 수밖에 없었다.

짧지 않은 시간 동안 두 사람의 대치가 이어졌다.

먼저 움직인 것은 치호였다. 개방에는 있고 무당에는 없는 것, 그것을 치호가 익히고 있었다. 더군다나 이곳은 제법 넓다고는 하나 주루다. 게다가 많은 사람들이 그들 주변에 있었다. 무인들이 싸우기에는 좁은 장소인 것이다.

치호가 미끄러지듯이 단리운극에게 다가갔다. 그러는가 싶더니 순식간에 뒤로 빠지는 듯하다. 단리운극의 검이 그 뒤를 쫓았으나 어느새 치호는 다른 방향에서 손바닥을 뻗어온다. 정말 어지러우면서 정신없는 움직임이다. 하지만 단리운극은 도무지 따라잡을 수 없을 정도로 현묘한 움직임이었다.

취팔선보.

개방의 또 다른 절기가 치호의 다리에서 펼쳐지고 있었다. 취팔선보는 특히나 이런 좁은 장소에서 그 현묘함이 더욱 빛을 발했다. 치호는 이곳저곳의 공간을 신출귀몰하게 움직이면서 점차적으로 단리운극을 압박해 들어갔다.

치호의 움직임에 단리운극은 정신을 차리지 못하고 어찌 대응해야 할지 그 해법을 찾지 못하고 있었다.

'실전 경험은 거의 없군.'

그 모습에서 환우는 단리운극이 실전 경험이 거의 없이 수련만을 통해 강한 실력을 얻었다는 것을 알 수 있었다. 이협수와 비슷한 경우였다.

단지 이협수는 실전 경험의 부족을 뛰어넘을 정도로 강하다는 차이는 있지만 말이다.

반면 치호는 실전 경험이 많았다.

아니, 실전은 아니었다. 그건 어디까지나 환우의 구타에 대한 대응이었으니까. 하지만 치호에게 그것은 실전 못지않은, 그야말로 필사적인 몸부림이었다. 환우 또한 실전과 다름없는 살기를 뿜어내며 치호를 팼다.

그것이 단리운극과 치호의 차이였다.

치호는 상대가 당황하는 순간을 놓치지 않았다.

　항룡유회, 비룡재천, 용전어야, 육룡어천, 잠룡물용, 시승 육룡 등 강룡십팔장의 초식들이 치호의 손끝에서 펼쳐져 나왔다. 치호의 손 그림자가 단리운극을 완벽하게 덮었다. 단리운극은 태극혜검의 초식대로 검을 움직이면서 치호의 공격에 대응을 했지만 이미 기세는 꺾여 있었다. 치호가 완벽히 이 싸움의 흐름을 잡고 있었다.

　어지간한 일이 벌어지지 않고서는 치호의 승리가 틀림없었다. 단리운극의 수세에 무당의 제자들의 얼굴에는 수심이 가득했다.

　환우를 향한 두려움이나 분노는 잊은 듯했다.

　어떻게 단리운극이 태극혜검을 익혔는지는 모르지만 지금 무당의 후기지수와 개방의 후기지수가 겨루고 있었다. 그것도 각기 자파의 최고 절기라 할 수 있는 무공으로 말이다.

　무인이라면 당연히 자파의 사람이 이기기를 응원한다. 그 상황이 어떻게 흐르든지 말이다.

　그런데 지금 수세에 몰려 있는 사람은 무당의 단리운극이다. 그것도 무당의 안마당이나 다름없는 균현에서 이런 일이 벌어지다니 안 될 일이다.

　그들은 모두 한마음이 되어서 단리운극을 응원했지만 이미 그의 패색은 짙어져 있었다.

　치호는 취팔선보와 강룡십팔장을 함께 사용하면서 단리운극을 더욱 거세게 몰아붙였다.

신룡파미의 초식으로 옆구리를 공격하는가 싶으면 어느새 전룡재전으로 초식이 바뀌어 단리운극의 다리를 쓸어간다. 공격이 끝난 후 물러나는가 싶으면 순식간에 취팔선보의 방위를 밟아 단리운극의 바로 곁에 나타나서는 항룡유회의 초식으로 그의 가슴을 가격해 오고 있었다. 그 공격들을 방어하는 단리운극은 정말로 죽을 맛이었다. 자신이 절대적으로 불리한 상황에서 그나마 이 정도로 버티는 것은 어디까지나 병기의 이득 때문이었다.

치호는 아직 날붙이와 부딪쳐서 멀쩡할 정도로 그 경지가 높지 않았다. 결국은 단리운극의 검을 막는 방법은 회피가 유일했다. 취팔선보와 강룡십팔장이면 피하는 것은 어렵지 않았다. 하지만 그때마다 조금씩 공격의 맥이 끊겨서 결정적인 기회를 살리지 못하고 있었다.

치호도 진검을 든 무인과의 대결은 처음이었다.

환우는 맨손으로 치호를 쥐어 팼지 무언가를 들고 팬 적은 없었다. 결국 치호의 실전 경험에도 약점은 있었다.

"자식, 간은 작아서. 검을 너무 겁내고 있어."

환우는 그 모습이 마음에 안 든다는 듯 중얼거렸다. 하지만 맨손으로 검을 상대하는 것을 두려워하지 않는 무인은 극히 일부다.

사람의 피육은 검에 베이면 잘리고 피가 나고 고통스럽다. 그것은 무인이라도 마찬가지다. 보통 사람에 비해 인내력이 더 높다는 것만 다를 뿐 그들도 똑같은 사람인 것이다.

일방적으로 몰아붙임에도 그러한 이유 때문에 결정적인 일격을 계속해서 놓치는 치호의 모습이 답답하기는 했을 것이다. 하지만 치호는 치호였고 환우는 환우였다.

물론 환우에게는 전혀 통하지 않을 는리다. 아마도 오늘 치호는 제법 곤욕스러운 경험을 하게 될지도 몰랐다. 지금은 단리운극과의 대결에 집중하느라 그런 사숙의 변화를 모르고 있었다. 어쩌면 그것이 다행인지도 모를 일이었다.

치호의 초식 응용력도 발전해 있었다. 이제는 초식을 순서대로 사용하지 않고 그때그때 가장 적절한 초식을 사용할 수 있게 되었다.

일초식 뒤에 육초식이 따라 나오는 그런 식의 초식 운용이 가능해진 것이다. 이것도 전부 환우에게 조금이라도 덜 맞기 위한 발악해서 나온 성취였다.

덕분에 단리운극이 더욱 혼란스러워했다. 강룡십팔장이 워낙 유명한 장법인지라 사부에게서 그 대강의 변화를 들은 적이 있었다.

오십여 년 전의 정마대전은 자파 무공의 유출을 꺼려 자신의 무공을 숨기고 할 때가 아니었다. 얼량한 무공을 지키려다가 소중한 목숨을 잃을 수도 있었으니.

단리운극의 사부는 그때 많은 무공을 견식할 기회가 있었다고 했다. 그중에는 강룡십팔장도 있었다. 덕분에 자신의 무공도 다른 이들에게 유출되었지만 그 혼란하고 치열한 전투 속에서 타인의 무공 변화를 관찰하고 그것을 기억하면서 적을 상대할 정도의 실력을 지닌 이는 거의 없었다. 결국 그 아수라장에서 다른 문파의 무공에 대한 정보를 얻은 것은 그만한 실력을 가진 일부 사람들의 이야기고, 단리운극의 사부가 그중 한 명이었다.

그런 사부에게서 단리운극은 많은 명문정파의 대표 무공의 초식 전개에 대해 배울 수 있었다. 지금 치호가 펼치는 강룡십팔장은 자신이 알고 있는 초식의 전개와는 달라도 너무 달랐다. 예상과 다른 곳에서 전혀 다른 초식이 튀어나오니 손발이 엉킬 수밖에 없는 것이다.

이와 같은 경우는 알고 있는 것이 오히려 그에게 독이 되고 있는 것이다.

"저놈 뭔가 알고 있는 것 같은데?"

치호의 공격이 채 시작되기도 전에 방어 동작에 들어가려 하다가 손발이 엉키는 단리운극의 모습에서 환우는 그가 치호의 무공을 알고 있다고 생각했다. 하지만 제대로 알지는 못하는 듯했다. 전혀 엉뚱한 방어를 하려 하다가 허겁지겁 검로를 바꾸니 말이다.

"쩝. 검인 줄 알았더니 식칼이야. 아직 경험이 너무 부족하군. 내가 너무 흥분했나?"

치호조차도 제대로 상대하지 못하는 모습에 환우는 많이

실망한 듯했다. 괜히 도발했다는 생각도 들었다.

무언가 있을 거라는 생각에 그랬던 것인데 저자는 아직 자신이 가진 것도 제대로 펼칠 줄 모르는 상태였다. 그저 검에 대한 경지만 높을 뿐 검을 사용하여 다른 사람과 대결을 할 줄은 몰랐다.

전형적으로 혼자서 검을 휘둘러 강해진 유형인 것이다.

'이제 그만 끝내야지. 지루해.'

분명 그랬다. 환우는 손을 휘저었다. 그러자 아직 여기저기 흩어져 둥둥 떠 있던 벽조목검들이 모두 환우의 손으로 회수되었다.

"치호야, 칼침 한 번 맞는다고 안 죽는다. 그냥 좀 따끔하고 말아."

사숙의 말에 치호는 자신의 등이 땀으로 축축이 젖어드는 것을 느꼈다. 저 말의 의미는 분명했다

살을 주고 뼈를 깎으라.

결국은 적당히 한 번 베이고 그만 마지막 일격을 넣으라는 소리다. 하지만 그것이 어디 쉬운 말인가.

치호는 아직까지 검에 베인 적이 없었다. 그저 사숙에게 두들겨 맞은 타박상들이 자신이 다는 고통의 전부였다. 검에 입는 자상은 또 어떤 고통을 자신에게 선사할지 두려웠다.

명문정파의 제자답지 않은 모습이다.

하지만 인간인 이상 아프고 다치는 것은 싫었다.

자신의 말에도 요리조리 피하기만 하면서 결정적인 기회를 또다시 놓쳐 버리는 치호의 모습에 환우는 눈살을 찌푸렸다.

"너, 계속 그러면 그냥 내가 칼침 놔버린다!"

환우의 손에 벽조목검 한 자루가 들렸다.

'빌어먹을.'

치호는 속으로 있는 욕 없는 욕을 다 했다. 입 밖으로 냈다가는 어찌 될지 뻔했기에 차마 그러지는 못했다.

"우와와와!"

상처에 대한 두려움을 잊으려는 듯 치호는 커다란 기합성과 함께 단리운극을 향해 돌진했다. 그의 양손은 강룡유회의 초식을 펼치고 있었다. 취팔선보를 절묘하게 밟고 있었지만 이번의 공격은 정면 돌진이었다.

갑작스러운 치호의 공격에 단리운극은 당황했지만 손발을 놀리는 것을 잊지는 않았다. 아니, 오히려 지금까지보다 쉬웠다. 자신을 향해 똑바로 달려들어 오는 상대를 찌르기처럼 쉬운 것도 없었다.

그것을 인지하자 어느새 그의 마음에서 당황은 사라지고 침착이 자리했다. 그는 상대를 잘 보면서 검을 움직였다. 어서 찔러달라고 외치면서 달려오는 상대를 찌르기란 너무도 쉬운 일이다.

단리운극은 검을 쭈욱 내밀었다. 초식도, 무엇도 필요없었다. 그저 정확한 때에 정확한 곳으로 검을 밀어 넣기만 하면 된다.

치호는 두 눈을 부릅뜨고 단리운극의 검의 변화를 지켜보았다. 저 검이 자신의 몸 어디에 찔리느냐에 따라 천국과 지옥을 오가게 될 것이다. 최대한 피해가 적은 곳에 찔리기 위해 치호는 모든 신경을 두 눈에 집중해 뚫어져라 검을 바라보았다.

그러자 기이한 일이 벌어졌다. 지금까지 느끼지 못한 것이다. 어떻게 자신에게 이런 일이 벌어지는지 알 수가 없었다. 이상했다.

세상이 느려지다니.

그것이 가능하단 말인가. 모든 것이 느려졌다. 자신의 움직임도, 상대의 움직임도 가만히 앉아 있는 사람의 손동작마저도 엄청나게 느려져 있었다.

그 속에서 그 모든 것을 똑똑히 볼 수 있었다.

온몸의 신경이 곤두선 듯했다. 느리게 보이는 가운데 자신의 동작마저도 느려져서 답답하기는 했지만 그것은 상관없었다.

단리운극의 검이 어디로 움직일지 보였기 때문이다. 어떤 방향에서, 어떤 궤도로, 어떤 속도로 자신을 찔러올지 너무나 확연하게 보였다.

그렇다면 찔리지 않아도 될지 모른다.

그런 생각이 머리에 드는 순간 치호는 긴장이 풀렸다. 그리고 집중력도 흐트러졌다.

그리고 다시 세상은 빨라졌다.

"으윽."

단리운극의 검이 옆구리를 스치고 지나갔다.

느려진 세상 속에서 이미 회피 동작을 시작했기에 이 정도로 끝이었다. 단리운극의 검이 지나가고 치호의 양손은 계속해서 움직였다. 그의 두 손은 여전히 강룡유회의 수법대로 움직이고 있었다.

두 사람의 몸이 너무 근접했다. 이제 단리운극은 검을 회수할 시간도 공간도 없었다. 상대는 어느새 자신에게 바짝 붙어 있었다. 그리고 상대의 손이 어지러이 움직인다. 그 손바닥은 자신을 덮치고 있었다. 세상 모든 것을 손바닥이 덮어버렸다.

온몸에서 고통이 느껴진다.

태어나서 처음 겪어보는 고통이었다.

치호는 환우에게 맞으면서 때리는 법을 배웠다. 그 덕에 지금 그의 손은 누구 못지않게 매웠다.

환우는 그 모습을 어이없다는 얼굴로 지켜보았다.

"내참. 저놈도 대단한 녀석이야. 찔리기 싫어서 벽을 넘을 뻔하다가 안 찔린다는 생각에 다시 벽 아래로 내려오다니……."

나지막한 목소리로 중얼거리면서 고개를 젓는 환우다.

세상이 느려지는 것. 그것은 무인이 하나의 벽을 뛰어넘어 또 다른 경지에 접어든다는 말이다. 치호는 조금 전 그 벽을 거의 넘을 뻔했다. 환우는 그것을 알아보았다. 하지만 치호는 거의 다 넘은 상태에서 그만 본래로 돌아와 버렸다. 검에 찔리기 싫다는 절박함이 벽을 넘게 했기에 그 절박함이 사라지자 그 경지도 사라진 것이다. 치호로서는 엄청나게 아까운 일이었지만 과연 본인이 그것을 알 것인지…….

"무인이라는 녀석이 엄살은……."

환우는 어처구니없다는 듯 중얼거렸지만 글쎄, 본인 역시 그런 말 할 처지는 아니었다. 환우 역시 치명적인 약점을 하나 가지고 있었으니 말이다. 그것도 무공과는 전혀 상관없는 것이다.

단리운극이 바닥에 누웠다. 치호의 공격에 의한 충격으로 혼절한 듯했다. 내력이 많이 실리지는 않아 내상을 입지는 않았을 테지만 가장 아픈 곳만 골라서 친 치호의 손속에 충격은 제법 심했을 것이다.

무당의 제자들은 믿을 수 없다는 눈으로 그 모습을 보았다.

태극혜검이 강룡십팔장에 패했다.

있을 수 없는 일이다. 그것이 그들의 눈앞에 펼쳐진 것이다.

"아야야. 아씨, 아파."

치호는 옆구리에서 흘러나오는 피를 보면서 신음 소리를 흘렸다. 무인이라면 그렇게 검이 스친 상처는 일상 다반사지만 치호는 그렇지가 않은 듯했다.

그때 환우가 다가와 그 머리통을 후려쳤다.

"아악!"

커다란 비명이 주루에 울린다.

"녀석, 무인이란 놈이 그렇게 다치는 것을 겁내냐?"

"하지만 안 다치면 그게 더 좋잖아요."

다시 한 번 환우의 주먹이 날아간다.

"알았다. 앞으로는 손과 발로 패지 않으마."

때리지 않는다는 소리다. 그렇다면 응당 기뻐해야 할 텐데 치호는 오히려 불길했다.

"그게 무슨……."

"네놈이 날붙이를 너무 무서워하는 것 같으니까 내 앞으로는 검으로 찔러주마."

"히끅."

환우의 말에 너무 놀란 치호는 딸꾹질까지 했다.

"사, 사, 사숙……."

"걱정 마, 죽지 않을 정도로 적당히 조절해서 할 테니까. 뭐, 맞는 것도 계속 맞다 보니 익숙해졌지? 찔리는 것도 그럴 거야."

참으로 할 말 없게 만드는 말이다. 이 무슨 마른하늘에 날벼락이란 말인가.

그렇게 치호의 일을 해결한 환우는 몸을 돌렸다. 그리고 자신을 둘러싼 무당의 인물들을 바라보았다.

"또 볼일 남은 사람?"

처음 시비가 붙은 무당의 화풍천은 이미 기절해 있었다. 환우가 단리운극과 맞붙으려 할 때만 해도 정신이 있었지만 온몸을 두드리는 통증을 이기지 못하고 혼절한 것이다. 그리고 단리운극도 쓰러졌다. 무당의 무사들 중 가장 강한 두 사람이 이토록 허무하게 쓰러지니 감히 더 나서는 사람은 없었다.

"그러면 그쪽은 어때?"

무당에서 아무 사람도 나오지 않자 환우의 시선이 당풍 등이 모인 곳으로 향했다.

환우의 눈이 하각, 남궁아연, 당풍을 훑고 지나갔다. 누구도 쉬이 움직이지 못했다.

"훗. 하긴, 검도 뽑지 못한 녀석이니."

환우의 말에 하각은 온몸을 부들부들 떨었다. 치욕도 이런 치욕이 없었다. 하지만 검을 뽑을 수는 없었다. 뽑는 순간 자신도 화풍천과 마찬가지로 저렇게 누워 있으리라.

그것을 알기에 경거망동할 수 없는 것이다.

환우의 눈이 이번에는 남궁아연을 향했다.

"뽑지 않은 것은 칭찬해 주지. 그래도 네가 이 중에는 제일 나은 것 같군."

그 말이 마지막이었다. 환우는 몸을 돌려 주루를 벗어났다. 식사는 거의 마친 터라 상곤없었다. 치호가 서둘러 뒤따라 나오면서 식사비를 치뤘다.

주루에 남은 사람들은 멍한 시선으로 그 뒷모습을 볼 뿐이었다.

“사숙! 저 아직 제대로 치료도 못했어요.”

뚜벅뚜벅 걸음을 옮기는 환우의 뒤를 따르면서 치호가 절박하게 말했다. 상처에서 계속 따끔따끔 통증이 느껴지는 것이 씻어내고 붕대라도 감아야 할 듯했다.

“칼에 긁힌 것 가지고 엄살은. 그런 거 침 바르면 나아. 어서 가자.”

“사숙!”

환우는 뒤도 돌아보지 않았다.

그러다가 얼마간 걸음을 옮기고 멈춰 섰다. 치호가 따라오지 않는 것이 느껴진 것이다. 결국은 뒤를 돌아보았다.

얼굴에 주름을 만든 것은 당연하다. 이놈이 자신에게 개기다니, 벌써부터 칼로 찔러주기를 원할 줄은 몰랐던 것이다.

환우와 치호의 시선이 마주쳤다.

“너…….”

환우가 무어라 말을 하려 할 때 치호가 재빨리 그것을 막았다.

“무당파는 저쪽이에요.”

그러고는 잽싸게 걸어가 버린다.

환우는 한 방 먹었다는 표정으로 그 모습을 바라보았다.

第二章 태극뇌정검

사람이 아니야… 사람일 리 없어. 그래, 동방의 하늘에서 내려온 천신(天神)일 거야. 틀림없어."

해동에서 온 백의의 사내. 한 번의 손짓에 열 개의 벼락이 떨어지고, 마교의 혈사는 그 앞에 침묵한다. 열 개의 벼락을 중원에 남겨두고 홀연히 떠났다.

그리고 오십 년 후. 다시금 중원이 어지러워지려 할 때 그의 후예가 중원으로 향한다.

푸른 하늘에 열 개의 벼락이 다시 떨어지는 순간 천하는 그 앞에서 무릎 꿇으리라.

"그래, 그놈이 무당산으로 향했다고?"

"네."

잠영 일호는 무릎을 꿇고는 온몸을 브들부들 떨고 있었다. 눈앞의 인물에게서 나오는 기세로 인해 자연스레 몸이 그런 반응을 보인 것이다.

무서운 사람이다.

잠영 일호 자신은 추호도 몰랐다. 설마 구양 대주가 구양 호법의 혈육이었을 줄이야⋯⋯.

그가 생각하기에도 일이 참 난감하거 진행되는 것 같았다. 그저 목표의 행동을 감시하고 보고만 하던 자신의 일이 복잡하게 꼬여 버렸다.

마침 환우가 융중산을 떠나 그 뒤를 따르던 참이었다. 그때 총단에서 내려온 명령에 이 무서운 호법을 기다렸다. 어차피 목적지를 알고 있었고 또한 환우는 일부러 흔적을 지우거나 하지 않았기 때문이다.

총단에서 사람이 갈 거라는 지령에 그냥 기다렸던 것인데, 설마 육대호법 중 가장 성격이 불같다는 혈사자 구양천이 나타날 줄은 몰랐던 것이다.

"네가 지금까지 그 씹어먹을 놈을 감시했느냐?"

"네."

"그럼 병이의 싸움도 보았느냐?"

"구양 대주님의 지시로 저는 전투 지역에서 멀리 떨어져 있었습니다."

그렇게 대답했을 때 구양천의 몸에서 쏟아져 나오던 그 무시무시한 살기란… 지금 생각해도 모골이 송연해진다.

지금 잠영 일호는 환우 일행이 무당산으로 간 사실을 알리면서 융중산에서 무당산으로 향하는 길을 걷고 있었다. 그 뒤에서 구양천이 따르고 있었다.

보통 사람이 보기에는 그저 길을 가는 평범한 두 사람일 뿐이다. 한 사람은 문사로, 한 사람은 호탕한 무인으로 보이는 정도일까?

그 둘은 완벽하게 보통 사람으로 녹아들었다.

하지만 잠영 일호는 밀정 특유의 감각으로 구양천의 무시무시한 살기를 느낄 수 있었다. 여간해서는 느낄 수 없는 감춰진 살기였지만 잠영대에서 밀정으로 훈련받으면서 얻게 된 지나치게 예민한 감각이 문제였다.

너무 예민한 것도 때로는 스스로를 피곤하게 만들었다.

치호는 무당산을 빠르게 올랐다.

이미 아래에서 일이 벌어졌으니 무당에서의 일은 빨리 끝내고 가는 것이 좋을 것 같았다.

물론 순순히 무당에서 환우가 바라는 검을 내줄 것 같지는 않았다. 하지만 그래서 무당에서의 일을 더 빨리 끝낼 수 있을 것 같았다.

순순히 주지 않는다면 당장 그 자리에서 힘으로 빼앗을 사람. 그 사람이 환우다.

"좀 서두르는 것 같다?"

여유있는 표정으로 치호의 뒤를 따르던 환우가 물었다.

"네. 어차피 오래 머물진 않을 곳이니 빨리 일을 마치고 가는 것이 나을 것 같아서요."

치호는 적당히 둘러댔다.

균현의 주점에서 있었던 일이 전해지기 전에 자신들이 먼저 무당파에 도착해야 했다.

이미 무당에서 단단히 미운털이 박힌 환우이지만 한 가지

사건이 더 터진 것과 그전은 달랐다.

환우가 그런 것에 아랑곳할 사람은 아니었다. 하지만 치호는 그런 것에 아랑곳하는 사람이었고, 길잡이는 치호다. 그는 더 이상 일이 커지기 전에 얼른 이곳을 떠나고 싶었다.

소림에서의 일을 생각하니 앞으로의 일 또한 걱정이었다.

"그런데 무당에서는 누가 가지고 있을까?"

환우가 고민하는 듯한 얼굴로 물었다.

소림에서는 가장 안전하다는 장소인 조사동에 보관하고 있었고 화산은 가장 강한 사람이 가지고 있었다.

그렇다면 무당은?

그 대답은 치호에게서 나왔다.

"아마도 장문인이 가지고 있을 거예요."

"응? 네가 그것을 어떻게 알지?"

환우의 의외라는 듯 물었다. 자신의 물음은 대답을 바란 것이 아닌 그저 궁금함이 말로 되어 표현된 것일 뿐이었다. 그런데 생각지도 못한 대답이 나온 것이다.

"사부님께서 그러셨어요. 무당의 장문인인 무극 진인은 도사답지 않게 욕심이 많은 인물이라고요. 그렇게 욕심이 많은 사람이라면 분명 귀중한 것은 자신이 보관할 거예요. 그런 생각이 들었어요."

환우는 놀랍다는 시선으로 치호의 뒷모습을 보았다.

"너, 제법 머리 쓸 줄 아는구나."

치호의 말대로다. 과연 장문인이 욕심이 많다면 천고의 기물인 용아천뢰검을 스스로 보관하고 있을 것 같았다. 환우의 생각 역시 그랬다.

"그렇다면 무당은 가장 높은 사람인가……."

가벼운 중얼거림이다.

치호가 길을 서두른 덕에 무당파에는 생각보다 빨리 도착할 수 있었다.

무당파의 정문은 네 명의 도사가 지키고 있었다.

"어디서 온 손님들이신지요?"

넷 중 한 명이 앞으로 나서며 물었다. 아마 이들 중 책임자의 위치에 있는 도사이리라.

"저는 개방의 장치호라고 합니다."

치호가 정중히 포권하면서 인사를 했다. 하지만 그의 이름이 나오는 순간 네 도사의 얼굴이 딱딱히 굳었다.

"하면 뒤에 계신 분이 그 유명한 신 스협이겠군요."

결코 호의적이지 않은 말투다. 그 속에 담겨 있는 적개심이 적나라하게 느껴지고 있었다. 하지만 환우는 태연했다. 예전 같았으면 당장 발끈해서 받아쳤겠지만 지금은 가만히 있었다. 그것도 태연히 웃는 얼굴로 말이다.

균현 주점에서와는 또 다른 모습이었다. 융중에서의 수련이 확실히 그 그릇의 크기를 좀 크게 만든 것 같았다.

"유명하다니, 과찬이십니다."

넉살 좋은 환우의 대답에 네 도사는 얼굴을 찌푸렸다. 일부러 시비를 걸었음에도 저리 넘어가니 듣던 것과는 다르다는 인상에서였다.

"개방의 장 소협과 신 소협이 어쩐 일로 저희 무당을 찾으셨는지요?"

무례도 이런 무례가 없었다. 환우를 알고 있다면 이미 그 배분도 알고 있을 터, 일단은 안에 기별을 넣는 것이 순서다. 그런데 이렇게 무당의 정문 앞에 손님을 세워두고 용건을 묻다니, 이것은 예의가 아니었다. 그것도 그들은 이제 겨우 이 대제자인 젊은 제자들이다. 감히 환우를 제대로 보지 못할 배분인 것이다. 아니, 환우는커녕 치호보다도 낮은 배분의 이들이다.

무당이 무엇을 믿고 이리 무례한 것인지 오히려 치호가 울컥했다.

"사부께서 맡기신 것을 찾으러 왔습니다. 아마도 귀 파의 장문인께서 보관 중이신 것 같아서 한번 뵈어볼까 합니다."

환우의 대답에 치호는 자신의 사숙을 다시 보았다. 균현에서의 모습과는 전혀 달랐다.

물론 그곳에서는 해동을 모욕하는 말이 나와서 사숙이 분노했던 것은 잘 알고 있었다. 하지만 예전의 사숙이라면 이런 대접에도 분노를 했었을 것이다. 사숙이 조금씩 변하는 것 같았다. 그런데 그것이 더 무서웠다. 저렇게 아무렇지도 않은 얼굴로 참으면서 꾹꾹 눌러둔 것이 도대체 얼마만한 위력으로 터질지 알 수가 없었던 것이다.

"사부라 하심은 동방신협을 달씀하시는 것입니까?"

동방신협의 명호를 말할 때는 그들도 감히 건방지지 못했다. 그들에게도 동방신협은 신화요, 우상이었던 것이다.

"그렇습니다."

"안에 기별을 넣도록 하겠습니다."

그리 말하고 넷 중 하나가 안으로 뛰어들어 갔다. 그들은 이제 겨우 이대제자다. 선대에서 있었던 그런 일에 대해서는 아는 것이 없었다.

그들은 동방신협이 자신들의 문파에 무엇인가를 맡겼다는 것 자체를 몰랐다. 그래서 한 명이 서둘러 달려간 것이다.

동방신협이 맡겼다는 것이다. 그것을 그 제자가 찾으러 온 것이다. 제자가 아무리 동방탕아라 불리는 개망나니라도 사부가 맡긴 것을 찾으러 왔다면 정중히 대해야 했다. 사부가 다른 인물이 아닌 동방신협인 이상은 말이다.

잠시 기다리자 백발이 성성한 노도사가 나타났다.

"무량수불. 무당의 장로 중 한 사람인 무유라 합니다."

무유 진인의 인사에 치호와 환우가 같이 인사를 했다.

"동방신협께서 맡기신 것을 찾으러 오셨다고요?"

균현에서 만난 무당의 인물들처럼 환우에게 예의없이 굴지 않았다. 생각보다 예의를 차린 대접에 환우는 내심 어리둥

절했으나 그런 기색을 표현하지는 않았다.

"그렇습니다."

"저로서는 처음 듣는 말입니다만 일단 같이 가도록 하시지요. 장문 사형께서는 지금 연공 중이시라 제가 나왔습니다."

그리고 무유 진인이 앞장섰다. 그가 처음 듣는 말이라고 했을 때 환우의 눈빛이 살짝 변한 것은 누구도 알아차리지 못했다. 곁에 있던 치호마저도 말이다.

무유 진인을 따라 조금 걷자 무림에 너무나도 유명한 장소가 나타났다.

해검지.

무당을 존경하는 뜻으로 무당을 방문하는 무인들이 자신의 무기를 풀어놓는 곳이다. 그리고 무당을 떠날 때 다시 찾아가는 것, 그것이 무당을 찾은 무인들의 관례였다.

어디까지나 중원의 무인들 사이에 만들어진 관례다.

해검지에 관한 이야기는 치호에게 들은 터였다.

그 해검지 앞에서 무유 진인이 걸음을 멈추고는 환우를 바라보았다. 별다른 말은 없었다. 단지 무언의 압박을 가할 뿐이다. 알아서 검을 내려놓으라는 것이다.

치호는 날붙이 무기를 가진 것이 없었다. 그랬기에 가만히 있었다. 하지만 환우의 무기가 단검이라는 것은 알 사람은 다 안다. 아니, 무당의 모든 인물들이 알고 있었다. 소림에서 무허 진인이 당한 그 치욕을 모를 사람이 누가 있겠는가.

하지만 환우는 그저 담담한 얼굴로 가만히 서 있었다.

"신 소협, 이곳이 어떤 곳인지 혹 모르는 것입니까?"

참다 못한 무유 진인의 물음에 환우는 고개를 저었다.

"하면 왜 그러고 계신 겁니까?"

"중원의 무인들은 자신의 목숨을 이곳에 잠시 맡겨둘 수 있을지 몰라도 저는 그럴 수가 없군요."

환우의 말에도 무유 진인은 담담한 신색을 유지했다.

"이곳은 무당의 땅이고 또한 무당의 법도가 지배하는 곳입니다. 일단 무당에 드셨으니 무당의 법도를 지키셔야 합니다."

설득력있는 말이다.

환우에게 절대적으로 불리한 법이란 점만 빼면 당연한 말로 들렸다.

환우가 고개를 끄덕였다. 그리고 품에 손을 넣었다. 어쩐 일인지 환우가 순순히 열 자루의 벽조목검과 두 자루의 용아천뢰검을 꺼내서 해검지의 바위 위에 올려두었다.

치호는 깜짝 놀랐다. 자신의 사숙은 절대로 저리 고분고분한 사람이 아니었던 것이다. 그런데도 저런 행동이라니, 적응을 할 수가 없었다.

환우가 용아천뢰검을 품에서 꺼내는 그때 순간적으로 무유 진인의 눈이 번쩍 빛났다. 치호는 그것을 보지 못했다. 워낙 찰나간의 일이었기 때문이다. 하지만 환우는 그것을 놓치지 않았다.

‘역시… 너희들이 그렇게 나온단 말이렷다!’

환우는 그 눈빛의 의미 역시 읽을 수 있었다. 그것은 욕심이었다. 기물에 대한 탐심. 그것이 무유 진인의 눈빛에 가득했다.

결국 그는 그 물건의 가치를 알고 있다는 뜻이었고, 그렇다면 가장 처음 한 말은 거짓이라는 것이다.

‘역시 무당은 구리구나.’

환우는 살짝 고개를 저었다. 하지만 누구도 그 행동에 어떠한 의미도 두지 않았다.

“그럼 이리로 가시지요.”

환우가 자신의 검을 모두 내려놓은 것을 확인한 무유 진인이 걸음을 다시 옮겼다. 환우와 치호가 그 뒤를 따랐다.

그리고 해검지에는 환우의 단검들만이 남아 있었다.

해검지를 지키는 도사는 없었다. 무인들이 무당에 대한 예우로 자신의 무기를 이곳에 놓듯이 무당 역시 무인들에 대한 예우로 이곳을 지키는 사람을 두지 않은 것이다.

그래서 누구도 없는 곳의 바위 위에 벽조목검과 용아천뢰검만이 쓸쓸하게 놓여 있었다.

그러던 어느 순간 열두 자루의 단검이 꿈틀꿈틀 움직인다 싶더니 스르르 미끄러지기 시작했다.

그랬다.

환우가 순순히 자신의 검을 내놓을 리 없었다. 의지로 움직이는 것이 가능하기에 내놓는 척만 했을 뿐이다. 그리고 그러면서 확인할 것도 있었고 확인도 끝낸 상태다. 그렇다면 더 이상 자신의 소중한 단검들을 이 따위 곳에 놔둘 이유가 없었다.

그렇게 은밀히 열두 자루의 단검은 환우의 품으로 돌아왔다. 그 누구도 알아차리지 못하게 말이다.

치호 역시 환우의 용아천뢰검과 벽즈목검이 다시 돌아왔다는 사실을 전혀 눈치 채지 못했다.

그렇게 얼마나 걸었을까? 한 건물 앞에서 무유 진인이 우뚝 멈춰 섰다.

"이곳에 들어가서 기다리시면 장문인께서 오실 겁니다. 이제 곧 연공을 끝내실 시간이랍니다."

무유 진인의 안내에 고개를 끄덕인 환우는 방으로 들어가 앉았다. 도사들이 지내는 곳이라 그런지 몰라도 의자가 가히 편하지는 않았다. 치호도 환우 갖은편에 앉았다. 곧 그들 앞에 기분 좋은 향기가 피어오르는 찻잔이 놓였다.

"그러면 잠시만 기다리십시오."

차를 내준 무유 진인은 그 말을 남기그 사라졌다.

"마음에 안 들어."

환우가 나직이 중얼거렸다.

"네?"

환우의 중얼거림을 들은 치호가 물었다.

"하는 짓거리들이 마음에 안 든다고. 뻔히 보이는 거짓말을 하지 않나, 저 가식적인 태도도 말이야."

"가식적이요?"

무당의 장로가 예를 갖춰서 대접하는 것을 가식적이라 단정하다니, 치호는 고개를 갸웃거렸다.

"넌 어째 머리가 좀 돌아가는 듯하다가도 이렇게 멍청하냐?"

느닷없는 핀잔에 치호는 머리를 긁적였다. 도무지 그 이유를 알 수 없었기 때문이다.

"넌 우리가 균현에서 만난 그 애송이들이 어찌했는지 벌써 있었냐?"

그러고 보니 그랬다.

환우는 분명 무당의 장로와 같은 배분의 인물이었다. 하지만 누구도 그 배분을 인정하는 태도를 보이지 않았다.

하나같이 건방지고 무례했다. 환우가 직접 배분 이야기를 꺼냈을 때조차 오랑캐를 들먹이며 비웃었다. 그런데 정작 무당에서는 달랐다.

"너는 그놈들이 뭘 믿고 그리 오만방자했을 것 같아? 본디 윗물이 맑아야 아랫물이 맑은 법이다. 그놈들이 무당 안에서 제 윗사람들이 그리 행동하는 것을 보았기에 그리한 거야. 결국 무당의 장로도 똑같다는 거지. 그러니 어찌 조금 전의 행동이 가식이 아닐까.”

환우의 말에 그제야 치호는 고개를 끄덕거렸다. 당연한 말이었다. 그리고 조금만 생각하던 금세 알 수 있는 일이었다. 일개 제자들이 무엇을 믿고 그리 무례할 수 있었을까? 그건 결국 문파 내의 어른들이 똑같았기 때문이다.

‘나는 아직 멀었구나.’

치호는 스스로의 생각이 짧음을 탓했다. 제법 머리를 잘 굴린다고 생각했는데도 꼭 구파일방의 일에 관해서는 객관적으로 분석을 하지 못한다.

그랬기에 그는 무유 진인의 행동을 있는 그대로 받아들인 것이다.

“머리를 좀 잘 굴려라. 있는 그대로만 보지 말고.”

환우가 그리 말할 때 밖에서 기척이 있었다. 환우는 진작에 그 기척을 느낀 듯한 모습이었다.

“장문인께서 오셨습니다.”

밖에서 무유 진인의 목소리가 들렸다.

환우와 치호는 자리에서 일어났다. 일단은 자신들이 손님이었기에 이곳의 주인을 앉아서 맞이할 수는 없었다.

문이 열리고 흰 머리에 흰 수염을 멋들어지게 기른 노도사가 들어왔다.

현 무당의 장문인인 무극 진인이었다.

흔히 수련을 쌓은 노도사를 표현할 때 쓰는 선풍도골이라는 말은 그에게 어울리지 않았다. 그저 머리칼과 수염이 하얄 뿐이었다.

얄팍한 입술과 살짝 찢어진 눈은 상대에게 결코 좋은 인상을 줄 수 없었다. 게다가 딱딱한 표정의 얼굴은 상대방으로 하여금 경계를 하게 만들었다.

더군다나 그의 눈빛은 쉬지 않고 상대를 탐색하고 있었다. 이것은 무당 도사의 모습이 아니었다. 뒤에서 모략을 꾸미는 모사꾼들의 모습과 같았다.

더군다나 얼굴 전체를 지배하고 있는 욕심들까지… 어느 것 하나 마음에 드는 구석이 없었다.

'어서 일을 마치고 이곳을 떠나야겠구나.'

밖에서 느껴지는 심상치 않은 움직임이 환우가 그런 결정을 내리는 데 일조했다. 어차피 애초에 오래 있을 생각은 전혀 없었다.

"자네가 동방신협의 제자라는 동방탕아인가?"

대뜸 하대다. 게다가 스스로에 대한 소개도 없었다. 무례했다.

"그렇네."

그렇다고 상대에게 맞춰 굽힐 환우가 아니었다. 그도 똑같이 무극 진인에게 하대를 했다.

"신 소협."

곁에 있던 무유 진인이 나무라는 투로 환우를 불렀다. 하지만 환우는 그의 부름을 아주 깔끔하게 무시했다.

"자네 좀 무례하군."

"먼저 무례한 것은 당신인 것 같은데?"

돌아온 환우의 대답에 무극 진인의 눈꼬리가 쫙 찢어졌다. 가뜩이나 찢어져 있던 것이 더 찢어지니 그렇게 간사할 수가 없었다.

"뭐라?"

"당신이나 나나 배분은 같은 걸로 알고 있는데? 먼저 무례하게 나온 건 그쪽이야."

"크흠."

환우의 말에 무극 진인은 헛기침을 했다.

분명 사실이었다. 하지만 중요한 것은 무당에서는 그것을 누구도 인정하지 않는다는 것이다.

하지만 그렇다고 본인을 앞에 두고 그대로 말할 수는 없었다. 적어도 그는 무당의 장문인이었다. 그런 것이 자파의 명예를 먹칠하는 일이라는 것 정도는 알고 있었다. 어쨌든 혈기왕성한 젊은 애송이들과는 달랐다.

잠시 대화가 멈췄다. 인정하기 싫은 것을 인정해야 하는 무극 진인이 입을 닫은 것이다.

하지만 그따위 일은 별로 중요한 것이 아니다.

"내가 온 이유를 말하지."

환우가 팔짱을 턱 끼고 자신이 할 말을 시작했다. 그 말에 무극 진인의 표정이 살짝 변했다. 무례한 행동 때문인지 환우가 앞으로 말할 이야기의 내용 때문인지는 알 수 없었다.

"돌려줘."

짧은 말이다.

환우의 화법은 항상 이랬다. 앞뒤 다 잘라내고 자신에게 가장 필요한 것만 툭 던지듯 말한다. 그 말을 듣는 상대는 황당해질 수밖에 없다.

"뭘 말인가?"

결국 무극 진인이 입을 열었다. 그의 어투로 보아 결국 환우의 배분을 인정하지 않겠다고 결정을 내린 듯했다.

"알고 있잖아? 품에 있는 그것."

환우가 손가락으로 무극 진인의 가슴을 가리켰다. 아직 이방의 사람들은 서 있는 그대로다. 처음부터 무극 진인과 환우의 신경전으로 자리에 앉을 때를 놓친 것이다.

"무슨 말인지 모르겠군."

무극 진인이 고개를 가로저으며 모르쇠로 나왔다. 하지만 환우는 자신이 그의 가슴을 손가락으로 가리킬 때 찰나지간 나타났다가 사라진 당황의 기색을 분명히 보았다.

환우의 입꼬리가 살짝 올라간다. 명백한 비웃음이었다.

환우의 품에 있는 두 자루의 용아천뢰검이 은은히 떨고 있었다. 형제가 곁에 있다는 것을 느끼고 있었던 것이다. 처음 화산신검을 만났을 때 이런 느낌은 없었다.

그때는 아직 환우가 용아천뢰검의 의지를 느끼기 전이었다. 그것을 느끼게 되니 그들의 잔떨림까지 명확히 느낄 수 있었다.

그들은 형제를 만날 수 있다는 사실에 흥분해 있었다. 벌써 오십여 년 떨어져 있지 않았던가

"내 사부가 맡긴 그것, 용아천뢰검. 어서 돌려줬으면 좋겠는걸. 이제 그만 찾아오라고 사부가 날 이리로 보내셔서 말이야. 이미 들어서 알고 있지 않은가?"

직설적이고 적나라한 말이다. 그리고 싸가지도 없었다.

오십여 년 전의 그 일을 알 사람은 알고 있다. 무극 진인도 받은 것을 받지 않았다 할 수 없었다.

"아아, 그것 말인가? 이거 유감이군. 우리도 소림처럼 도둑 맞아서 말이지. 불과 며칠 전의 일이었지. 아쉽지만 어떡하겠나, 자네가 조금만 더 빨리 왔어야 했던 것을……."

환우의 입가에 맺힌 미소가 더욱 짙어진다.

그 미소를 본 치호의 가슴은 불안으로 가득했다.

사숙이 저런 미소를 지을 때면 꼭 사고가 터졌기 때문이다. 물론 사고라는 것은 전적으로 치호의 생각이었다. 환우는 그것이 당연한 행동이지 자신이 사고를 쳤다고는 생각하지 않았으니 말이다.

무극 진인도 미소 가득한 얼굴로 환우를 바라보았다. 네까짓 게 어떻게 하겠느냐는 듯한 얼굴이다.

가만히 보고만 있어도 절로 열받게 만드는 미소다.

조금 전 환우의 반말에 쭉 찢어졌던 눈도 어느새 원상태로 돌아와 있었다. 마치 힘겨운 비무에서 승리한 듯한 신색이다.

"쯧쯧. 아쉽게 되었어. 자네가 날 찾아온 일이 그것이 전부라면 이곳에서의 일은 끝난 것이로군. 그럼 잘 가게나."

그리고 무극 진인은 몸을 돌렸다.

'더 이상 무당을 더럽히지 말고 어서 떠나란 말이다, 동이의 오랑캐 같으니.'

환우가 무극 진인의 머릿속까지 들여다볼 수는 없었으니 그가 이런 생각을 한다는 것은 몰랐다. 하지만 그의 온몸에서 풍기는 기운은 무척이나 기분 나빴다.

환우의 미소는 더 이상 환하다 할 수 없을 정도로 진해졌다. 그리고 얼굴 가득 진득한 살기가 채워졌다. 무극 진인이 몸을 돌린 그 순간부터다. 얼굴에 표정으로만 나타난 살기였기에 무극 진인은 그것을 느끼지 못했다.

이 모든 것을 모두 지켜보고 있던 치호는 가슴이 조마조마했다.

언제, 어떤 방식으로 사숙의 분노가 폭발할지 몰랐기 때문이다. 그가 아는 것은 한 가지였다. 이제 곧 사숙의 분노가 폭발할 거라는 사실 말이다.

'에휴. 이러다가 내가 제명에 못 죽지.'

긴장과 긴장의 연속. 그야말로 치호는 수명이 줄어드는 듯한 느낌이었다.

"거기 서."

결국 환우의 입이 떨어졌다. 하지만 환우의 말을 깨끗이 무시한 무극 진인은 어느새 방의 문고리를 잡고 있었다.

"머릿속에 똥만 든 돼지, 뱃속에는 더러운 욕심으로 가득하구나."

우뚝.

그 말에 무극 진인이 멈춰 섰다.

"뭐라 했나?"

그의 목소리에는 진한 분노가 담겨 있었다.

모욕도 이런 모욕이 없었다. 대무당파의 장문인에게 감히 돼지라니. 한낱 동이의 오랑캐 따위가 말이다.

결국 무극 진인은 몸을 돌렸다.

그 순간.

환우가 귀신같이 무극 진인을 향해 쇄도했다. 작은 방이었기에 단지 서너 걸음을 옮긴 것만으로도 환우는 무극 진인의 정면에 서 있었다.

그리고 손을 뻗었다. 선무도의 수법이었으나 그 기세는 자못 날카로웠다.

환우의 손이 무극 진인의 가슴을 덮치는 순간, 무극 진인은 무당파의 독문 보법 중 하나인 현천유운보를 펼쳐서 황급히 피했다.

찌익.

무극 진인의 푸른색 도포의 가슴 자락이 길게 찢어졌다. 그리고 찢어진 옷자락 사이로 살짝 드러나는 검날. 그것은 단검의 검날이었다.

순간 무극 진인의 얼굴이 당황으로 물들었다. 상대는 일부러 옷자락만 찢은 것이다. 그 순간 자신의 심장을 꿰뚫을 수도 있었는데 말이다.

그것도 정확히 용아천뢰검을 품고 있는 부분이었다.

"돼지, 그 가슴에 있는 그것은 무엇이지? 도둑맞았다고 하지 않았나?"

"크윽. 무례한 오랑캐 같으니……."

분노한 무극 진인의 입에서 결국 진심이 새어 나왔다.

환우의 눈빛이 깊게 가라앉았다.

밖으로 터뜨리는 분노가 아니라 안에서 새파랗게 타오르는 분노다. 이런 것이 진정한 분노였다.

뜨겁게 흥분하게 만드는 것이 아니라 오히려 차갑게 식게 만드는 분노.

환우는 진심으로 분노했다.

분노의 청염이 그 두 눈동자에서 타오르는 듯했다. 치호는 감히 환우의 근처에 있지를 못했다. 그의 몸에서 터져 나오는 분노의 기세가 전신을 따갑게 쏘아왔기 때문이다.

와장창!

그때 무극 진인이 문을 부수고 밖으로 뛰쳐나갔다. 무유 진인이 그 뒤를 따랐다.

환우는 그 모습을 가만히 지켜보았다.

"이것이 네가 말한 명문정파이고 구대문파인 것이냐?"

환우의 물음에 치호는 아무런 대답도 하지 못했다.

"정신 단단히 차려라. 아마도 지금까지 중에서 제일 힘들 거야. 상당히 검을 넘겨주기가 싫은 모양이다."

치호도 이제는 밖에서 심상치 않은 움직임이 일고 있는 것을 느끼고 있었다. 하지만 환우가 느끼는 것은 치호가 느끼는 것 그 이상인 듯했다.

하긴 사숙의 감각이라면 당연한 일이라 생각한 치호는 몸의 긴장감을 적당히 올렸다. 이제 처참히 부서진 저 문을 나서면 어떤 일이 벌어질지 몰랐다.

설마 자신이 같은 구파일방의 일원인 무당파와 싸우게 될 줄은 생각지도 못했다.

환우가 천천히 걸음을 옮겼고 치호가 그 뒤를 따랐다.

부서진 문을 지나 밖으로 나가니 무당은 문파의 대적이라도 맞이하는 듯한 준비를 하고 있었다. 수많은 제자들이 검을 뽑아 든 채 환우를 경계하고 있었다. 장로로 보이는 도사들 역시 모두 나온 듯했다.

무극 진인이 분노한 얼굴로 환우를 보았다.

"네 녀석, 결코 무사하지 못할 것이야."

그의 손에는 용아천뢰검이 들려 있었다.

환우는 천천히 무극 진인을 향해 걸음을 옮겼다. 그의 얼굴에 변화는 전혀 없었다. 그저 담담한 얼굴이었다. 하지만 눈동자 깊은 곳에는 여전히 분노가 넘실거리고 있었다.

환우가 무인들 사이로 걸어갔다. 치호가 그 뒤를 따른다. 무극 진인의 얼굴에 미소가 떠오른다. 분노는 어느새 사라지고 없었다. 지금 그의 표정은 함정으로 들어오는 사냥감을 보는 사냥꾼의 그것과 같았다.

"진을 펼쳐라!"

환우가 얼마나 걸었을까? 무극 진인이 내공을 실어 외쳤다. 그러자 무사들이 일사불란하게 움직이면서 환우를 포위했다.

무사들이 질서정연하게 늘어서자 환우는 은근한 압력이 몸에 가해지는 것을 느낄 수 있었다. 진이 발동되면서 이미 환우를 압박하고 있는 것이다.

치호도 상당한 압력을 느끼는 듯했다. 그의 이마에 벌써 땀방울이 맺히기 시작했다.

"이게 진법이란 것인가?"

치호에게서 대강 듣기는 했었다. 다수의 힘을 합쳐 강한 소수를 공격할 때 쓰는 수법 중 하나라고 했다. 과연 저들이 모이니 힘이 훨씬 증폭되고 있었다.

"대천강검진이라는 것이다. 어디 한번 견딜 수 있으면 견

더보거라!"

완전히 죄인을 대하는 듯한 말투다. 다수의 제자들 속에 섞여서 자신감을 얻은 것일까? 무극 진인의 목소리에서는 자신이 넘쳤다.

환우가 피식 웃었다.

"얼마든지."

조금 답답하긴 했지만 견디지 못할 정도는 아니었다. 능히 이들을 쳐부수고 무극 진인의 손에 들린 용아천뢰검을 찾을 자신이 있었다.

"개진!"

환우의 말이 시발이었을까? 무극 진인의 외침과 함께 무사들이 일정한 규칙에 따라 움직이기 시작했다. 진이 본격적으로 발동되기 시작한 것이다. 그러자 환우는 자신을 향한 압력이 더욱 거세지는 것을 느낄 수 있었다. 오히려 치호는 압력이 작아지는 것을 느꼈다.

지금 그들의 목표는 오직 환우 한 사람이었던 것이다.

"제법이군."

환우는 여전히 미소를 짓고 있었다. 그때 다섯 개의 검날이 동시에 환우의 얼굴을 찔러왔다. 환우는 몸을 뒤로 젖히며 피했다. 그 검들이 뒤로 물러간다 싶은 순간 옆구리로 세 개의 검이 날아온다.

환우는 역시 몸을 비틀어서 그 검들을 피했다. 환우는 아직 용아천뢰검과 벽조목검을 꺼내 들지 않았다.

아니, 무당의 인물들은 지금 그가 아무런 무기가 없다고 확신하고 있었다.

무유 진인이 보는 앞에서 그는 자신의 모든 병기를 해검지에 내려두지 않았던가.

"무유 사제."

"네, 장문 사형."

"해검지에 가서 찾아오게나."

무엇인지 말하지 않아도 뻔했다. 그리 말하는 무극 진인의 얼굴은 탐욕으로 번들거리고 있었다.

"알겠습니다."

무유 진인이 해검지를 향해 빠른 속도로 내려갔다. 자신을 공격하는 검을 피하는 와중에 환우는 두 사람의 대화를 똑똑히 들을 수 있었다. 슬며시 미소가 그려진다.

"제법이군. 그리 힘들이지 않고 버티고 있다니."

무당의 검진은 강호의 일절이다. 특히 칠성검진은 그 명성이 드높았다. 하지만 대규모로 펼치는 검진은 그다지 알려진 것이 없었다. 칠성검진의 위명이 워낙에 높은 탓도 있었다. 사람들은 무당의 검진이라 하면 자연스레 칠성검진을 떠올렸으니 말이다.

지금 펼쳐지고 있는 대천강검진은 서른여섯 명의 검수로 이루어지는 검진으로, 무당의 검진 중 가장 규모가 큰 것이었다. 본디 다수의 적을 상대하기 위해 고안된 검진이었는데, 오늘 오직 환우를 상대로 펼쳐지고 있었다.

무허 진인에게서 상대에 대한 이야기는 이미 들은 터였다. 그리고 소림에서의 회의 결과로 인해 언젠가는 찾아올 것이라는 것도 알고 있었다.

그래서 철저히 준비했다.

하지만 오늘 소리 소문도 없이 찾아온 것은 정말이지 의외였다. 그간 준비에 소홀함은 없었지만 너무 갑작스러웠다. 그래서 시간을 끌 필요가 있었던 것이다.

어떻게 시간을 끌어서 그간 준비해 왔던 것들의 배치가 끝난 후에야 무극 진인은 환우를 만났다.

하지만 환우가 펼친 단 일 수의 공격에 그는 간담이 서늘해졌다. 자신의 사제가 그런 몰골이 된 것이 충분히 이해가 갔다.

솔직한 심정으로 무극 진인은 일 대 일로는 환우와 싸울 자신이 없었다. 그래서 무수히 많은 무당의 제자들 뒤로 숨었다.

환우는 자신을 향해 다가들었다가 뒤로 빠지는 검들을 피하면서 검수들의 움직임을 유심히 살폈다. 아니, 정확히는 그들의 움직임에 따라 일어나는 기운의 움직임을 살폈다.

기운을 읽는 능력을 가진 환우다. 그런 환우에게 있어 다수의 사람이 방위에 따라 움직이면서 기운의 흐름을 조종하는 진법의 변화를 간파하는 것은 어려운 일이 아니었다.

오래지 않아 환우는 대강의 기운의 흐름을 파악할 수 있었다. 그러자 앞으로의 변화도 능히 짐작할 수 있었다.

그러면 어려울 것은 없었다.

환우는 검이 다가들기 전에 피했고 검이 빠지기 전에 공격했다. 그의 손과 발이 서서히 움직이기 시작했고 그에 따라 무당의 검수들은 조금씩 타격을 받기 시작했다. 마음만 먹으면 금세 끝낼 수 있음에도 환우는 그저 시간을 끌었다. 작은 충격을 조금씩 주면서 무언가를 기다리고 있는 듯했다.

그렇게 시간이 흘렀다.

알게 모르게 대천강검진의 서른여섯 명의 검수는 환우의 공격에 적지 않은 내상을 입었다. 가랑비에 옷 젖는 줄 모른다는 말이 이 상황에 딱 들어맞았다.

일견 격렬해 보이는 대천강검진과 환우의 전투에서 어느새 치호는 진 밖으로 벗어나 있었다. 환우의 유도에 따라 움직이다 보니 자신도 모르는 사이에 진세에서 벗어나 있었던 것이다. 이 자리의 모든 사람들의 시선이 환우에게 고정되어 있었기에 다들 그 사실을 쉬이 눈치 채지 못했다.

그저 치호만이 얼떨떨한 얼굴로 진세 안의 사숙을 바라보고 있었다. 자신을 이토록 쉽게 진 밖으로 내보냈다면 스스로도 얼마든지 진을 파훼할 수 있다는 뜻이었다.

치호는 더 이상 놀랄 기운도 없었다. 자신이 아는 한 사숙은 진법에 대한 지식이 전혀 없었다. 처음 대천강검진이 발동하게 놔둔 것만 봐도 알 수 있었다.

사숙의 성격이라면 진법이 발동하기 전에 선제공격을 했을 것이다. 진법이라는 것에 대해 지식이 있다면 말이다. 상대가 강해지기 전에 미리 싹을 잘라 버리는 것이 사숙의 성격이었다. 사숙은 귀찮은 것을 무척이나 싫어했으니 말이다. 괜히 적이 강해지도록 멀뚱히 보고 있지 않는다.

그런데 이번에는 진이 제대로 형태를 갖출 때까지 아무것도 하지 않았다. 그것은 진법에 대한 지식이 전혀 없다는 말이었다. 그런데 그 속에서 싸우는 와중에 변화를 파악하고 자신을 진 밖으로 밀어냈다. 그리고 지금은 여유롭게 무언가를 기다리고 있다.

"정녕 괴물이야……."

치호는 믿을 수 없다는 얼굴로 낮게 증얼거렸다. 누구도 그런 치호를 보고 있지 않았다.

환우와 대천강검진의 전투에 모두의 시선이 집중되어 있었다.

그때 환우의 입가에 슬며시 미소가 어렸다. 드디어 환우가 기다리던 그 무언가가 온 것이다. 치호는 사숙의 입가에 맺힌 미소에 장난기도 어려 있음을 눈치 챘다. 분명 무언가를 꾸미고 있었다.

환우가 미소를 보이고 오래지 않아 당황한 얼굴의 무유 진인이 헐레벌떡 달려왔다. 무유 진인은 경공을 최대한으로 펼쳐서 달려오고 있었다.

그런 무유 진인의 모습에 무극 진인이 고개를 갸웃거렸다. 서둘러 달려오는 것은 이해가 되었지만 왜 저리 당황해하고 있는 것인지 알 수 없었기 때문이다.

"자, 장문 사형! 헉헉헉."

그사이 무유 진인이 도착했다.

"일단 숨부터 돌리게. 그래, 무슨 일인가?"

무엇 때문에 자신의 사제가 이토록 급하게 달려왔는지 궁금했다.

"어, 없습니다."

"뭣이?"

짧은 한마디지만 무극 진인은 대번에 알아들을 수 있었다. 해검지에 있어야 할 것이 없다는 말이다. 그럴 수는 없었다. 그것이 어떤 기검이던가.

이제 두 자루를 더 손에 넣게 되었다고 기뻐하던 찰나에 없다니, 그렇다면 과연 누가 그것을 가지고 갔단 말인가.

그때 환우의 얼굴에 미소가 더욱 짙어졌다.

환우의 양손이 품으로 들어갔다 나왔다.

양손에 들려 나온 것은 열 자루의 단검이었다. 정확히 여덟 자루의 벽조목검과 두 자루의 용아천뢰검.

무극 진인과 무유 진인은 거리가 있었지만 그것을 똑똑히

볼 수 있었다. 그들의 시선은 환우의 양손에 네 자루의 목단
검과 함께 하나씩 들린 용아천뢰검에 고정되었다.

그 둘은 당장이라도 찢어질 듯 두 눈을 부릅떴다. 있을 수
없는 일이었다. 환우가 해검지에서 가지고 있던 단검을 모두
올려놓는 것을 무유 진인이 똑똑히 보지 않았던가.

황당한 것은 치호도 마찬가지였다. 그 역시 사숙이 검을 꺼
내두는 것을 분명히 지켜보았다. 그리고 다시 챙기는 것은 보
지 못했다. 계속 함께 있었기에 그것은 확신할 수 있었다. 그
런데 지금 분명 사숙은 검을 모두 들고 있었다.

귀신이 곡할 노릇이었다.

"재미있군. 그 표정 아주 마음에 들어."

작은 중얼거림이었지만 무극 진인과 무유 진인은 분명하
게 들을 수 있었다.

치호는 고개를 끄덕였다.

사숙이 기다리고 있었던 것은 바로 이것이었다.

저들에게서 저런 표정을 보기 위해 지금까지 적당히 시간
을 끌었던 것이다.

"그럼 계속해서 더 멋진 표정을 보여주기 바라."

환우의 얼굴에 환한 미소가 떠올랐다.

"네, 네놈이……."

뿌드득.

무극 진인의 이 가는 소리가 울렸다. 환우가 똑똑히 들을

수 있을 정도였다. 그가 얼마나 분해하는지 알 수 있었다. 그 소리는 환우의 웃음을 더욱 진하게 만들 뿐이었다.

"지겨웠어, 이제 모든 파악이 끝난 진법이란 것 따위는."

환우는 그렇게 말하면서 적극적으로 움직이기 시작했다. 지금까지는 진의 움직임을 피하면서 적당히 상대하는 소극적인 움직임을 보였을 뿐이다.

환우의 움직임에 서른여섯 명의 검수는 긴장했다. 진을 이루어 움직이는 그들은 진작에 알고 있었다. 상대는 이미 대천 강검진의 요체를 모두 파악하고 있었던 것이다.

환우는 거침없이 자신을 찌르고 베어오는 검날은 피하면서 걸음을 옮겼다. 그리고 손을 떨친다.

"훗. 이곳을 뚫으면 이 진의 흐름이 끊기지."

동시에 날아가는 세 자루의 벽조목검. 그것은 진을 구성하는 검수들의 어깨와 무릎, 팔에 정확히 꽂혔다. 그들의 움직임이 멈췄다.

그리고 진의 변화가 뒤엉키기 시작했다.

환우가 공격한 그곳이 대천강검진의 유일한 생문이었다. 서른여섯 방위를 점하면서 백팔 번의 변화를 보이는 검진의 변화가 일순간 멈췄다. 그 순간 환우의 왼손이 떨쳐졌다. 동시에 다섯 자루의 단검이 하늘을 향해 날아올랐다.

"오뢰파곤(五雷破坤)."

환우가 나직이 초식의 이름을 읊조리는 순간 하늘로 올라간 다섯 개의 단검은 다섯 줄기의 하얀 벼락으로 화했다. 그리고 다섯 방위로 나누어져 땅으로 떨어진다.

"뭐, 뭐야?"

"크윽."

"저, 저것은……!"

사람들은 그 모습을 똑똑히 지켜보았다. 말로만 들었다. 그것은 전설이었다. 푸른 하늘에서 열 줄기의 벼락이 떨어져 천마를 격살했다는, 하얀 옷을 입은 동방의 신협이 만들어낸 전설이었다.

그리고 지금 그들의 앞에 전설의 일부가 다시 나타났다.

그때처럼 푸르디푸른 하늘이 아니었다. 열 줄기도 아니었다. 그저 조금 높은 공중에서 다섯 줄기의 벼락이 떨어지고 있을 뿐이다.

하지만 그들로선 상상도 할 수 없는 장면이었다. 그저 말로만 들은 환상과도 같은 무공이요, 경지였다.

눈앞에서 그와 비슷한 것이 펼쳐지고 있었다.

그들에게는 전설이 다시 나타난 것과 다름없었다.

"어, 어떻게……."

무극 진인이 덜덜 떨면서 말을 제대로 잇지 못했다. 저 모습을 자신은 두 눈으로 똑똑히 브았었다. 정마대전에서 동방 신협이 떨친 벼락을 직접 보았던 것이다.

그때의 그것에 비할 바는 아니었다.

하지만 분명 그때 본 것과 같은 벼락이다.

이럴 수는 없었다.

아무리 동방신협의 제자라도 저런 경지에 올랐다고는 생각지 못했다.

그런데 손을 떨쳐 벼락을 뿜어내다니. 무언가 잘못됐다. 머리에 피도 안 마른 새파랗게 어린 녀석이 저런 실력이라니! 믿을 수 없었다.

환우가 만들어낸 벼락은 느렸다.

모든 사람이 그 변화를 똑똑히 볼 수 있을 정도로 느렸다. 오히려 그것이 더 무서웠다.

사람들에게 전설을 다시 떠올릴 충분한 시간을 만들어준 것이다.

'저, 저것이야…….'

치호가 보았던 환상과도 같은 광경이 다시 펼쳐졌다. 그때 단 두 자루의 용아천뢰검으로 펼쳤던 그것은 더욱 굉장했다. 치호가 오십여 년 전의 전설을 그대로 다시 보았다고 착각했을 정도였으니 말이다.

잠룡은검과의 비무에서는 사용하지 않았었다. 그 비무는 환우가 스스로의 깨달음을 정리하고 강한 자와 겨루기 위해 한 비무였지, 가진 최강의 무공을 펼치기 위한 것이 아니었다. 게다가 사숙이 분명히 말했었다. 그것은 열 자루가 모두 모이기 전에는 미완성인 것이라고. 그래서 그때는 사용하지 않았었다.

하지만 지금은 미완성이나마 다섯 자루로 벼락을 내리고 있었다.

한 점에서 다섯 줄기로 갈라진 하얀 벼락은 마치 약속이라도 한 듯 오행의 방위로 떨어져 내리고 있었다.

"우와와, 피해라! 죽는다!"

삼십육 천강검수 중 누군가가 외쳤다. 그 외침이 도화선이었다. 진은 순식간에 와해되고 검수들은 우왕좌왕 흩어졌다. 환우를 둘러싸고 있던 무당의 무사들 역시 피하기에 급급했다. 벼락이 떨어지는 지점은 정확히 보였다. 그러면 피할 수 있다. 그런 생각으로 그들은 도당치기에 바빴다. 장문인이나 장로들로는 통제가 안 되는 상황이었다.

아니, 장문인이나 장로들은 통제할 생각도 없었다. 그들은 그저 떨어져 내리는 벼락을 멍하니 바라볼 뿐이었다.

다시는 볼 일이 없을 것이라 여겼던 것을 다시 보고 있는 충격이 그들의 정신을 뒤흔들었다.

제자들이 그들을 뒤로하고 뿔뿔이 흩어지는 상황조차 제대로 인지하지 못하고 있었다.

콰콰콰콰쾅!

벼락이 땅에 떨어지면서 요란한 폭음이 울렸다. 그리고 오행의 방위에 따라 다섯 곳에 커다란 구덩이가 생겼다. 만약 그 자리에 그대로 서 있었다면 분명 피떡이 되었을 것이다.

무지막지한 위력이다.

실제로 벼락이 떨어진 듯하다.

환우는 만족한 미소를 지었다.

이들이 보여주는 반응은 자신이 기대한 그대로였던 것이다. 애자를 다룰 수 있게 된 이후부터 쓸 수 있게 된 초식이다. 단 한 번 벽조목검으로 열 개의 벼락이 내리치는 모습을 본 적이 있었다. 망아 스님이 보여줬었다. 환우는 이제야 그것을 흉내 정도 낼 수 있게 되었다.

그래서 처음 시험해 보았다. 이것을 본 사람들은 어떤 반응을 보일지.

무당의 말코들이 아주 만족스러운 반응을 보여주었다.

환우가 발걸음을 뗐다. 그가 향하는 방향은 무극 진인이 있는 곳이었다. 장로들이 그를 둘러싸고 있었다.

무극 진인과 삼 장 정도의 거리를 두고 환우는 멈춰 섰다.

"감상이 어때? 얼굴은 아주 볼만한데 말이야. 훗."

환우의 말에 그제야 무극 진인은 정신을 차렸고, 현재 상황이 그의 눈에 들어왔다.

처참했다.

대무당의 제자들이 이런 형편없는 모습이라니… 그 참담한 심정이란 이루 말할 수가 없었다.

"네, 네놈이……."

하지만 무극 진인이 할 수 있는 말은 없었다.

이 공간은 이제 완벽하게 환우가 지배하고 있었다, 다섯 줄기의 벼락을 땅에 내리는 모습을 보여줌으로 인해서.

"이제 그만 내놓는 게 어때?"

환우가 오른손을 내밀었다.

펼쳐져 있는 빈 손바닥. 무극 진인은 그 손바닥을 물끄러미 내려다보았다. 그리고 용아천뢰검을 쥔 손에 힘을 주었다.

"네놈이 아무리 동방신협의 제자라지만 남의 문파에서 이 무슨 행패냐? 게다가 무당의 보물인 태극뇌정검을 내놓으라고 하다니!"

오히려 무극 진인이 큰소리를 쳤다.

그의 말에 사방으로 흩어졌던 제자들이 술렁였다.

태극뇌정검을 빼앗기 위해 왔다고 한다. 그 말에 무당 제자들의 눈에 분노가 어렸다. 조금 전까지의 두려움은 말끔히 사라졌다. 그리고 천천히 움직여 다시 환우를 포위했다.

"태극뇌정검? 하!"

환우는 어이가 없다는 듯 헛웃음을 터뜨렸다. 용아천뢰검에 적당한 이름을 붙이고 자기 것이라 우기면 자기 것이 되는 줄 알고 있는 이들이 왜 이리 많은가.

마교에서는 뇌룡아라 부르면서 환우 자신에게 내놓으라더니 무당은 지들 것이라고 줄 수 없다 한다.

태극뇌정검.

무당의 신물이다. 언제부터 있었던 것인지는 모른다. 하지

만 장문인에게서 장문인으로 전해지는 무당의 무가지보라 했
다. 오직 태극혜검으로만 그 진정한 위력을 드러내는 신검이
라 했다.

무당의 상징이자 장문인의 증표인 신물.

지금 상대가 내놓으라고 한 것이 바로 그것이라니, 있을 수
없는 일이다. 그 말은 곧 무당파의 현판을 내리겠다는 것과
같은 말 아닌가?

그 자리에 모인 모든 무당 제자들의 몸이 분노로 부들부들
떨렸다.

第三章 거침없는 행보

"사람이 아니야… 사람일 리 없어. 그래, 동방의 하늘에서 내려온 천신(天神)일 거야. 틀림없어."

해동에서 온 백의의 사내. 한 번의 손짓에 열 개의 벼락이 떨어지고, 마교의 혈사는 그 앞에 침묵한다. 열 개의 벼락을 중원에 남겨두고 홀연히 떠났다.

그리고 오십 년 후. 다시금 중원이 어지러워지려 할 때 그의 후예가 중원으로 향한다.

푸른 하늘에 열 개의 벼락이 다시 떨어지는 순간 천하는 그 앞에서 무릎 꿇으리라.

청로 진인은 오랜만에 산을 내려가기로 했다. 자신의 귀여운 애제자가 올 시간이 지났는데도 오지 않은 것이다. 물론 가끔 갑작스러운 일이 생겨서 기별도 없이 오지 못할 때도 있었다. 하지만 이번은 뭔가 이상한 느낌이 들었다.

그래서 오랜만에 산을 내려가야겠다는 생각이 들었다.

자신의 나이가 백을 넘은 이후로는 세는 것을 잊은 노도장. 청로 진인은 무당의 전전대 장문인이었다. 오십여 년 전의 정마대전은 그가 장문인의 자리에서 물러나고 얼마 되지 않아 터진 대전쟁이었다. 그래서 은거를 깨고 직접 그 혼란함에 몸을 담기도 했었다.

하지만 이제는 모두 지난 일이다.

정마대전 이후로 그저 무당산에 몸을 담고 검의 경지를 갈고닦을 뿐이었다.

그렇게 시간을 보내다가 재미있는 아이를 발견했다. 무당의 속가제자라는 그 아이는 속가제자로 두기에는 그 자질이 비범했다. 하지만 가문을 이어야 하기에 도명을 얻을 수 없다 하였다.

그래도 아까웠다. 그래서 친히 제자로 삼고 가르쳤다. 그로 인해 꼬이게 될 배분 문제 따위는 신경도 쓰지 않았다. 그저 자질과 인품이 마음에 들어 가르쳤을 뿐이다. 가르쳐서는 안 되는 것까지 가르쳤지만 그런 법도 따위에서 초탈한 지 오래였다.

애초에 무위자연을 추구하는 도가에서 도사들에게 법도 따위를 정해 강요한다는 것 자체가 말도 안 되는 일이다. 청로 진인 자신도 무당파의 품을 떠나 무당산의 품에 안긴 후에야 깨닫게 된 지극히 간단한 진리였다. 지극히 간단하지만 지극히 깨닫기 힘든 진리이기도 했다.

사람들은 알면 알수록 더욱 복잡한 것에서 무언가를 찾으려 한다. 사실은 간단하고 단순한 것인데 말이다.

청로 진인은 녹색 도포에 평범한 청강장검을 쥐고는 산을 내려갔다. 아니, 산을 내려간다기보다는 무당파로 향했다.

그 녀석은 무당파의 속가제자. 자신을 찾아올 때 찾아오지 못했다면 분명 문파의 일 때문일 것이란 생각 때문이었다.

대체 얼마 만에 무당파를 찾아가는 것인지 기억이 가물가물했다. 적어도 십 년은 넘은 것 같았다.

십여 년 전에는 무당파에서 자신을 찾아 사람이 오기도 했는데 언제부터인가 그것도 사라졌다.

자신도 무당을 잊고 무당도 자신을 잊은 듯했다.

그래도 오랜만에 고향과도 같은 자신의 문파를 찾아가기 때문인지 늙은 몸에 활기가 돌았다. 무언가 이상한 기분에 제자를 찾아 무당파를 찾는다는 사실도 잠시 잊었다.

*　　　*　　　*

"이제 곧 균현입니다."

잠영 일호가 긴장한 채 말을 했다. 구양천에게 무슨 말을 할 때면 항상 온몸에 긴장이 감돈다. 밀정으로 훈련을 받은 그 모든 것들이 한순간 무용지물이 되어버린다.

"긴장 풀라고 했을 텐데. 너무 티가 팍팍 나는걸."

구양천의 나직한 말에 잠영 일호의 몸은 오히려 더 딱딱하게 굳었다.

잠영 일호의 민감한 기감은 보통 사람은 느끼지 못할 구양천에게서 은근히 풍겨 나오는 사나운 기세까지 느낀다. 그 때문에 오히려 더욱더 긴장을 하게 되는 것이다.

구양천은 결국 포기했다. 지금까지 짧은 시간을 동행했지만 대강은 알 것 같았기 때문이다. 잠영 일호는 자신에게 말을 하거나 자신이 그에게 말을 할 때 심하게 긴장했다. 결국 모르는 사람인 듯 그저 걷기만 하면 아무런 문제가 없는 것이다.

구양천은 더 이상 아무 말도 하지 않고 걸음을 옮겼다. 모르는 사람이 본다면 그 둘은 아무 상관이 없는 문사와 무인이었다.

이윽고 두 사람은 균현에 들어섰다.

두 사람이 균현에 들어설 때쯤 균현의 남쪽 관도를 통해 화풍천 일행이 무당산을 향해 가고 있었다. 화풍천은 여전히 정신을 못 차리고 있었기에 무당의 무사 둘이 그를 들것에 실어 나르고 있었다.

치호에게서 입은 충격에서 회복한 단리운극은 침중한 얼굴로 걸음을 옮기고 있었다. 그는 자신이 사부의 명예에 커다란 누를 끼쳤다고 생각하고 있었다. 그럴 수밖에 없었다. 태극혜검을 사용했음에도 개방의 강룡십팔장에 패했으니 말이다.

그런 분위기를 읽은 것인지 단리운극이 정신을 차린 이후에도 누구도 그에게 태극혜검에 관해서 묻지 않았다. 아니, 그들 역시 심한 상심에 빠져서 그것을 물을 생각도 못하고 있었다.

그들 틈에 당풍과 하각, 남궁아연이 함께 걷고 있었다. 그들도 나름대로 충격을 받은 상태였다. 후기지수 중에는 자웅을 결할 이들이 거의 없다는 그들의 자부심이 형편없이 깨져버린 것이다.

'할아버지와 그자 중 누가 더 강할까?

남궁아연은 자신에게 검을 가르쳐 주시던 할아버지의 그 절대적인 모습을 잊을 수 없었다. 그리고 아주 잠시지만 그에게서 그 모습을 본 것 같았다. 무인으로서 궁금했다, 과연 누가 더 강할 것인지.

하지만 말이 안 되는 일이다. 남궁아연의 할아버지는 무림의 십대고수 중에서도 가장 강하다고 인정받은 검존이다. 이제 약관이 된 듯한 청년과 검존을 비교하다니 어불성설이다. 정상적인 무림인이라면 그렇게 생각할 것이다.

남궁아연도 곧 그 생각을 머리에서 떨쳤다.

그렇게 무당을 오르는 그들은 몰랐다. 곧 그들 뒤를 덮칠 검은 그림자를 말이다.

그들은 지금 깊은 충격과 상심에 빠져 있었다.

사방으로 흩어졌던 무당의 제자들이 한 발 한 발 환우를 향해 다가섰다. 다섯 줄기의 벼락으로 죽여놓았던 기세가 다시 살아나고 있었다.

그들의 몸에서 넘실거리면서 피어오르는 것은 환우를 향

한 명백한 적개심과 살기였다. 환우는 그것을 너무도 잘 느낄 수 있었다.

그는 고개를 갸웃거렸다.

갑자기 이들이 이렇게 돌변한 이유를 알 수가 없었던 것이다. 환우가 가볍게 손을 털었다. 그러자 구덩이에 박혀 있던 다섯 자루의 단검이 부드럽게 환우의 손으로 돌아왔다. 신기와도 같은 기술이다. 하지만 그럼에도 무당의 무사들에게서 동요는 없었다.

무극 진인의 입가에 득의의 미소가 맺혔다.

"후훗. 우리 무당을 우습게보지 마라. 감히 무당의 장문영부를 노리다니."

"장문영부?"

환우는 고개를 갸웃거렸다. 그것이 아마도 무당의 무사들이 저토록 살기를 뿜어내며 자신을 향해 다가오는 이유일 것이다.

환우의 시선이 치호를 향했다.

"한 문파의 장문인을 나타내는 신물이에요."

"허."

어이가 없었다. 어떻게 사부의 용아천뢰검이 무당의 장문영부가 될 수 있단 말인가.

하지만 제자들이 저렇게 철석같이 믿고 있는 것으로 보아 제법 오래전부터 그래 왔던 것 같다.

결국 돌려줄 생각이 전혀 없다는 소리다.

"대무당이라는 곳은 남의 물건을 가져다가 장문영부를 삼는 곳이었군."

"무엄하다!"

환우의 말이 끝나자마자 혈기왕성한 젊은 무사 하나가 검을 찔러왔다. 그는 이미 조금 전의 공포는 완전히 잊은 듯했다. 환우는 가볍게 움직여 그 검을 피했다. 그리고 환우의 무릎이 정확히 그 무사의 명치에 틀어박혔다.

이제는 환우의 몸에서도 살기가 피어오른다. 이건 생각해 보니 어이가 없는 정도를 넘어서 있다. 분노가 일었다. 오랑캐 운운할 때와는 또 다른 분노다.

환우의 살기가 순식간에 공간을 지배했다.

그것은 일순간의 일이었다. 환우를 향해 다가가던 무사들의 걸음이 약속이나 한 것처럼 동시에 딱 멈췄다. 그들의 이마에 땀방울이 송골송골 솟아올랐다.

환우의 얼굴은 무표정했다. 진정으로 분노한 것이다.

환우의 근처에 있는 무사들은 부들부들 떨었다. 온몸의 내공을 쥐어짜 환우의 살기가 만들어내는 기세에 저항하려 했지만 역부족이다.

환우는 무극 진인을 향해 걸어갔다. 환우가 가려 하는 방향의 무사들이 좌우로 갈라지면서 길이 만들어졌다. 그들 중 누구도 환우와 마주하지 못했다.

"그것이 어째서 무당의 장문영부이지?"

살기가 가득한 음성이다. 환우의 물음에 무극 진인은 대답하지 못했다. 할 말이 없어서 그런 것이 아니다. 환우의 살기에 압도당했기 때문이다.

그때 그의 손에 들린 용아천뢰검이 살짝 떨렸다. 그 떨림에 무극 진인은 정신을 차렸다.

"이미 오십여 년 전부터 무당 장문인의 소유로 존재해 왔다."

그건 당연한 것이다. 망아 스님이 그것을 구파일방에 맡긴 것이 오십여 년 전이니 말이다.

"그리고 이 검은 유일하게 무당의 태극혜검에 반응해 푸른 검강을 토해낸다. 무당의 태극혜검을 위해 만들어진 검이다. 그러니 어찌 무당의 장문영부가 아니겠느냐?"

억지에 궤변이다. 환우의 얼굴에 어린 분노가 더욱 진해졌다.

"그러나 결국은 남의 물건. 어찌 가치가 있다 하여 남의 것을 자신의 것이라 우기는가!"

환우의 분노에 찬 목소리가 쩌렁쩌렁 울렸다. 그 목소리에 몇몇 제자가 고개를 갸웃거렸다. 그들은 정문을 지키던 무사들로부터 환우가 이곳을 찾은 목적을 들은 이였다. 분명 동방신협이 무당에 맡긴 것을 찾으러 왔다고 하였는데 이곳에서 무당의 장문영부인 태극뇌정검을 내놓으라 하다니, 이상

했다.

“그것은 오십여 년 전 내 사부가 마교 교주를 물리칠 때 사용한 용아천뢰검 중 한 자루가 아니냐!”

우레와 같은 외침이다. 그 외침은 무당을 전부 뒤덮을 정도로 크고 웅장했다.

환우의 외침에 무사들 사이에 소란이 생겼다. 무당의 장문영부가 본디 동방신협의 것이었다니, 알 수 없는 말이다. 이곳에 모인 대다수의 제자들은 동방신협이 열 자루의 단검을 구파일방에 맡겼다는 것을 모르고 있었던 것이다.

“흥. 증거가 있느냐?”

무극 진인은 끝까지 발뺌을 했다. 그리고 용아천뢰검을 쥔 손에 더욱 힘을 주었다. 그의 두 눈에 번들거리는 탐욕의 빛은 더욱 진해졌다.

환우의 눈썹이 하늘을 향해 치솟았다. 더 이상 참을 수가 없었다. 이 정도면 환우로서도 오래 참은 것이다. 예전의 환우였다면 벌써 초주검이 될 정도로 패놓았을 것이다.

그런 환우의 기색을 느꼈음인가? 무극 진인이 선수를 쳤다.

“네 이놈! 무당의 장문영부인 태극녀정검의 태극혜검 맛을 보아라!”

과연 무극 진인의 말대로 세 척 길이의 푸른 검강이 용아천뢰검에서 쑤욱 솟아올랐다. 그리고 검강은 환우를 베어왔다.

"어림없는 짓!"

환우가 빠르게 움직였다. 그리고 양손에는 어느새 애자와 용아가 들려 있었다.

자신을 향해 다가오는 검강을 막아간 것은 오른손의 애자였다. 애자는 기쁨에 떠는 듯했다.

아니, 그것은 무극 진인이 가지고 있는 용아천뢰검 역시 마찬가지였다. 환우는 무극 진인이 가진 것의 의지까지도 느낄 수 있었다. 한데 그것은 기뻐하고 있었다. 마치 애자처럼 말이다.

'어떤 녀석일까?'

애자 말고도 다투는 것을 좋아하는 녀석이 있다니 의아했다. 하지만 그것은 되찾은 후에 알아보면 될 일이다.

챙!

검강과 단검이 부딪치자 요란한 소리가 울렸다. 그 모습을 보는 무사들의 얼굴에는 경악이 어렸다. 검강과 부딪쳐서 멀쩡한 단검이라니. 그런 검이 있다는 이야기는 들은 적이 없었다. 아니, 상식적으로 불가능했다.

"흥. 과연 믿는 구석이 있었구나."

환우의 방어에 무극 진인이 코웃음을 치며 말했다.

"정말이지 용서가 안 되는 놈이군."

환우는 가슴 가득 살심이 일어나는 것을 느꼈다. 한 문파의 장문인을 상대로 살심이 일었다. 그것도 구파일방 중 한 곳인 무당파다.

　마음 내키는 대로 하다가는 일이 걷잡을 수 없이 커질 것이다. 아직 환우에게 그 정도의 이성은 남아 있었다.

　'그래도 팔 하나쯤이면…….'

　그렇게 결정을 내렸다. 환우의 양손이 떨쳐진다. 그리고 용아와 애자가 허공으로 떠올랐다.

　느긋하게 무당파를 향해 걸음을 옮기던 청로 진인은 무당파가 위치한 자소봉에서 심상치 않은 기운이 일어나는 것을 느꼈다. 막 자신이 거하던 봉우리를 내려와 자소봉의 중턱쯤에 올랐을 때다.

　불길한 기운이었다. 진득하디진득한 살기.

　과연 누가 있어 감히 도가의 본산인 무당에서 그런 살기를 풍긴단 말인가.

　청로 진인의 몸이 질풍같이 날았다.

　유운청풍비(流雲淸風飛).

　청로 진인의 독문경공이 극성으로 펼쳐졌다. 그는 흐르는 구름 사이를 노니는 한줄기 맑은 바람이 된 듯 무당파를 향해 치달렸다.

　"어허. 대체 무슨 일이란 말인가. 극이 그 녀석도 오지를 않고… 지금 무림에 별다른 일은 없을 텐데… 어찌 된 일일꼬."

걱정 가득한 그의 중얼거림만이 그가 지나간 자리에 남아 맴돌았다.

"응?"

소면을 먹던 구양천이 젓가락질을 멈췄다.

"무슨 일이십니까?"

사람이 없는 관도에서는 작은 목소리로 대화를 했지만 이곳은 혼잡한 주루다. 다른 자리에 앉았던 잠영 일호가 전음으로 물었다.

"제법이군. 이곳까지 그 기파가 느껴지다니. 병아 녀석이 당할 만도 했어……."

균현의 주루에서 간단한 식사를 하던 구양천은 환우가 발한 살기를 느꼈다. 엄청난 일이다.

자소봉에 있는 무당파에서 이곳까지의 거리가 얼마인가. 환우의 살기가 아무리 강하다 한들 이곳까지 전해질 리 없었다. 그런데 구양천은 그것을 느낀 것이다.

대체 그 실력의 끝이 어디란 말인가.

잠영 일호는 그의 중얼거림을 이해할 수 없었다. 대체 무엇이 느껴진단 말인가. 그가 느낄 수 있는 것은 저 괴물 같은 호법의 몸에 항시 자리하고 있는 기분 나쁜 살기가 전부였다.

"멍청한 녀석, 스스로의 무기를 던져 버리다니."

　허공에 떠 있는 두 자루의 용아천뢰검이 분명 눈에 들어오
건만 무극 진인은 환우가 무기를 버렸다고 생각했다. 그 검이
자신을 향해 날아오기 전에 환으를 벨 자신이 있었기 때문이
다.

　무극 진인은 태극혜검의 요결대로 검을 움직이면서 환우
를 베어갔다. 푸른 검강이 입혀진 용아천뢰검은 부드러운 곡
선을 그리면서 환우를 향해 다가왔다.

　환우는 가만히 서 있었다.

　무극 진인이 환우의 어깨를 베려는 순간 어느새 애자가 날
아와 그 검을 막았다. 무극 진인이 검을 물리려는 순간 이번
에는 용아가 무극 진인의 무릎을 노리고 날아든다.

　무극 진인은 현천유운보의 방위를 밟으면서 재빠르게 물
러나는가 싶더니 오히려 그 반동을 이용해 다시 환우를 쓸어
왔다. 부드럽게 이어지는 검로는 과연 무당의 장문인다웠다.

　탐욕스러운 본성에 비해 제법 성실히 수련을 쌓은 듯했다.
환우가 만난 무당의 인물 중 가장 강했다.

　'하지만 검에 대한 이해는 단리운극인가 하는 애송이가 더
낫군.'

　환우는 검법을 모른다. 하지만 검이 움직이면서 풍기는 기
운은 읽을 수 있었다. 무극 진인이 펼치는 검법이 분명 더 위
력적이고 위협적이었지만 기운의 깊이는 단리운극의 그것이
더했다.

재차 자신의 옆구리를 쓸어오는 검을 환우는 한 발짝 뒤로 물러나는 것으로 피했다. 그리고 몸을 빙그르르 돌리며 뒷발차기가 무극 진인을 향해 날아갔다. 무극 진인은 몸을 뒤로 젖히면서 환우의 발을 피했다.

그 순간 애자가 무극 진인의 가슴을 노리고 위에서 떨어져 내렸다. 무극 진인은 재빨리 검을 휘둘렀다. 그의 검강에 맞고 애자가 튕겨 나갔다.

두 사람은 자세를 바로 하고 서로를 바라본다.

환우는 단 두 자루의 용아천뢰검만 사용했다. 벽조목검을 사용해 봐야 저 검강 앞에 잘릴 것을 알았기 때문이다. 벽조목검 역시 구하기 힘든 검이다. 저런 인간을 상대로 낭비할 이유는 전혀 없었다.

"훗. 보기에만 화려했지 별다른 실력도 없구나."

환우와의 맞붙음에서 어느 정도 자신을 얻은 것일까? 그의 입에서 거만한 말이 튀어나왔다.

사실 그의 선전에 무당 제자들의 얼굴에 존경의 빛이 가득했다. 동방신협의 검과 관련된 의구심은 모두 잊은 듯했다. 환우가 무극 진인과 맞붙는 동안 살기도 사라졌기에 그런 현상은 더욱 두드러졌다.

"보기에만 화려한지 한 번 직접 받아봐."

환우가 손을 앞으로 쭉 뻗었다.

그러자 용아와 애자가 벼락으로 화한다. 아직 용아를 완벽

하게 다루지 못하기에 본래의 위력은 나지 않겠지만 그것만
으로도 충분했다.

이뢰경혼(二雷驚魂)의 수법으로 벼락으로 화한 두 자루의
용아천뢰검.

무극 진인은 대경해 검을 휘둘러 자신을 향해 날아오는 두
줄기의 벼락을 막았다.

콰콰콰콰쾅!!

요란한 폭음이 울리면서 무극 진인은 뒤로 주욱 밀려갔다.
그가 지나간 자리의 땅이 깊게 파였다.

"커헉."

무극 진인이 검붉은 피를 토했다.

"어때? 보기에만 화려한가?"

무극 진인은 대답하지 않았다. 아니, 대답을 할 수 있는 상
황이 아니었다. 조금 전의 충격으로 내부가 진탕되었다. 피를
토하면서 조금 가라앉기는 했지만 아직도 몸 안의 진기가 요
동을 치고 있다. 무극 진인은 내부를 진정시키는 데 온 정신
을 쏟았다.

일 수의 공격에 무당파에는 다시 정적이 내려앉았다. 무당
의 무사들은 분노로 인해 잊고 있었던 즈금 전의 다섯 줄기의
벼락을 다시 떠올렸다.

머리가 차갑게 식었다.

저건 인간이 아니라 괴물이다.

어찌 사람으로 하늘이 내리는 벼락을 저리 자유자재로 뿌린단 말인가.

"이제 그만 끝을 내볼까?"

환우의 말과 함께 애자와 용아가 허공에서 유유히 움직인다. 무극 진인은 그 모습을 보고 있음에도 꼼짝도 할 수 없었다.

"네 이놈! 감히!"

그때 무유 진인이 검을 뽑아 들고 무극 진인의 앞을 막아섰다. 그의 행동이 시발이 되었던 것인지 다른 장로들도 검을 뽑아 들고 무극 진인의 앞을 막아섰다.

무극 진인의 앞에 장로들의 벽이 생겼다.

"뭐, 한 번 맛을 보던가."

다시 한 번 펼쳐지는 이뢰경혼.

콰콰콰콰콰쾅!!

또 한 번 요란한 폭음이 울렸다.

그리고 제자리에 서 있는 무당의 장로는 아무도 없었다. 그들 모두 피를 토하며 바닥에 엎드려 있거나 누워 있었다. 어떤 이는 정신을 잃고 있었다.

사방으로 날아가 그렇게 널브러져 있는 장로들의 모습은 무당의 명예를 너무나 참담하게 만들었다.

무극 진인이 그나마 환우의 공격을 그 정도로 막을 수 있었던 것은 용아천뢰검을 가졌기 때문이었다. 보통의 청강장검을 들고 이뢰경혼을 막아선 그들은 그나마 다수였기에 그 정도로 끝이 난 것이다.

"그럼 진짜로 끝을 내야지."

애자와 용아가 다시 움직인다.

"팔 하나면 되겠지?"

그 말에 무극 진인은 사색이 되었다. 환우가 바라보는 팔은 자신의 오른팔이었다. 검을 쥐는 오른팔. 검사에게서 검을 드는 팔을 빼앗으려 하고 있었다.

아니, 검을 드는 팔이 아니라도 검사에게는 한쪽 팔을 잃는다는 것은 무사로의 생명을 잃는 것이나 다름없다. 인간의 몸은 양팔이 있는 것으로 균형을 맞춘다. 그중 한 팔이 갑자기 사라지면 몸은 균형을 잃는 것이다. 물톤 살아가면서 다시 적응하면 새로운 몸의 균형을 찾을 수는 있다. 하지만 그러는 동안 검사로서의 생명은 끝나는 것이다.

"가라."

환우의 나직한 말에 용아와 애자가 무극 진인의 오른팔을 향해 빠른 속도로 날아간다.

"으… 으악!!!"

내부는 겨우 다스렸으나 미처 피할 생각을 하지 못한 무극 진인의 입에서 비명이 터져 나왔다. 일파의 장문인이라고는 할 수 없는 추한 모습이다.

채챙!

무극 진인이 다가올 고통을 생각하며 두 눈을 질끈 감는 순간, 검을 쳐내는 소리가 울렸다.

그 소리에 무극 진인은 살며시 두 눈을 떴다. 자신의 앞을 막아선 태산 같은 도사가 있었다.

펄럭이고 있는 녹색의 도포가 눈에 익었다.

새하얀 수염과 새하얀 머리칼, 그리고 인자한 얼굴.

참으로 오랜만에 보는 얼굴이다.

설마 아직까지 살아 계실 줄은 몰랐다.

"사… 사조님……."

무극 진인의 목소리가 떨렸다.

"이게 대체 무슨 일이냐?"

청로 진인은 자신이 쳐낸 두 자루의 단검을 쳐다보며 물었다. 두 자루의 단검은 여전히 허공에 둥둥 떠 있었다.

자신의 앞을 막아선 노도사를 보는 환우의 눈에 호기심이 떠올랐다. 강했다. 이제껏 본 적이 없을 정도로 강했다. 강한 실력을 가진 이가 빠른 속도로 다가오고 있다는 것은 느꼈지만 이 정도일 줄은 몰랐다.

두 사람은 서로를 바라보았다.

"치호야."

"네."

"네가 말한 십대고수 중에 무당의 고수가 있어?"

"네, 있습니다."

"누구야?"

"무당에서 배출한 십대고수는 검성 무진 진인이에요. 오성 중 한 명이지요."

"그렇다는 말은 이 형보다 약하다는 말이지?"

환우는 잠룡은검 이협수를 떠올리며 물었다.

"네."

"그러면 저 사람은 아니네. 참… 십대고수라니… 어떻게 정한 거야? 완전 콩가루잖아."

환우는 어이없다는 듯 중얼거렸다.

눈앞의 인물.

환우는 솔직히 자신이 없었다.

어떻게 된 동네가 강해지면 강해질수록 더 강한 사람이 튀어나온다. 게다가 지금 자신의 앞을 막아선 사람은 무림에서 강하다고 꼽는 이들의 족보에도 없는 사람이다.

화산신검이 강했고 잠룡은검은 그보다 더 강했다. 그리고 이 노도사는 잠룡은검보다 더 강했다. 환우는 온몸을 찌르고 있는 상대의 기운에서 그것을 알 수 있었다.

"아! 청로 진인!"

그때 치호가 무언가를 깨달은 듯 외쳤다. 무극 진인이 사조라고 불렀다. 게다가 녹색의 도포를 입고 있다. 그런 인물이 무당에는 단 한 사람이 있었다.

전전대 장문인인 청로 진인. 바로 그였다. 이미 죽었으리라 생각한 그 사람이 이렇게 살아 있을 줄이야.

그라면 당연히 현재의 십대고수에 들 수 없다. 그는 전대의 십대고수였으니까.

치호의 외침에 그제야 무당의 제자들은 청로 진인을 알아보았다. 그들도 잊고 있었다. 아니, 아주 잘 알고 있었다. 무당의 전설로. 이제는 세상에 계시지 않은 전대의 어른으로 말이다.

그런데 그런 어른이 눈앞에 서 있다.

무당의 제자들 사이에 소란이 일었다.

환우는 치호를 바라보았다. 치호는 잽싸게 자신이 알아본 것을 설명했다.

환우가 고개를 끄덕인다.

"그렇단 말이지."

청로 진인은 가만히 눈앞의 두 청년이 하는 양을 지켜보았다. 지금 그가 기다리고 있는 것은 자신의 사손의 대답이었다.

하지만 무극 진인은 아무런 대답을 하지 않았다.

"무극아, 어이해 아무 말이 없느냐?"

청로 진인이 다시 물었다.

"……."

하지만 무극 진인은 묵묵부답이다. 고개를 아래로 떨구고는 그저 가만히 있었다.

“어이해 네가 그 사람의 검을 들고 서 있는 것이냐? 그리고 네 사제들은 왜 저리 누워 있느냐?”

“……..”

여전히 대답이 없다.

“갈!”

청로 진인의 외침에 무극 진인은 움찔했다. 그리고 조금씩 입술을 달싹이며 말을 꺼냈다.

“그, 그것이…….”

하지만 무어라 말을 한단 말인가. 자신의 사조는 모든 사실을 알고 있는 분이었다.

“태사조님을 뵙습니다.”

그때 혈기왕성한 젊은 제자 하나가 잽싸게 뛰어나와 그 앞에 무릎을 꿇었다. 이제는 무당의 전설이 된 분이다. 이분이라면 저 무례한 적도를 일검에 무릎 꿇릴 수 있으리라. 그런 희망이 그의 두 눈에 가득했다.

청로 진인의 시선이 그를 향한다.

“저 적도는 해동에서 온 동방탕아라 불리는 이입니다. 감히 본 파에 와서 장문영부인 태극뇌정검을 내놓으라 소란을 피우고 있습니다.”

그의 말에서 동방신협의 제자에 대한 예우는 사라져 있었다. 오히려 무당의 적도가 되어버렸다. 제자들이 장문영부라 철석같이 믿고 있는 태극뇌정검을 요구한 순간부터 환우는 적도가 되어버린 것이다.

그는 자신이 바른 일을 했다는 믿음 가득한 눈으로 당당하게 청로 진인을 쳐다보았다.

그런데 이건 아니다.

무언가 잘못된 것 같았다.

청로 진인의 얼굴이 일그러지고 있는 것이다.

분노를 하면 얼굴이 일그러지는 것은 당연한 일이다. 하지만 그 분노가 적도를 향하고 있지 않았다. 젊은 무사는 왜인지 모르게 그것을 느낄 수 있었다.

'이제야 제대로 된 도사가 나서는 모양이군.'

그 모습에 환우는 고개를 끄덕였다.

"저 아이의 말이 사실이냐?"

청로 진인이 다시 한 번 무극 진인에게 물었다.

"……."

무극 진인은 아무런 대답도 하지 못했다. 눈치없이 나선 저 젊은 제자가 못내 미울 뿐이다.

"어째 제대로 대답하는 것이 하나도 없느냐?"

청로 진인이 답답하다는 듯 물었다. 이미 눈앞에 펼쳐진 사실들로 미루어 어찌 된 일인지 파악은 할 수 있었다.

하지만 그는 당사자에게서 직접 듣고 싶은 것이다. 무극 진인은 여전히 아무런 대답이 없었다.

청로 진인은 용감하게 나선 제자에게 시선을 돌렸다.

"대체 태극뇌정검이란 것이 무엇이냐?"

청로 진인의 물음에 용기백배한 젊은 제자는 당당한 목소리로 대답했다.

"네. 우리 무당에 대대로 내려오는 신검으로 오직 태극혜검의 기운을 받아 푸른 검강을 발출한다는 장문인의 상징이나 다름없는 단검입니다."

"그런 것이냐? 대체 언제부터 그런 장문영부가 생겼던 게냐? 내 기억에 난 그런 장문영부를 가진 적이 없다만."

꿀 먹은 벙어리가 따로 없다.

청로 진인의 말에 무극 진인은 그저 고개를 숙이고 있을 뿐이다.

청로 진인의 말에 무당의 제자들 사이에 소란이 번졌다. 전전대 장문인이셨던 청로 진인께서는 그런 장문영부가 없었다 하니 대체 이게 어찌 된 일이란 말인가.

그 와중에도 용아천뢰검을 쥔 무극 진인의 손에 힘이 들어갔다. 청로 진인은 그런 모습도 지켜보고 있었다.

"현일 그 아이가 그러라 시키더냐?"

현일 진인은 무극 진인에게 장문인 자리를 물려준 후 은거에 든 전대 장문인이자 청로 진인의 제자이다. 사부의 이야기가 나오자 무극 진인의 얼굴이 붉게 물들었다.

"쯧쯧쯧. 내가 헛 가르쳤구나."

청로 진인은 안타깝다는 듯 혀를 찼다.

환우는 가만히 그 하는 양을 지켜보았다. 제자들 사이에서 소란이 점점 더 커지고 있었지만 누구도 먼저 나서서 묻지 않았다. 감히 물을 수가 없었다. 그 용감한 젊은 제자도 어느새 다른 제자들 틈바구니로 돌아가 있었다.

청로 진인의 시선이 환우를 향했다.

환우도 청로 진인을 바라보았다.

"귀인께서 본 파를 찾으셨는데 제가 잘못 가르친 탓에 못난 꼴을 보였습니다. 정말 죄송합니다."

청로 진인이 정중히 허리를 굽히며 사과했다. 그 모습에 무당의 제자들은 커다란 충격을 받았다. 현재 무당의 최고 어른인 청로 진인이 침통한 얼굴로 허리를 숙이며 사과를 하고 있다. 그것도 무당을 어지럽힌 적도에게 귀인이라 부르면서 말이다.

그들을 덮친 커다란 혼란은 쉬이 가라앉지 않을 듯했다.

환우는 그런 청로 진인의 사과를 당당한 얼굴로 받아들였다. 응당 받아야 할 사과가 아니던가.

"네, 덕분에 고생 좀 했습니다."

환우의 대답에 제자들은 강렬한 분노를 느꼈다. 상황이 어떻게 된 것인지 아직 파악은 되지 않았지만 그래도 전전대 장문인께 저런 무례한 행동이라니. 분노하지 않을 수 없었던 것이다.

하지만 오히려 청로 진인은 담담한 얼굴이었다.

무극 진인은 여전히 고개를 떨군 채 아무런 말이 없었다.

"으으……."

그때 신음 소리와 함께 무유 진인이 정신을 차렸다.

"무유아."

청로 진인이 갓 정신을 차린 무유 진인을 불렀다. 어디선가 들리는 익숙한 목소리에 무유 진인이 고개를 들었다.

"사, 사조님."

자신을 부른 이가 누군지 알자 깜짝 놀란 무유 진인이 벌떡 일어났다. 온몸을 지배하는 고통도 잊은 듯한 모습이다.

"네 사부들을 좀 불러오너라."

청로 진인의 조용한 말에 무유 진인은 절뚝이는 걸음을 옮겼다.

장문인이 바뀌면 전대 장문인과 일선에서 물러난 장로들은 은거에 든다. 본파를 떠나서 은거에 드는 사람도 있고 본파에 그대로 남아 은거에 드는 사람도 있다.

무당파에는 은현궁이라는 건물이 있다. 바로 은퇴한 전대 고수들이 거하는 곳이다. 어지간한 일이 아니고는 그들은 그 밖으로 잘 나오지 않는다. 그리고 제자들도 잘 찾지 않는다.

전대 장문인인 현일 진인도 현재 그곳에서 은거 중이었다.

"이리 다오."

무유 진인을 보낸 후 청로 진인이 무극 진인에게 손을 내밀었다.

용아천뢰검을 꽉 쥔 무극 진인의 손이 부들부들 떨렸다. 그 모습에 청로 진인이 눈살을 찌푸렸다.

"어서."

하지만 무극 진인은 요지부동이다.

"네가 정녕!"

목소리가 커졌다.

그래도 무극 진인은 손을 부들부들 떨고 있을 뿐 용아천뢰검을 쥔 손의 힘을 빼지 않았다.

"허어, 도인이라는 자가 이리도 물욕이 심해서야 되겠느냐! 우리는 검을 수련함으로써 마음을 갈고닦는 도인이다. 검의 경지를 높이기 위해 검을 갈고닦는 것이 아니란 말이다. 한데 한낱 검의 강하고 약함에 사로잡혀서, 스스로의 실력으로 성취하지 못하는 것을 기물을 빌어 이루려 하느냐! 그러고도 어찌 네가 무당의 제자요, 무당의 장문인이라 할 수 있느냐!"

무극 진인을 향해 불같은 호통이 떨어졌다. 그 목소리가 얼마나 컸으면 그 자리에 있는 제자들이 모두 찔끔했다.

청로 진인은 이미 무극 진인이 용아천뢰검에 집착하는 이유를 알고 있었다. 아까 제자가 태극혜검의 기운을 빌어서만 푸른 검강을 내는 검이라 했을 때 알아차렸다.

검강(劍罡).

검으로 이룰 수 있는 지고한 경지다. 이루고 싶다고 수련만

한다고 아무나 이룰 수 있는 그런 경지가 아니다.

검을 수련한 무인이라면 누구나 꿈꾸는 경지.

청로 진인이 보기에 무극 진인은 아직 그러한 경지에 들지 못했다. 아니, 어쩌면 들려 하지 않은 것인지도 모른다. 그럴 필요가 없기 때문이다.

무극 진인이 꽉 쥐고 놓지 않는 저 용아천뢰검은 검기의 경지에 오른 무인의 내력을 받아 검강을 만들어낸다. 청로 진인 자신도 그 사실을 처음 알았을 때 얼마나 놀랐던가.

태극혜검일 이유도 없다. 태극혜검의 기에 검강을 내뿜는다는 말은 분명 무극이나 현일이 지어난 말일 것이다. 기검에 대한 물욕이 만들어낸 거짓말인 것이다.

"어서 다오."

"그, 그럴 수는 없습니다……."

무극 진인의 입이 드디어 열렸다. 그가 처음 한 말은 다시 한 번 청로 진인의 눈살을 찌푸리게 만들었다.

"그게 무슨 말이냐?"

"벌써 오십 년이 넘었습니다. 반백 년 동안이나 본 파에서 보관한 것입니다. 그런데 이제야 나타나서 내놓으란다고 순순히 준다니요. 그럴 수는 없습니다."

"허어, 욕심이 이제는 사리를 분별하는 눈까지도 가렸구나. 너는 어이해 은인의 물건을 탐을 내느냐?"

청로 진인의 눈에는 연민이 가득했다. 도인으로서 욕심에 사로잡혀 이성을 잃어버린 사손에 대한 측은지심 때문이다. 이제는 화가 나지도 않았다. 그저 측은할 뿐이다.

"오십 년입니다, 오십 년! 그 긴 시간이 지났는데 어찌 아직도 남의 물건이란 말입니까!"

이제는 발악에 가까웠다.

추했다.

제자들이 보는 자신들의 장문인의 모습은 그랬다.

이제야 대강 어찌 된 일인지 조금씩 감을 잡는 제자들이다. 두 사람의 대화를 그 정도로 들었으면 알 수밖에 없는 일이다. 부끄러웠다. 아직은 젊은 그들은 자신의 문파가 부끄러웠다.

청로 진인은 제자들의 그런 변화를 느꼈다.

"너는 저 아이들의 얼굴이 보이지 않느냐? 자파의 장문인을 보는 제자들의 얼굴이 저래서야 되겠느냐?"

그제야 무극 진인은 처음으로 고개를 들었다. 그리고 주변을 돌아보았다.

이럴 수는 없다.

어찌 장문인을 보는 시선이 저렇단 말인가. 머리에 피도 안 마른, 도적에 먹도 안 마른 어린 녀석들이 어찌 자신을 저런 눈으로 볼 수 있단 말인가.

부끄러움, 후회, 연민…….

자파의 장문인을 보는 제자들의 시선이 저럴 수는 없었다.

무극 진인의 몸이 부들부들 떨렸다. 입술도 파르르 떨린
다.

털썩.

용아천뢰검이 바닥으로 떨어졌다.

청로 진인의 호통에도 꽉 쥐어졌던 무극 진인의 손이 제자
들의 시선에 풀려 버렸다.

"그게 지금 네 모습이다."

청로 진인의 말.

무극 진인은 침통한 얼굴로 가만히 서 있었다. 그저 땅만
바라보고 있다. 장문인인 자신이 제자들에게 그런 시선을 받
는 현실을 믿을 수 없다는 얼굴이다. 그는 아직도 자신이 저
지른 짓을 인정하려 하지 않고 있었다.

청로 진인은 그 모습을 안쓰럽게 바라보았다.

하지만 그건 나중에 해결할 일. 일단은 당면한 문제부터 해
결해야 했다.

바닥에 떨어진 용아천뢰검이 둥실 떠오르더니 청로 진인
의 손바닥에 내려앉았다. 청로 진인은 그것을 환우에게 내밀
었다.

"여기 있습니다. 못난 제자의 모습이 부끄럽기만 하군요."

"어쩔 수 없는 일이지요."

짤막한 말과 함께 용아천뢰검을 받아 들었다. 세 번째 용아
천뢰검을 회수하는 순간이다.

환우의 손에 세 번째 용아천뢰검이 쥐어지는 순간 공중에 떠 있던 용아와 애자가 부르르 떨었다. 또 다른 용아천뢰검이 돌아온 것을 느낀 것이다.

환우는 가만히 용아천뢰검을 내려다보았다.

이 녀석은 과연 어떤 녀석일까? 그런 생각이 머리를 스쳤다. 구룡자의 이야기를 하나하나 떠올려 보았다. 과연 어떤 녀석인지 기대가 되었지만 시명공을 사용하면 다른 사람들도 용아천뢰검의 변화를 보게 된다. 자신의 욕심에 사로잡혀 용아천뢰검을 가로채려 한 사람이 있는 곳에서 그런 모습을 보여주고 싶지 않았다.

＊　　　＊　　　＊

"구양 호법께서 균현에 접어들었다 합니다."

"그놈은?"

"이미 무당파에 당도한 듯합니다. 잠영 일호가 구양 호법께 묶여 있어 자세한 정보는 얻을 수가 없었습니다."

귀연수의 대답에 위청운의 얼굴에 불편한 기색이 어렸다.

"이호와 삼호는? 이번에 같이 보냈던 것 같은데?"

"그것이……."

귀연수는 난처한 얼굴로 대답을 제대로 하지 못했다.

"무슨 문제가 있는 건가?"

“도무지 접근할 자신이 없다 합니다. 잠영대의 대원들에게
부여된 번호 자체가 실력순이다 보니… 일호에 못 미치는 그
들로는……."

“그렇다 해도 실력 차가 그 정도로 나는 것인가?”

“잠영 일호도 겨우겨우 감시를 하고 있었습니다. 아니, 어
쩌면 그놈이 잠영 일호의 존재를 알고도 놔둔 것이 아닌가 싶
기도 합니다.”

귀연수의 말에 위청운의 얼굴에 깊은 주름이 잡혔다.

지금 이 상황이 마음에 들지 않는 것이다.

하지만 별다른 수가 없었다. 지금으로서는 그들이 가장 실
력이 좋은 이들이었으니 아쉬운 대로 맡겨놓아야 했다.

“알았어. 그리고 다른 사안은?”

위청운이 한 손으로 턱을 괴며 물었다.

“네. 뇌룡아의 회수 작업을 다시 시작할까 합니다. 일전에
그놈을 자극한 후 시선을 돌리기 위해 회수 작업을 잠시 중단
했습니다만 호법들께서 나오신 이때에 굳이 그렇게까지 할
이유는 없다고 봅니다.”

귀연수의 제안에 위청운은 잠시 생각에 잠겼다. 분명 일리
가 있는 말이다. 그놈이 아무리 강하다고 해도 지금 무당으로
향하고 있는 구양 호법 한 명을 감당해 낼 수 있다고는 생각
할 수 없다.

구양 호법은 그 정도로 강한 인물이었다.

　현재 정파무림에서 멋대로 정해놓은 십대고수 중 그나마 그를 감당할 만한 수준의 인물은 기껏해야 검존과 쌍마 중 다른 한 명인 사도맹주인 마도 천정호 정도일 것이다.

　하긴 마교 교주가 겨우 마도 천정호와 동급으로 취급되는 정파들의 어이없는 기준이 한심할 뿐이다.

　"분명 그때는 호법들의 폐관 수련이 끝나는 시점을 생각하지 못했지."

　그랬다.

　십 년이란 세월은 위청운과 귀연수의 기억에서 그만 호법들의 존재를 망각하게 만들었다. 구양천이 폐관을 마치고 난리를 치면서야 겨우 그들의 존재를 떠올렸으니까.

　지난 십 년은 너무 바빴다, 그들의 존재를 잊을 정도로.

　덕분에 가장 강한 장기의 말 몇을 빠뜨리고 장기를 두는 우를 범했다. 하지만 지금에 이르러서는 오히려 그것이 득이 되고 있었다. 그들을 배제한 채 진행된 계획에 그들이 가세했으니 이는 그야말로 호랑이가 날개를 단 격이 아니던가.

　"현재 회수하지 못한 뇌룡아는?"

　"점창과 공동의 두 자루입니다."

　"두 자루라……."

　위청운이 생각에 잠겼다. 현재 자신들이 회수한 것이 모두 다섯 자루다. 그리고 지금 그 녀석이 찾은 것이 세 자루. 이제 남은 것은 점창과 공동이 보관 중인 두 자루인 것이다.

"애매하군. 어떻게 하는 것이 좋을까?"

어차피 뇌룡아를 찾고 있는 존재는 단둘이다. 자신들과 그 녀석. 그리고 각자가 뇌룡아를 가지고 있는 이상 한 번은 부딪쳐야 한다.

"혹시라도 그가 뇌룡아의 사용법을 알고 있다면 곤란해질 수 있습니다. 진정 뇌룡아를 사용할 수 있다면 한 자루라도 더 보유하고 있는 편이 유리합니다."

귀연수의 말은 맞았다. 열 자루가 모두 모여야 완전한 위력을 보이는 뇌룡아지만 하나일 때보다는 둘일 때가 더 강하다는 것은 너무나 당연한 일이었다.

"군사의 말은 모순이군."

"네?"

"군사가 지금 뇌룡아를 다시 찾자고 하는 것은 어차피 그 녀석이 구양 호법의 손에 당할 테니 걱정이 없어서 아닌가? 그렇다면 그놈이 뇌룡아를 사용할 수 있든 없든 상관이 없는 문제지. 어차피 그놈은 구양 호법이 끝장을 낼 테니까. 그놈이 뇌룡아의 사용법을 알고 있을 위험성 때문에 서둘러 찾을 필요는 없다는 말이야."

맞는 말이다. 위청운의 말대로 귀연수의 주장은 모순에 빠져 있었다.

"그, 그런……."

그 자신도 생각을 못했던 것일까, 귀연수는 말을 잇지 못했다.

"분명 그렇군요. 아무래도 제가 그자를 너무 신경 쓴 것 같습니다."

하지만 금세 침착을 되찾은 귀연수는 자신의 실수를 인정했다.

"일단 뇌룡아를 찾는 것은 조금 더 기다려 보기로 하지. 구양 호법이 간 이상 급할 것은 없으니까."

"알겠습니다."

＊　　　＊　　　＊

"그럼 이만 가보도록 하겠습니다."

일단 자신의 수중에 용아천뢰검이 돌아오자 환우는 더 이상 볼일이 없다는 듯 몸을 돌렸다. 그의 그런 행동에 살짝 당황한 것은 청로 진인이었다.

설마 이리 쉬이 그가 떠날 것이라고는 생각지 못했던 것이다.

"귀인께서 못난 본 파의 제자들 때문에 화가 많이 나신 것을 알겠습니다. 그래도 잠시 계셨다 가심이 어떠신지요. 못난 제자들의 행동은 제가 대신 사과드리겠습니다."

청로 진인이 허리를 숙였다.

청로 진인이라 하면 환우의 사부인 망아 대사보다도 배분이 높았다. 오십여 년 전의 정마대전에서도 이미 명숙의 반열에 들었던 사람인 것이다.

그런 사람이 자신에게 허리를 숙이며 사과를 하니 아무리 환우라도 걸음을 멈출 수밖에 없었다.

"아닙니다. 아직 해야 할 일이 많기에 서두르는 것뿐입니다."

무시할 수 없었기에 그렇게 대답을 하고 걸음을 서두르려고 했다. 하지만 청로 진인의 두 눈을 보는 순간 환우는 그 생각을 접을 수밖에 없었다.

인자하고도 깊은 눈빛. 그런 눈빛을 가진 청로 진인이 진심으로 환우가 머물렀다 가기를 원하고 있었다.

이렇게 끌려 다니다가는 뜻하는 바를 이루기에 장애가 많을 거라는 생각도 들었지만 어쩔 도리가 없을 것 같았다. 청로 진인이 보여주는 진심이 담긴 눈빛. 환우가 가장 약한 것이 아니던가.

"오랜 시간 머무시는 것이 힘들다면 오늘 하루만이라도 머물다가 가도록 하십시오. 그분의 소식도 궁금하군요. 오십여 년 전 그때 이후 그분이 어찌 지내시는지 못내 궁금합니다."

청로 진인은 이제 해동에 있는 망아 대사의 이야기까지 꺼냈다. 결국 어떻게 해서든 환우의 발목을 하루는 잡겠다는 심산인 것이다.

환우는 어이해 청로 진인이 자신이 머물기를 간청하는지

알 수 없었지만 결국은 수락할 수밖에 다른 도리가 없었다.

"알겠습니다. 그럼 하루만 머물렀다가 가도록 하지요."

어쩔 수 없다는 듯한 환우의 대답에 청로 진인이 입가에 미소를 만들었다.

"감사합니다."

청로 진인은 진정으로 기꺼운 듯했다.

"사, 사부님."

그때 헐레벌떡 은현궁으로 달려갔던 무유 진인의 전갈을 받은 무당의 전대 장문인과 장로들이 달려왔다.

순간 온화하던 청로 진인의 얼굴에 서릿발과 같은 기세가 어렸다. 순식간에 사람이 돌변한 것이다.

"현일이더냐?"

"네, 사부님."

청로 진인이 몸을 돌리자 무당의 전대 장문인인 현일 진인이 공손한 자세로 서 있었다. 하지만 그의 얼굴에는 당황함이 가득했다. 은현궁에서도 떠나 홀로 산속의 작은 초막에서 지내시던 분이다. 그것도 무당의 일에는 거의 관여를 하지 않으시는 데다 소식도 없어 어쩌면 이제는 우화등선에 드셨을 거라는 생각도 했었다.

그런 사부가 지금 저리도 화가 나신 얼굴로 자신의 앞에 서 계시니 현일 진인으로서는 난감할 수밖에 없는 노릇이다.

"대체 이게 어찌 된 일이더냐?"

사부의 말에 현일 진인은 주변을 둘러보았다. 은현궁에서
도 이곳의 소란이 들려왔었다. 조용한 둔파에 때 아닌 소란이
라 의아하기는 했지만 이미 은퇴하고 은거에 든 몸인지라 별
로 신경 쓰지 않았다.

갑작스레 무유가 찾아와 사부인 청로 진인이 찾는다는 말
에 헐레벌떡 뛰어왔기에 주변을 살필 겨를이 없었다. 지금 가
만히 주변을 살피니 처참했다.

자신을 찾아온 무유의 모습도 정상적인 것은 아니었지만
곳곳에 상처를 입고 쓰러져 있는 제자들의 모습이란 차마 눈
을 뜨고 볼 수 없을 정도였다. 더군다나 자신의 애제자이자
현 무당의 장문인인 무극의 모습은 또 어떠한가.

대체 이게 어찌 된 일이란 말인가.

"사, 사부님, 대체 이 무슨 일입니까?"

어찌 된 일인지는 자신 더 궁금했다. 대무당에 이 무슨 때
아닌 평지풍파란 말인가.

현일은 사부가 자신에게 물었던 말을 그대로 사부에게 물
었다. 그로서는 아직 지금 현재 상황이 파악되지 않고 있었다.

"어찌 된 일 같으냐?"

물음에 물음으로 답하고 있었다. 속 시원한 대답이 있어도
모자랄 판에 돌아온 것이 다시 물음이니 현일은 더욱 속이 터
졌다.

결국 그의 눈은 자신의 제자에게로 향했다. 아무리 물어도

사부는 대답해 줄 기색이 없으니 만만한 제자에게 물어야 했다.

"무극아, 이게 어찌 된 일이냐?"

"……."

하지만 제자는 대답이 없었다. 그저 분한 얼굴로 고개를 떨군 채 입을 꾹 다물고 있을 뿐이다.

"어허."

참으로 답답했다.

청로 진인은 그런 자신의 제자를 안타깝다는 얼굴로 쳐다보았다.

주위를 둘러싼 무당의 제자들은 이 높으신 분들의 대화에 감히 끼어들 엄두도 못 내고 있었다.

"언제부터 본 파에 장문영부가 생겼더냐?"

"네?"

"듣도 보도 못한 태극뇌정검이란 장문영부가 언제부터 생겼더란 말이냐!"

현일의 되물음에 청로 진인의 입에서 호통이 터져 나왔다.

그제야 현일 진인의 눈에 환우가 들어왔다. 그리고 그의 손에 들린 검도 들어왔다. 분명 자신이 장문영부로 정한 그 검이었다. 그것이 처음 보는 청년의 손에 들려 있었다.

"아."

그제야 현일은 일의 전후 사정을 대강이나마 추측할 수 있었다. 어렴풋이 동방신협의 제자가 검을 찾기 위해 중원에 들어왔다는 소식은 들었다.

본디 주인이 있는 검을 자신이 무당의 장문영부로 정했었다. 과연 인세에 존재할 수 있는 물건인가란 의문이 들 정도로 뛰어난 기검이었다. 그랬기에 주인이 찾으러 올 때까지 잠시나마 그리 정한 것이었다.

한데 자신의 제자의 생각은 달랐던 도양이다.

수제자이자 애제자이기에 무당의 장문인 자리를 물려줬다. 하지만 그 자질이 자리에 미치지 못했던 모양이다.

한낱 욕심에 사로잡혀 이와 같은 큰일을 벌이다니, 모두 자신의 잘못이었다.

'역시 무진에게 물려줬어야 했던 자리인가……'

후회가 찾아왔다. 무당의 제자들 중에서도 가히 용이라 할 만큼 뛰어난 재능을 보였던 사질 무진 진인. 인품이나 실력으로 본다면 당연 그에게 돌아갔어야 할 장문인 자리였지만 자신의 작은 욕심이 그 자리를 무극에게 주었다. 무진 진인 자체가 워낙 명리에 욕심이 없고 오직 검의 길만 추구하였기에 별다른 마찰도 없었다.

하지만 그 작은 욕심이 지금 무당에 화를 불러온 듯하다.

태극뇌정검이라는 단 하나의 말에도 현일 진인은 이 모든 일의 사정을 파악할 수 있었다.

일을 일으킨 장본인이 자신의 제자였기에, 너무나 잘 알고 있는 제자였기에 가능한 일이다.

"무극아, 내 그토록 너에게 욕심을 버리라 일렀거늘 그것이 그리도 힘든 일이었더냐?"

현일 진인의 목소리엔 깊은 회한이 자리했다.

"……."

여전히 무극 진인은 아무런 말이 없었다.

"사부님, 모두 못난 이 제자의 불찰입니다. 용서해 주십시오."

현일 진인은 진심으로 잘못을 빌었다. 그는 이 모든 일의 책임이 자신에게 있다고 생각하는 듯했다. 고개를 숙이고 있던 그가 무릎까지 꿇었으니 말이다.

그의 그런 모습에 청로 진인의 얼굴에 서린 노기가 조금 거두어졌다. 자신의 제자가 아직은 바른 마음을 가지고 있다는 것을 확인했기 때문이다.

"네가 잘못을 빌 사람은 내가 아니라 저분 귀인이시다. 못난 무극 덕에 고생한 분은 저분이시니."

청로 진인의 말에 현일 진인은 환우에게로 시선을 향했다.

"멀리 해동에서 온 손님께 이리도 큰 무례를 저질렀으니 무어라 용서를 빌어야 할지 모르겠습니다. 정말 죄송합니다."

진심이 깃든 사죄였다.

현 장문인의 잘못을 전전대 장문인과 전대 장문인이 저렇게 사과를 하니 환우로서도 더 이상 어쩔 도리가 없었다.

"두 분께서 그리 사과를 하시니 저도 어느 정도 마음이 풀어지는군요."

"감사합니다."

이렇게 상황은 어느 정도 정리가 되었다.

"그러면 뒷일은 네가 알아서 하거라."

그 말과 함께 청로 진인이 몸을 돌렸다.

"함께 가시지요."

"네."

청로 진인의 안내로 환우는 그 뒤를 따랐다. 청로 진인은 느릿느릿 걷는 듯했지만 상당한 속도로 무당을 벗어났다. 아무래도 자신이 거하는 곳으로 가려는 듯했다. 환우는 어려움 없이 그 뒤를 따랐다.

처음 청풍개가 사용하는 경공을 보았을 때는 죽어라 쫓아가야 했지만 이미 그 원리를 터득한 환우로서는 경공을 펼치는 것이 아주 쉬운 일이었다.

치호 역시 상당한 성취를 이루었기에 그 뒤를 잘 따르고 있었다.

그렇게 세 사람이 떠난 무당은 현일 진인이 참으로 오랜만에 일선에 나서서 뒷정리를 시작했다.

가진바 능력에 비해 욕심이 많다는 것을 알면서도 제자에

대한 사랑 때문에 장문인 자리를 물려준 현일 진인 자신의 잘
못이 이러한 화를 불렀다는 생각에 제자들을 지휘하는 그의
얼굴은 어둡기 그지없었다.

第四章

청로 진인의 검

「사람이 아니야… 사람일 리 없어. 그래, 동방의 하늘에서 내려온 천신(天神)일 거야. 틀림없어.」

해동에서 온 백의의 사내. 한 번의 손짓에 열 개의 벼락이 떨어지고, 마교의 혈사는 그 앞에 침묵한다. 열 개의 벼락을 중원에 남겨두고 홀연히 떠났다.

그리고 오십 년 후. 다시금 중원이 어지러우려 할 때 그의 후예가 중원으로 향한다.

푸른 하늘에 열 개의 벼락이 다시 떨어지는 순간 천하는 그 앞에서 무릎꿇으리라.

　청로 진인이 머무는 곳은 무당파가 있는 자소봉의 옆 봉우리 정상이었다. 왜 은거를 하는 고수들은 산봉우리를 좋아하는지 몰라도 화산신검 황규린의 처소를 찾은 이후 두 번째 오르는 산봉우리다.

　그곳에는 청로 진인에게 너무나 잘 어울리는 작은 도관이 지어져 있었다. 도인이 머무는 곳인지라 도관이지만 그 크기는 화산신검이 머물던 오두막과 크게 다를 것이 없었다.

　"누추한 곳이지만 들어오시지요. 그리고 무극이 그 어리석은 녀석이 저지른 잘못은 그만 덮어주십시오. 가진 그릇에 비해 너무나 큰 자리에 앉은 녀석입니다. 그래서 욕심이 많고 그 욕심이 눈을 가리기도 하는 거지요. 녀석이 수제자였지만 그 녀석의 사제 중 진정 뛰어난 아이가 하나 있습니다. 그 아이에 대한 열등감이 더욱 삐뚤어지게 만들었어요. 장문인이 되면 괜찮아질 것이라 생각했는데 여전했군요. 모두 어른들의 잘못입니다."

청로 진인의 목소리에도 후회가 가득했다. 조금 더 제대로 가르치지 못했다는 후회, 그것이었다.

"이제는 잊었습니다."

환우가 담담히 대답했다. 이런 어른이 그리 사과를 하는데 계속해서 마음에 둘 정도로 환우가 가진 가슴이 작지는 않았다.

"감사할 따름입니다."

"아닙니다."

"그분께서는 잘 지내시죠?"

망아 대사의 연배는 청로 진인에 비해서 한참이나 아래였다. 그럼에도 청로 진인은 결코 망아 대사를 낮춰 부르지 않았다. 정마대전 당시 청로 진인은 이미 무림에서 은퇴를 한 정도의 명숙이었음에도 그때 나타난 동방신협은 정파무림의 위기를 구한 은인이었다.

은인에게는 배분 따위는 아무것도 아니었다.

청로 진인은 항상 그런 마음으로 망아 대사를 생각했기에 까마득히 어린 환우 역시 귀인인 것이다.

"네. 정정하니 잘 지내십니다."

"그분께서 맡기신 검을 잘 보관해 보겠다고 장문인이 가지고 있게 한 것이 제 실수였습니다."

"이제 이렇게 제 품에 잘 돌아왔으니 괜찮습니다."

"검은 모두 찾으셨습니까?"

환우는 품에서 이번에 회수한 용아천뢰검을 꺼냈다.

"사실 이 녀석이 세 번째입니다."

"아직 가실 길이 멀군요."

"네."

환우의 입가에 고소가 맺혔다.

"왜 그러십니까?"

"사실 이제 남은 검은 겨우 두 자루랍니다. 다섯 자루는 이미 마교에서 거두어갔다는군요."

"네?"

청로 진인의 얼굴이 딱딱하게 굳었다. 마교라는 명칭에 보인 반응이다.

"마교에서 그 검을 노리고 있다는 말입니까?"

"그렇습니다. 이유를 알 수 없습니다만 이미 소림을 비롯한 네 곳의 검을 가지고 갔다고 하는군요."

"허어. 그 사악한 곳에서 대체 어떤 궁꿍이를 꾸미고 있는 것일까요. 참으로 큰일입니다."

청로 진인의 말에 환우는 그저 씁쓸한 웃음을 지을 뿐 별다른 대답은 하지 않았다.

"그런데 어이해 저를 청하셨습니까? 분명 무슨 생각이 있으신 것 같은데……."

환우가 물었다. 그를 청하는 청로 진인의 목소리에서 환우는 무언가 다른 것을 느꼈었다.

"허어. 역시 이미 알고 계셨군요. 제가 무언가 다른 의도가 있었다는 것을요. 과연 그분의 전인이십니다."

청로 진인은 다른 꿍꿍이가 있어서 환우를 청했다는 사실을 순순히 시인했다. 그렇게 대단한 일을 꾸민 것은 아니었기에 숨길 것도 없던 것이다.

"사실 몇 해 전 거둔 제자가 하나 있습니다. 그 가진바 재능과 품성이 마음에 들어서 주책인 줄 알면서도 거두었지요. 일단은 비밀리에 가르치고 있습니다만 너무 좁은 곳에서 데리고 있어서인지 가진 재능에 비해 실력이 부족하다고 할까요? 아니, 호된 맛을 못 봤다고 해야겠지요. 그래서 부디 호된 맛을 한번 보여주십사 부탁을 드리려 부득불 이렇게 청했습니다. 사실 오늘 산을 내려갔던 것도 그 녀석이 올 때가 되었는데도 오지 않아 걱정이 되어서였지요."

청로 진인의 부탁에 환우는 고개를 끄덕였다. 그리고 작게 미소 지었다. 청로 진인이 늦게 거두었다는 제자가 누구인지 짐작이 되었던 것이다.

과연 이런 고인이 길렀기에 그런 검이 나올 수가 있었던 것이다. 환우가 직접 본 무당에서는 도무지 그와 같은 검사를 길러낼 수 있을 것처럼 보이는 사람은 없었던 것이다.

"진인의 제자는 제가 이미 만나본 듯하군요. 과연 누가 있어서 그런 검사를 기를 수 있을까 했더니 진인의 제자였군요."

환우가 웃으며 대답했다. 환우가 이미 자신의 제자를 만나보았다는 사실에 청로 진인은 좀 놀란 듯했다.

"벌써 만나보았습니까?"

"네. 무당의 제자들과는 전부터 인연이 그리 좋지를 못해서요. 규현의 한 주루에서 한바탕 드잡이질을 하고 올라온 참이랍니다."

환우의 말에 청로 진인의 얼굴에 어두운 빛이 어렸다.

"그리 큰일은 아니니 신경 쓰지 마십시오. 마침 그 자리에 진인의 제자가 있었을 뿐입니다. 보통 제자들 사이에 평범한 모습으로 섞여 있었습니다만 송곳은 주머니에 넣어두어도 튀어나오는 법이지요."

환우가 자신의 제자의 자질을 알아보았다는 것이 청로 진인은 기꺼운 듯했다. 본 파의 제자와 환우가 드잡이질을 했다는 것이 조금 마음에 걸렸지만 이미 환우는 무당도 뒤집어놓지 않았던가. 그런 것은 크게 괘념할 일이 아니었다.

"허, 전 그것도 모르고 귀인의 바쁜 걸음만 잡았군요."

"괜찮습니다. 저는 덕분에 수려한 무당산의 풍광을 제대로 보았는 걸요.”

과연 환우의 말대로 청로 진인이 머무르는 봉우리에서 본 무당산의 풍경은 아름답기 그지없었다. 청로 진인이 이곳에 터를 잡은 것에는 이런 수려한 경관이 한몫했을 것이다.

“그리고 만난 김에 한 번 혼쭐내 놓기는 했습니다. 아직 실전 경험이 많이 부족한 듯하더군요.”

“허허. 제가 그저 검에 대해서만 가르치다 보니 다른 이와 겨뤄볼 기회가 없었지요. 기껏해야 본 파 제자들과의 대련 정도인데… 아무래도 자신보다 약한 사람과의 대련은 경험이 되지를 못하니까요. 지금 한창 위를 보며 강해져야 할 때에 적당한 상대가 없었습니다.”

그랬다. 그래서 청로 진인은 환우를 본 순간 자신의 제자와의 대련을 부탁해야겠다는 생각을 했었다. 제자의 또래에 이렇게 강한 무인은 보기 힘들었다. 아마도 제자에게 큰 공부가 될 것이란 생각이었던 것이다.

“미리 만나서 제자 녀석에게 한 수 가르침을 내리셨다니 감사합니다.”

자신이 챙기기 전에 제자는 이미 기연을 만났다. 그랬기에 청로 진인은 진심을 담은 인사를 했다.

“감사라면 제가 아니라 이 녀석에게 하십시오.”

환우가 치호를 가리켰다.

“네?”

갑작스러운 환우의 말에 청로 진인의 시선이 치호를 향했다. 무림 노명숙의 시선을 받자 치호는 절로 식은땀이 흘렀다. 치호로서는 상상도 할 수 없을 정도로 까마득한 배분의 인물이었던 것이다.

"진인의 제자를 상대한 것은 이 녀석입니다. 혼쭐낸 것도 이 녀석이고요."

"허어."

청로 진인은 경악한 표정을 감추지 않았다. 아무리 보아도 자신의 제자보다도 어린아이다. 그런데 그런 실력을 가지고 있다니 참으로 대단했다.

"개방은 참으로 뛰어난 영걸을 가졌군요."

청로 진인은 치호가 개방의 인물이라는 것을 쉬이 알아보았다.

"아, 아닙니다. 모두 사숙 덕분입니다."

"사숙이요?"

청로 진인의 시선이 다시 환우를 향한다. 그는 치호가 사숙이라 부르는 인물이 환우라는 것을 알아차리고 영문을 알 수 없어 그를 쳐다본 것이다.

"개방에서 이런저런 일들이 있어서 억지로 떠맡았습니다. 한 번은 내쳐 버리려고도 했었는데 사람의 정이라는 것이 그리 마음대로는 안 되더군요."

환우의 말에 청로 진인은 나름의 사정이 있다는 것을 알

왔다.

"그러면 이제 떠나실 것입니까?"

환우에게 부탁하려던 일이 이렇게 없어져 버렸으니 청로 진인으로서는 환우를 더 이상 잡아둘 명분이 없었다.

게다가 환우는 무당에는 있는 정 없는 정이 다 떨어져서 당장이라도 떠나려고 하지 않았던가.

"아니요. 처음에는 당장 떠날 생각이었습니다만 이제는 생각이 바뀌었습니다."

환우가 빙긋 웃으면서 대답했다.

"네? 그게 무슨?"

환우는 의미심장한 미소를 지었다. 무언가 꿍꿍이가 있는 미소다. 치호는 그 미소를 대번에 알아보았지만 신경 쓰지 않았다. 사숙의 그런 미소 하나하나에 반응하던 시절은 이미 지났다. 그저 초연하게 받아들일 뿐인 것이다.

"제가 진인께 부탁이 하나 생겼습니다."

"부탁이요?"

"네. 진인께서 제게 청이 있어 저를 이곳으로 부르셨듯 저 역시 진인께 청이 있어 잠시 이곳에 있기로 했습니다. 예정대로 내일 떠나도록 하지요."

"어떤 청입니까?"

"진인의 청과 같습니다."

환우의 대답에 청로 진인은 고개를 갸웃거렸다. 자신의 청은 환우가 자신의 제자와 한 번 대련을 해주는 것이었다. 그렇다면 환우도 대련을 청한다는 것. 그렇다면 누구와의 대련을 바란다는 말인가.

"아."

청로 진인은 환우의 두 눈을 보고 대번에 그 상대를 알 수 있었다. 환우는 지금 호승심으로 불타는 눈으로 자신을 바라보고 있었다.

"허허. 귀인께서 이제 다 늙어 곧 있을 천존의 부르심만을 기다리는 이 노물과 한 번 손속을 겨뤄보고 싶은 모양이군요."

환우는 고개를 끄덕였다.

"그렇습니다. 중원이라는 곳. 과연 그 넓은 땅만큼이나 놀라운 곳입니다. 처음에는 눈 아래로 보고 경시했습니다만 지내면 지낼수록 그렇지가 않더군요. 저는 제가 최고라 생각했는데 여기저기서 숨은 강자들이 튀어나옵니다. 그리고 저의 자신감을 여지없이 꺾어버리더군요. 지금도 마찬가지입니다. 어느 정도 더 강해졌다는 자신감으로 무당을 찾았습니다만 진인께서 떠억 하니 제 앞에 나타나시는군요."

"허허허. 아닙니다. 그저 다 아니지요. 그저 놓아버리는 것이 좋습니다."

환우의 말에 청로 진인은 도무지 알 수 없는 말을 했다. 그리고 빙그레 웃고 있을 뿐이다.

"그럼 한 수 가르침을 부탁드립니다."

"원하시는 것이 그것이라면 그리하십시오."

청로 진인은 뒷짐을 진 채 환우를 마주 보고 섰다.

"감사합니다."

환우는 품에서 용아천뢰검을 꺼냈다. 모두 세 자루였다. 이미 가지고 있던 용아와 애자에 이번에 얻은 것을 더한 것이다. 미처 시명공을 써볼 틈이 없어서 아직 이름이 무언지도 모르는 녀석이다. 그래도 청로 진인 정도의 고수와 싸우려면 자신이 가진 전력을 다해야 했다.

환우는 긴장한 눈으로 청로 진인을 보고 섰다.

갑작스레 시작된 비무에 치호는 재빨리 거리를 두고 물러났다. 그리고 긴장한 눈으로 두 사람을 주시했다.

치호는 환우를 따라다닌 다음부터 자신의 눈이 너무 호강한다고 생각했다. 연이 없으면 도무지 볼 수 없는 이런 초고수들의 대결을 계속해서 보고 있으니 말이다.

*　　　*　　　*

축 처진 어깨가 비에 젖은 생쥐 꼴이다. 당당한 모습의 무사였던 이들이 어찌 이리 변할 수 있을까마는 이들 중 누구 하나 얼굴이 밝은 사람은 없었다.

모두들 좌절을 겪은 사람의 그것과 같은 얼굴을 하고 힘없이 산을 오르고 있었다.

그런 와중에도 무사들 사이사이에서 작은 소곤거림이 있었다.

"이봐, 운극이 저 친구는 대체 어떻게 그 검법을 익힌 거지?"

"글쎄, 우리가 어찌 알겠나. 우리는 구경도 못한 검법을 익힌 것인데. 그런데도 용케 지금까지 평범한 척 참 잘도 지냈구만."

이야기를 나누는 무당의 두 무사의 시선이 일행의 가장 선두에서 당풍, 남궁아연과 함께 걸음을 옮기고 있는 단리운극을 향했다. 주루에서 보여준 모습 때문에 이제 그 누구도 그가 그들과 함께 있는 것을 이상하게 생각하지 않았다.

"항상 같이 지낸 우리도 까맣게 모르고 있던 것을 단 한 번 본 것으로 알아보다니 그 동방탕아 녀석, 생각보다 뛰어난 것인지도 모르겠어."

"그러게. 그것보다 화 사형은 정말이지 큰소리만 떵떵 쳤지. 에휴."

무사는 더 이상 이야기를 하고 싶지 않은지 큰 한숨을 내쉬었다.

"뭐, 본 파로 올라간 것 같으니 이제는 혼쭐나고 있을걸? 아무리 우리를 그렇게 압도했다고 해도 본 파의 어른들이 어디 보통 분들이신가?"

"하긴 그렇긴 하지. 그래도 오성 중 한 분이신 무진 장로님께서 안 계신 것이 좀 아쉽구만."

"그래. 검성(劍聖)의 검이면 그런 건방진 놈은 일검에 반 토막이 날 텐데 말이야."

두 무사는 아쉬운 듯 대화를 나누었다.

무당 최고의 고수인 검성 무진 진인. 그는 지금 수련을 위해 강호로 나가 있는 상태였다. 좀 더 높은 검의 경지는 세상 속에 있는 것 같다면서 무당을 떠난 지 벌써 여러 해가 되었다. 덕분에 천의맹에서 무당에 가장 원한 전력인 그를 천의맹에 보내지도 못하고 있는 상황이다. 대체 어디에서 어떤 수련을 하는지도 모르는 상황이었던 것이다.

뒤에서 무사들이 서로의 생각을 주거니 받거니 잡담을 나누는 때에 일행의 선두에서 걸음을 옮기는 이들 역시 잡담을 나누기는 마찬가지였다. 입을 꾹 닫고 걸음을 옮기다가는 자신들을 둘러싼 무거운 분위기에 짓눌려 죽을 것 같은 기분이 들었다. 무언가 대화라도 나누어야 이 깊은 좌절을 잠시나마 잊을 수 있을 것 같았다.

"단리 공자, 정말 대단하시더군요. 무당의 태극혜검은 말로만 들어왔는데 과연 그 명성에 걸맞은 검법이었어요."

같은 검을 무기로 하기 때문인지 남궁아연이 먼저 단리운극에게 말을 걸었다. 그녀 역시 검을 익힌 무인이다. 무당의 절기 중 절기라는 태극혜검에 관심이 가지 않을 수 없었다.

“과찬이십니다. 그래 봐야 거방의 강룡십팔장에 무참히 패했는걸요. 모두 제가 모자란 탓입니다.”

단리운극은 그것이 못내 분한 듯했다. 최고의 검법이라 생각하는 태극혜검이 자신의 미숙함 때문에 패배하다니 어찌 이런 치욕을 겪을 수 있단 말인가.

“너무 괘념치 마세요. 운이 없었을 뿐이에요.”

일단 남궁아연은 그렇게 위로했지단 운 때문이 아니라는 것은 모두들 너무나 잘 알고 있었다.

차이가 커도 너무 컸다. 치호와 단리운극의 경험의 차이라는 것은 그런 것이었다.

“산으로 올라가는 대로 사부님을 보어야 할 것 같습니다. 그래서 못난 제자를 더욱 다그쳐 달라고 부탁드려야 할 것 같습니다.”

단리운극의 꽉 쥔 손에 절로 힘이 들어갔다.

“공자의 사부님은 누구시죠?”

단리운극이 사부의 이야기를 하자 남궁아연의 두 눈이 반짝였다. 당풍도 은근히 곁눈질로 그를 보았다.

당금 무림에 누가 있어 무당 장문인의 절기라는 태극혜검을 일개 속가제자에게 가르쳤는지 궁금했던 것이다. 그것이 궁금하지 않으면 무림에 몸을 담고 있는 무인이 아닐 것이다.

하지만 단리운극은 그들의 기대를 태반하고 가만히 고개를 내저었다.

“그것은 사부님의 엄명이 있어서 말씀드릴 수 없군요. 죄
송합니다.”

그의 대답에 그녀는 그럼 그렇지 하는 얼굴을 했다. 말해주
지 않을 것이라 생각했다. 하지만 본디 사람이란 혹시나 하는
기대를 가지게 마련 아니던가. 남궁아연은 그런 기대로 물었
던 것이고 단리운극의 대답은 예상과 같은 것이었다.

“이제 무당이 보이는군요.”

그때 당풍의 한마디가 적절하게 주의를 돌렸다. 그들은 이
제 곧 도착한다는 생각 때문인지 얼굴이 조금씩 밝아졌다, 무
당파에서 어떠한 현실이 그들을 기다리고 있을지는 상상도
못한 채.

*　　　*　　　*

“할 수 있겠느냐?”

“네. 맡기만 주십시오, 큰 스님요.”

걸쭉한 사투리에 큰스님은 미소를 지어주었다.

돌쇠는 그 미소가 너무나 좋았다. 범어사의 큰스님. 그분
이 보여주는 미소는 언제나 기분을 좋게 만들어준다. 아주 어
릴 때부터 그랬다. 그런데 도무지 형님은 왜 그런 큰스님을
싫어하는지 알 수 없었다. 아니, 사실은 싫어하지 않는다는
것을 잘 알고 있다. 그렇다면 진심을 말하면 될 것이지 사내

가 왜 그리 속마음을 숨기려 하는지 알 수 없었다.

그래도 그런 형님은 돌쇠가 세상에서 가장 믿고 의지하는 사람이다. 한 해도 더 전에 무언가를 찾으러 간다고 훌쩍 해동을 떠났지만 한시도 잊은 적이 없었다.

그런데 형님이 떠나고 얼마 지나지 않아 범어사에서 사람이 다녀갔다.

큰스님이 자신에게 부탁이 있다고 하신다. 그래서 범어사를 찾았다. 그곳에서 생각지도 못하게 중원어를 배웠다. 돌쇠는 그때까지 자신의 머리가 무척 나쁘다고 생각했지만 그렇지도 않았던 모양이다. 어렵지 않게 중원 말을 배울 수 있었다. 자신을 가르치던 스님도 그런 돌쇠의 학습 속도에 상당히 놀라는 눈치였었다.

그리고 며칠 전 큰스님은 두 가지 물건을 주셨다.

한 가지는 가죽으로 된 작은 책자였다. 그리고 다른 것은 각으로 된 열 개의 단검집이었다.

"환우에게 전해주거라. 지금쯤이면 환우가 그것이 필요할 때가 되었을 것이다."

"행님요? 그 너른 땅에 행님이 어디 있는지 알고 찾아가서 전해줍니꺼?"

돌쇠는 자신없다는 듯 말했다. 그 모습에 큰스님은 인자한 미소를 지으며 열 개의 단검집 중 하나를 손에 들었다.

그 순간 큰 스님의 몸이 빛났다.

흡사 스스로 하나의 벼락이 된 듯 휘황한 광채를 뿜어냈다. 그리고 큰스님이 검집을 내려놓은 순간 검집은 가끔 은은한 하얀빛을 뿌렸다.

"앞으로 백일 정도는 효과가 있을 게다. 중원 땅에 들어가 거든 그 녀석을 꺼내서 주위로 움직여 보거라. 아마도 환우가 있는 방향에 위치하면 몸을 떨 게다. 하지만 백일 정도가 한 계니까 가급적 빨리 찾도록 하거라."

"백일이예? 너무 짧은 거 아닙니꺼?"

"너라면 괜찮을 거다. 알겠느냐, 돌쇠야?"

"네, 알겠심더."

그리고 범어사를 떠나 바다에 몸을 실었다. 차마 형님처럼 대마도의 해적들을 부릴 자신이 없었기에 자신의 고깃배로 직접 중원으로 향했다. 가끔 먼바다로 나간 적은 있지만 이 정도는 아니었다. 그래도 오랜 세월 숙련된 솜씨로 바닷길을 읽고 배를 몰아 중원 땅에 도착할 수 있었다. 그것이 어젯밤 의 일이다.

"이제 구십 일 남았데이."

돌쇠는 그 말을 남기고 걸음을 옮겼다.

검집을 서서북의 방위로 향했을 때 검집이 가장 격렬하게 몸을 떨었다.

돌쇠의 커다란 덩치가 빠르게 움직였다. 돌쇠가 범어사에 서 일 년에 가까운 시간을 보내면서 배운 것은 중원 말이 전부가 아니었다.

＊　　　＊　　　＊

　공기는 변화가 없었다. 고수들끼리의 격돌이라면 으레 공기가 무겁게 가라앉거나 심하게 요동치게 마련이다. 하지만 치호는 그 어떤 변화도 느끼지 못했다.
　두 사람이 비무를 위해 대치한 상태인데도 공기에는 아무런 변화가 없었다. 그저 그대로였다.
　환우의 두 눈이 긴장으로 물들었다.
　이 정도로 차이가 나는 고수는 처음이었다.
　환우는 신중에 신중을 기했기에 움직일 수가 없었다. 패배할 것을 알고 시작하는 비무는 처음이다. 하지만 그래도 해보고 싶었다.
　어차피 질 것이지만 이겨보고 싶었다. 그것이 무인의 호승심이 아니던가.
　이윽고 환우의 오른손이 떨쳐졌다. 애자가 빠른 속도로 날아간다 싶은 순간 왼손이 움직이면서 이번에 얻은 세 번째 검이 날아갔다. 그리고 다시 오른손의 용아가 날아간다.
　세 자루의 검이 시간차를 두고 어지러운 곡선을 그리며 청로 진인을 향해 날아갔다. 청로 진인의 오른손이 느릿느릿 움직였지만 그의 청강장검은 이미 검집 밖으로 나와 애자를 맞이하고 있었다.

챙챙챙.

세 번의 울림이 있었다. 청강장검이 애자와 맞부딪친다고 생각한 순간 이미 세 자루의 단검을 모두 쳐낸 것이다. 하지만 튕겨 나간 세 자루의 단검은 다시 청로 진인을 향해 달려들었고 청로 진인의 청강장검은 여전히 부드러운 곡선을 그리며 그것들을 모두 쳐냈다.

반복에 반복이다.

똑같은 양상으로 벌써 몇 번을 부딪쳤는지 모른다.

두 사람은 한 발짝도 움직이지 않고 그 자리에 선 채 그런 상태의 부딪침만이 이어졌다.

환우가 아랫입술을 질끈 깨물었다. 이런 상황이 계속되어 봐야 얻는 것이 없었기 때문이다.

결국 환우가 움직였다. 순식간에 거리를 좁혀 청로 진인의 품으로 파고드는가 싶더니 어느새 돌아가 상대의 등을 공격했다. 앞에서는 용아천뢰검이, 뒤에서는 환우의 발이 공격을 했다.

청로 진인은 여전히 꿈쩍도 하지 않았다. 그저 검을 부드럽게 움직였을 뿐이다. 그러자 매서운 검기가 청로 진인의 온몸을 감싸며 일었다. 환우는 그 검기를 피해 뒤로 물러설 수밖에 없었다.

"귀인의 실력은 이런 것이 아닐 텐데요."

청로 진인이 웃으며 말했다.

환우는 이를 갈았다. 분했다. 실력의 차이가 이리도 극명하다니.

융중에서 얻은 심득을 사용할 수 있었다. 아니, 청로 진인이 사용할 수 있게 충분한 여유를 주고 있었다. 서로 격렬한 비무를 벌이는 와중에 스스로 만들어낸 시간으로 사용하는 것이면 몰라도 이렇게 상대가 준 기회에 사용하는 것은 환우의 자존심이 용납하지 못했다.

아니, 목숨을 건 싸움이라면 옳다구나 하고 사용할 것이다. 목숨이 오락가락하는 상황에서 상대에게 기회를 주는 것은 바보짓이다.

하지만 이것은 순수하게 서로의 실력을 겨루기 위한 비무다. 그런 비무에서 상대가 만들어준 기회 이용해 일격을 가한다니 있을 수 없는 일이다.

적어도 환우는 그랬다.

그랬기에 그는 몰랐다.

당장 주루에서 환우와 잠시 겨뤘던 간리운극도 지금 환우와 같은 기분을 느꼈었다는 것을.

"허허허. 가진 것이 너무 많군요. 하긴 그래서 젊음이 멋진 것이지요."

웃음과 함께하는 청로 진인의 충고가 환우의 귀를 간지럽혔다. 그러고 보니 청로 진인이 했던 도무지 알 수 없는 이야기가 불현듯 떠올랐다.

'놓아버리라고 했던가? 훗. 그 노인이 했던 말과 같은 말이로군.'

무엇을 놓으라는 것일까? 알 수가 없었다.

하지만 한 가지는 확실했다. 쓸모없는 자존심은 놓아야 할 것 같았다. 어차피 자신이 약하다는 사실을 인지하고 시작한 비무이니 체면 차릴 것은 없었다. 그렇다면 자신이 할 수 있는 최고의 공격을 해야 했다.

환우는 그렇게 마음먹었다.

세 자루의 용아천뢰검이 공중에서 멈췄다.

쉼없이 청로 진인을 향해 달려들던 세 자루의 단검이 처음으로 움직임에 변화를 보였다.

청로 진인은 과연 어떤 새로운 공격이 있을지 기대가 된다는 눈으로 환우를 바라보았다. 치호는 알 수 있었다. 사숙이 저렇게 뜸을 들인 후 보여줄 것은 하나였다.

자신에게 보여주었던 그 환상. 그것을 다시 한 번 보여주려는 것이다.

"엇! 조금 다른데?"

분명히 달랐다. 치호가 생각한 그 공격이 이어지려면 분명 용아천뢰검들이 하늘 높이 치솟아야 하는데 그런 움직임은 전혀 보이지 않았다.

그저 가만히 공중에 뜬 채 머물러 있을 뿐이다. 그런데 사숙의 얼굴은 더없이 심각하게 변해 있었다. 무언가를 하고 있는 것이다.

겉으로 봐서는 알 수 없지만 지금 환우는 한 가지 수법을 펼치기 위해 엄청난 심력을 소모하고 있었다.

배운 적이 없는 수법이다. 천뢰무위공과 벽천뇌검공 어디에도 없던 초식이다. 하지만 그날 불현듯 떠올랐었다. 그래서 과연 펼칠 수 있을 것인가란 의문으로 일단 시험을 해봤던 것이 파곤(破坤)이라는 초식이었다.

치호는 그것을 환상으로 보았지만 환우가 생각한 것에는 조금 못 미치는 초식이다.

그것은 벽천뇌검공에 분명히 존재하는 초식이었지만 지금 환우가 펼치려고 하는 것은 환우의 마음이 그려낸 수법이었던 것이다.

단지 그것을 펼치려면 가진바 의지력을 모두 써서 용아천뢰검과 밀고 당기는 심력전을 펼쳐야 하기에 시간이 무척이나 많이 걸린다는 치명적인 단점이 있었다.

아니, 실전에서는 절대 쓸 수 없는 수법이었다.

얼마나 그렇게 땀을 뻘뻘 흘리고 서 있었을까? 환우의 얼굴에 회심의 미소가 어렸다. 드디어 세 자루의 단검을 달래는 데 성공한 것이다.

한 자루는 이름조차 몰라 더욱 애를 먹었다. 그래서 조금 불안하기도 했지만 지금은 자신이 할 수 있는 것은 모두 한

터다.

이제 펼쳐야 한다.

"뜻대로 노닐거라, 용아천뢰검들아. 천뢰난무(天雷亂舞)."

어디에도 없는 초식명이다. 그저 환우가 붙인 이름이다.

환우의 말이 떨어지는 순간 세 자루의 단검이 잠시 부르르 떨더니 격렬한 움직임을 보였다.

애자는 그 즉시 하얀 번개로 화해 청로 진인을 향해 달려들었다. 용아는 하늘 높은 곳으로 솟아올랐다. 그리고 세 번째 용아천뢰검은 벼락으로 화해 무언가를 기다리듯 그 자리를 지켰다.

환우는 미소를 지으며 그 모든 것을 지켜보았다.

"앞으로는 어찌 될 것인지 나도 몰라."

무책임한 말이지만 실제로 그랬다. 환우는 그랬다. 환우가 한 일, 그것은 단 한 가지다. 환우가 멈추려고 마음먹을 때 용아천뢰검들의 움직임을 멈출 수 있게 하는 것. 그것 단 하나를 위해 지금까지 환우는 가진바 모든 의지력을 쏟아 부은 것이다.

그리고 놓아주었다.

용아천뢰검들이 각자의 의지대로 날뛸 수 있도록 그들을 묶었던 모든 제약을 풀어버렸다, 환우가 원할 때 멈춰야 한다는 단 하나의 제약만을 남긴 채.

가장 기분 좋게 날뛰는 것은 애자였다. 과연 다투기를 좋아하는 녀석다웠다.

무서운 기세로 청로 진인을 향해 달려든다. 청로 진인이 청
강장검을 움직여 쳐내려 했지만 용케도 요리조리 피하면서
청로 진인을 향해 파고들려고 한다.

하지만 어지러운 곡선을 그리며 움직이는 청로 진인의 장
검은 그런 틈을 내주지 않았다. 치열한 대결이 두 검 사이에
서 펼쳐졌다.

용아는 하늘 높이 떠서 그런 둘의 싸움을 묵묵히 지켜보는
것 같았다. 두 자루의 용아천뢰검이 벼락으로 화했음에도 용
아는 여전히 단검이 채였다.

애자와 청로 진인의 싸움에 뇌광과 검광이 번쩍였다. 치호
는 눈이 너무 부셔 차마 제대로 바라보지도 못하고 있었다.

그때 가만히 있던 세 번째 검이 슬금슬금 움직이기 시작했
다.

그러고 보니 세 번째 검의 뇌광이 무척이나 진해져 있었고
벼락의 크기도 애자에 비할 바가 아니었다. 처음에 비해 엄청
나게 커다란 벼락으로 변해 있었다.

"호오."

환우도 놀랍다는 듯 세 번째 검을 바라보았다. 그 자신도
전혀 특성을 알 수 없던 용아천뢰검이 아니던가.

어훙!

커다란 울음소리가 세 번째 검에서 울려 퍼졌다. 용음이 아

닌 호랑이 울음과 같은 소리다. 그 소리와 함께 막 애자를 떨쳐 낸 청로 진인을 향해 커다란 벼락이 덮쳐들었다. 하얗다 못해 파르스름한 빛까지 감도는 거대한 벼락이었다.

"허어."

이번에는 청로 진인도 조금 놀란 듯했다.

그의 검이 지금까지의 곡선과는 다른 선을 그리며 움직였다. 커다란 원인 듯싶더니 원 안에 다시 곡선이 그려진다. 그리고 하나의 문양을 만들면서 부드럽게 움직였다. 태극이었다. 청로 진인의 검은 태극을 그리는 듯 부드럽게 움직이더니 육중한 무게를 실은 검으로 변해 벼락을 맞았다.

쾅쾅쾅쾅!!

네 번 연이어 폭음이 울렸다.

쾅쾅쾅!

뒤따라 울린 또 다른 폭음. 세 번째 검이 부딪쳤다가 튕겨 나오는 찰나를 놓치지 않고 애자가 사나운 이빨을 들이대며 달려든 것이다.

하지만 청로 진인은 애자의 침입을 허락지 않았다. 다시 한 번 움직인 검에 애자의 공격도 무위로 돌아간 것이다.

그때다, 하늘이 잠깐 어둡게 변한 것은.

하늘 전체가 아니라 청로 진인의 머리 위가 아주 잠깐 검게 변하는가 싶더니 하늘에서 한줄기 벼락이 떨어진다.

용아였다.

그야말로 푸른 하늘에서 내리꽂는 벼락이었다.

청로 진인은 재빨리 검을 뻗었다. 땅에서부터 부드러운 곡선을 그리며 위쪽으로 치솟아오른 검은 곧장 용아의 벼락을 찔러갔다.

쾅!

짧은 울림이 있었다.

하지만 마지막의 그 부딪침으로 청로 진인은 뒤로 주르르르륵 밀려났다.

그가 밀려난 자리는 깊게 패어 얼마나 강한 충격을 받았는지 보여주고 있었다.

"쿨럭."

청로 진인은 한 모금 피를 토했다. 내상을 입은 것이다. 이미 세 자루의 용아천뢰검은 여기저기 나가떨어져 있었다. 더 이상 공중에 떠 있지 않았다. 가진바 힘을 모두 소진한 것이다.

"후우."

환우도 깊은 한숨을 내쉬었다. 어느 사이 흘린 것일까? 환우의 온몸은 땀으로 흠뻑 젖어 있었다. 세 번째 검이 달려들 때만 해도 멀쩡했던 환우였는데 그 짧은 순간 온몸이 땀에 젖어든 것이다.

마지막의 일격에 의한 반동이 환우에게도 미친 것이다. 그 충격에서 견디느라 환우 역시 온몸으로 땀을 흘린 것이다. 중원인과는 무공의 궤과 달랐기에 당장에 피를 토하거나 하지는 않았지만 환우의 내부도 정상은 아니었다.

청로 진인의 평범하던 청강장검은 곳곳에 이가 나가 있었고 그의 녹색 도포도 헤져서 나풀거리고 있었다.

하지만 그의 표정은 그대로였다. 피를 토했음에도 하나도 변한 것이 없는 그 표정을 유지하고 있었다.

"허허허. 그것 보십시오. 놓으니 할 수 있지 않습니까?"

청로 진인의 말에 환우는 고소를 머금으며 고개를 저었다.

"진인께서 기회를 주신 덕분이지요. 그렇지 않았다면 언감생심 꿈도 못 꾸었을 겁니다."

"그런 것은 중요하지 않습니다. 일단 시도는 했다는 것이 중요하지요. 그렇게 하면 되는 것입니다. 이것저것 얽매일 것은 없습니다. 그저 흘러가는 대로 두면 되는 것이지요."

"가르침에 감사합니다."

환우는 진심이 담긴 포권을 하며 허리를 숙여 인사했다.

"많이 지치셨을 텐데 누추하지만 하루 쉬어가도록 하십시오."

"사양치 않겠습니다."

환우는 세 자루의 용아천뢰검을 회수해 청로 진인의 뒤를 따라 작은 도관으로 들어갔다.

그사이 해는 뉘엿뉘엿 서쪽 하늘 아래로 저물고 있었다.

　　　　　*　　　　　*　　　　　*

　어두컴컴한 밤의 산길은 위험하다. 길을 잃을 수도 있고 언제 어디서 사나운 맹수가 덤벼들지도 모르는 일이다.

　단리운극은 그런 산길을 거침없이 달리고 있었다. 자신이 본 광경을 믿을 수 없었기 때문이다. 설마 자신의 자랑스러운 사문인 대무당이 그런 식으로 풍비박산이 날 줄은 상상도 못했다. 동문들에게 들으니 사부께서 다녀갔다고 했다. 그것도 그 해동의 무인을 귀인이라 부르며 존칭까지 썼다고 한다. 그를 데리고 산을 올랐다 했다.

　대체 왜 그런 것이란 말인가.

　아직 무당의 제자들은 오십여 년 전의 그 일을 제대로 알지 못했다. 그리고 그러한 사실을 어린 제자들에게 설명해 주는 장로들도 없었다. 모든 것을 알리면 자신들의 치부도 알리는 것이기에 그저 쉬쉬할 뿐이다.

　결국 어린 제자들만 답답할 뿐이었다.

　단리운극은 다른 제자들과는 달랐다. 답답함을 풀어줄 사람이 있는 것이다. 그래서 그는 해가 지고 있음에도 무당을 뛰쳐나왔다.

　자신이 태극혜검을 익힌 사실을 추궁할 문파의 어른들이 모두 경황이 없었기에 자유로이 무당을 벗어날 수 있었다. 균현에서 어떤 일이 있었는지 아는 인물들이 극히 적었기에 그렇게 단리운극이 마음대로 움직일 수 있었다. 지금 무당은 다른 일로 정신이 없었던 것이다.

전대 장문인인 현일이 직접 나서 제자들을 진정시키고 있었으니 말이다.

다행일까? 달빛이 밝았다. 보름은 아니었지만 구름 한 점 없는 밤하늘이 달빛을 더욱 밝게 해주었다.

이제 곧 봉우리에 도착한다. 늦은 밤이지만 결례를 무릅쓰고 사부를 뵈어야 할 것 같았다.

단리운극은 경공을 펼치는 두 다리에 더욱 내공을 실었다. 낮에 맞은 곳이 아직도 심하게 아팠지만 지금은 그런 것에 신경 쓸 겨를이 없었다. 내공의 운용에 아무런 지장이 없는 것이 그저 감사할 따름이다.

그렇게 단리운극은 산 정상에 오를 수 있었다.

"아."

그곳에서 그는 한 사람을 보았다.

그가 이렇게 힘겹게 산을 오르게 한 원인을 제공한 사람. 그 사람이 달빛을 맞으며 서 있었다.

그는 한 손에 무언가를 들고는 바라보고 있었다. 그의 손에서는 밝은 광채가 뿜어지고 있었다. 그 광채 사이로 무언가 언뜻 글자가 보이는 것 같기도 했으나 제대로 보이지는 않았다.

"그렇군. 네 녀석이 폐안이었군. 그래서 아까 그랬던 것이로구나."

알 수 없는 말을 그가 중얼거렸다. 그는 자신이 나타난 것을 알 것임에도 관심도 보이지 않았다. 그저 손에 들린 단검을 바라볼 뿐이다.

저것이다.

자신도 멀찍이서 아주 잠깐 본 적이 있었다.

무당의 장문영부, 태극뇌정검. 그런데 설마 그것이 저자가 찾고 있는 단검일 줄이야.

혼란스러웠다.

"빠르군. 생각보다 빨랐어. 내일 아침에나 올 줄 알았는데 말이야."

환우가 빙그레 웃으며 단리운극을 바라보았다. 어느새 지척 간에 다가와 있었다.

단리운극은 눈앞의 상대가 자신은 도저히 어찌할 수 없는 강자라는 것을 다시 한 번 뼈저리게 느꼈다.

"뭐, 그런 얼굴 할 것 없어. 나는 다른 사람과는 좀 다를 뿐이니까."

환우는 그가 무슨 생각을 하는지 다 안다는 듯이 말했다.

"궁금한 것이 많을 테지. 하지만 난 가르쳐 줄 것이 없어. 네 사부에게 물어봐. 그저 배분만 따진다면 네가 나보다 높겠지만 난 그런 것에 얽매이는 사람이 아니거든. 그저 무림의 사람들을 편하게 상대하기 위해 배분이라는 옷을 하나 얻어 입었지만 난 언제든 그 옷을 벗어도 상관없어. 훗.”

환우의 얼굴에 맺힌 자신만만한 미소가 마음에 들지 않았다. 아니, 부러웠다.

배분이라는 것. 단리운극은 단 한 번도 그런 것을 생각한 적이 없었다. 그저 훌륭한 검법을 익힐 수 있다는 것이 즐거울 따름이었다.

하지만 눈앞의 상대는 배분이란 것을 한낱 옷에 비하고 있었다. 자신은 생각지도 못했던 것을 아무것도 아니라는 듯이 말한다.

사실 단리운극 자신은 언감생심 청로 진인의 제자로 인정받을 것은 꿈도 꾸지 않았다.

“저, 저는 감히 그분의 제자가 될 수 없습니다.”

“뭐, 내가 볼 때 넌 이미 진인의 제자야. 훗. 하지만 배분 대우는 기대하지 마. 나도 별로 대우를 받아본 기억은 없어서 말이야.”

그 말이 끝이었다. 그리고 환우는 등을 돌렸다.

넓은 등이다. 그리고 당당한 등이다.

부러웠다.

배분을 한낱 옷에 비하는 그 광오함과 건방짐이. 그것도 모두 강한 실력이 있기에 나올 수 있는 것이리라.

그는 눈앞의 인물이 가진 강한 힘과 여유가 부러웠다.

“허허. 언제 왔느냐?”

그때 사부의 목소리가 들렸다.

"사, 사부님."

"그래, 넌 이미 나의 제자란다. 어찌 네가 내 제자가 될 자격이 없다 말하느냐."

그렇게 말하는 청로 진인의 얼굴에는 인자함이 가득했다.

"궁금한 것이 많을 것이다. 따라오너라."

그리고 그날 밤 단리운극은 자신이 알고 싶어하던 것에 관한 모든 이야기를 들을 수 있었다. 자랑스러운 사문의 치부를 알게 되는 것이었지만 말이다.

第五章

혈사자의 권

「사람이 아니야… 사람일 리 없어. 그래, 동방의 하늘에서 내려온 천신(天神)
일 거야. 틀림없어.」

해동에서 온 백의의 사내. 한 번의 손짓에 열 개의 벼락이 떨어지고, 마교의 혈사는
그 앞에 침묵한다. 열 개의 벼락을 중원에 남겨두고 홀연히 떠났다.

그리고 오십 년 후. 다시금 중원이 어지러워지려 할 때 그의 후예가 중원으로 향한다.

푸른 하늘에 열 개의 벼락이 다시 떨어지는 순간 천하는 그 앞에서 무릎 꿇으리라.

이른 아침이다.

환우는 날이 밝자마자 청로 진인에게 인사를 하고 훌쩍 산을 내려가기 시작했다. 치호는 종종걸음으로 그 뒤를 따랐다.

환우가 내려갈 때 단리운극은 지극히 공손한 모습을 보였다. 이미 모든 전후 사정을 안 터이다. 더 이상 그를 적으로 볼 수가 없었던 것이다.

그리고 치호를 보는 그의 두 눈은 호승심으로 활활 타오르고 있었다. 다음번에 만나면 반드시 지난날의 패배를 갚아주겠다는 각오가 가득한 눈이다. 그런 그의 눈빛에 알게 모르게 환우는 미소를 지었다.

“얼 빼고 있다가는 당하겠다.”

“네?”

알 수 없는 사숙의 말에 물음을 던지며 치호는 사숙의 뒤를 따랐으나 사숙은 대답해 주지 않았다.

언제나 느끼는 것이지만 이른 아침의 산의 기운은 참으로 맑고도 상쾌했다.

“이제 다음은 어디로 가지? 남은 것은 두 자루인데…….”

“흐음. 남은 것이 점창과 공동이었던가요? 다른 곳은 모두 마교에서 검을 가지고 갔다고 했으니까요.”

“그렇지.”

사숙의 대답에 치호는 가만히 중원의 지도를 머릿속에 그렸다.

“공동파 먼저 가야 할 것 같은데요. 공동파는 감숙에 있고 점창파는 운남에 있으니 공동파에 들렀다가 사천을 가로질러서 운남으로 내려가면 될 것 같아요. 제법 먼 길이에요.”

치호의 말에 환우는 고개를 끄덕였다.

거리는 별 상관이 없었다. 환우는 검만 찾으면 되는 것이다.

“가자.”

짤막한 대답이다.

이제 네 번째 검을 찾으러 걸음을 옮긴다.

“아, 그전에 균현에 잠시 들렀다 가자. 좀 쉬어야 할 것 같아.”

전날 청로 진인과의 비무에서 입은 내상이 아직 완전히 회복되지 않았다. 무당에 있는 것이 조금 불편하여 서둘러 떠났지만 먼 길을 가야 하니 일단은 몸을 추슬러야 할 것 같았다.

“네.”

치호는 일단 균현 쪽으로 방향을 잡았다. 그러자면 자소봉의 무당파를 지나쳐야 하지만 그런 것은 빨리 무시하고 지나가면 그만이다.

“가자.”

아침이 밝고 시간이 좀 지났다. 느즈막이 일어난 구양천이 나직이 잠영 일호에게 말했다.

“알겠습니다.”

혼자 중얼거리는 듯한 말이 자신을 향한 말인 것을 알고 있는 잠영 일호는 전음으로 답했다.

하루 사이에 무당파를 떠날 리 없다고 생각한 구양천은 균현에서 하루를 묵었다. 그리고 아침 식사를 마친 지금 무당산을 오르기 시작했다.

무당산은 제법 험한 산이지만 그것이 구양천의 걸음에 장애가 될 수는 없었다. 사람이 없는 산길에 이르자 구양천과 잠영 일호는 앞뒤로 서 걸었다.

“그놈은 어떤 놈이지?”

지금까지 별다른 물음이 없던 구양천이 물었다.

"괴팍한 놈입니다. 알 수 없는 놈이지요. 예측할 수도 없습니다."

잠영 일호는 자신이 겪고 느낀 그대로 말했다. 구양천은 고개를 끄덕이고는 입을 닫았다. 그리고 걸음을 옮기는 것에 집중했다.

얼마나 산을 올랐을까? 구양천의 표정에 변화가 생겼다.

"의외로군. 벌써 내려올 줄은 몰랐는데?"

구양천은 정확하게 환우의 존재를 느꼈다.

환우 역시 산을 내려오면서 구양천의 존재를 느꼈다.

"씨발."

환우의 입에서 대번에 욕이 튀어나왔다.

"왜 그러세요?"

갑작스러운 사숙의 행동에 치호가 놀라서 물었다.

"중원이라는 이 빌어먹을 땅에는 왜 이리 괴물들이 많아!"

환우의 이마에 땀방울이 송골송골 맺혔다.

낭패다. 낭패도 이런 낭패가 없었다. 자신의 기감이 말해주고 있었다. 자신이 내려가고 있는 이 길 아래에는 어마어마한 괴물이 위로 올라오고 있다고. 그것도 자신을 향한 적의를 감추고 있지 않았다.

지금은 몸 상태도 정상이 아니었다.

환우는 현명했다. 쓸모없는 자존심 따위는 가지고 있지도 않았다.

하지만 곤란한 것은 환우에게는 짐짝이 하나 있다는 것이다. 혼자라면 어떻게든 몸을 뺄 수 있을 것 같은데 치호는 조금 곤란했다.

'어쩐다… 결국은 내가 미끼가 되어야 하나? 어차피 나를 노리는 것 같기는 한데… 그래도 저놈이 잡히면 골치 아파지고… 음… 진인께 맡겨야 하나? 그런데 진인은 어제 나에게 당한 것은 괜찮으시려나……. 어쩔 수 없다.'

환우의 머리는 빠르게 돌아갔고 결정은 더 빨랐다.

"치호야."

"네."

"너 이 길로 돌아 올라가라. 전력을 다해서 진인을 찾아가. 그리고 괴물 하나가 올라와서 내가 널 그리로 보냈다고 해."

치호의 얼굴에 경악이 어렸다. 설마 사숙이 괴물이라 표현하는 존재가 있을 줄이야. 지금 사숙의 의도는 명백했다. 자신은 방해가 되니 먼저 몸을 빼라는 것이었다.

"대체 어떤 사람이지요? 사숙께서 괴물이라 하다니."

"나도 몰라. 아무튼 괴물이야. 젠장."

환우는 얼굴이 딱딱하게 굳은 채로 억지웃음을 지었다. 지금까지 치호가 보아온 사숙의 웃음 중 가장 위태로워 보였다.

"알겠습니다."

치호 역시 현명한 아이다. 개방의 후개로서 온갖 교육을 받았다. 그는 즉시 사숙의 명을 따랐다. 몸을 돌리고 뒤도 안 돌아보고 산 정상을 향해 치달렸다. 가진바 경공을 전력으로 펼쳤다.

누가 본다면 인정머리없는 사질이라 하겠지만 환우가 보기에는 참으로 현명한 녀석이었다. 환우는 걸음을 늦추지 않고 그 속도로 계속해서 아래로 내려갔다. 치호가 거리를 벌릴 시간 정도는 벌어야 했다.

"응? 쥐새끼 하나가 다시 올라가는군. 뭐, 눈치는 제법 빠른 것을 보니 실력이 아주 없지는 않아."

구양천이 살벌한 미소를 지으며 중얼거렸다. 잠영 일호는 온몸을 벌벌 떨었다. 지금 구양천의 섬뜩한 미소와 함께 온몸에서 뻗어 나오는 살기를 그로서는 감당할 수 없는 것이었다.

"네놈은 그만 가보거라. 너에게는 이제 볼일없다."

잠영 일호는 그 말을 기다리기라도 했다는 듯 즉시 산 아래로 치달렸다. 계속 곁에 있다가는 살기의 압력에 기혈이 터져서 죽을 것만 같았다.

"흐흐흐. 그럼 어떤 놈인지 직접 보기로 할까?"

구양천은 걸음 속도를 그대로 한 채 산을 올랐다. 과연 어떤 녀석일까 하는 기대가 그의 살기를 더욱 들끓게 했다.

'쳇. 무슨 살기가 이리도 강한 녀석이야. 애자 녀석이 난리로군.'

환우는 자신의 품에서 상대의 살기어 민감하게 반응하는 애자를 진정시키느라 애를 먹었다. 가뜩이나 몸을 피해야 할 상황에서 애자 녀석이 피를 보겠다고 설치니 여간 골치 아픈 것이 아니었다.

하지만 아직은 아니었다. 치호 녀석의 실력을 생각할 때 아직은 시간을 더 끌어야 했다.

자신이 몸을 뺀다면 상대는 분명 자신을 쫓을 테지만 혹시 몰랐다. 인질을 잡을 머리를 가진 녀석이라면 골치 아파진다.

"그런데 보통 이런 기세의 괴물들은 머리가 돌이더란 말이지. 앞뒤 안 가리고 돌진만 할 줄 하는 바보."

환우는 그렇게 중얼거리면서 계속 걸음을 옮겼다.

이제 얼마 남지 않았다. 서로 이 속도로 걷는다면 일각이면 딱 마주칠 것이다.

환우의 얼굴에 긴장이 감돌았다.

이길 수 없는 비무라면 알고도 한다.

하지만 생사결은 다르다. 질 걸 뻔히 알고도 생사결에 임하는 바보짓을 환우는 절대 하지 않는다.

지금은 불가피한 상황일 뿐이다.

이제 반 각 거리까지 좁혀졌다.

'이 정도면.'

환우의 입가에 미소가 어린다. 걸음은 아래를 향하고 있는데 상체가 옆을 향해 비틀린다. 그와 동시에 환우의 두 발이 땅을 박찬다. 그리고 전력으로 달렸다.

청풍개와 경주를 하던 그때 이상의 속도다. 그야말로 죽을 힘을 다해서 온 기운을 다리로 보냈다. 다행히 이곳은 자연의 기운이 충만한 무당산이었다.

환우는 그 어느 때보다 많은 기운을 받아들여 그것을 다리로 보냈다. 그리고 힘껏 달렸다.

청풍개와 했던 경주가 이런 곳에서 도움이 될 것이라고는 환우는 상상도 하지 못했었다. 환우는 자신이 펼칠 수 있는 경공을 전력으로 펼쳤다.

환우의 모습은 순식간에 사라졌다.

"훗. 쥐새끼 같은 놈이었군."

구양천은 실망했다는 듯 비웃음을 날렸다. 그리고 즉시 경공을 펼치면서 치달렸다. 환우를 쫓기 위함이다. 과연 그는 환우의 생각대로 돌진만을 아는 바보였다.

구양천은 그야말로 바람같이 달렸다. 환우 못지않은 속도였다. 중원에서 경공만 놓고 따졌을 때 가장 빠른 사람 중 하나라는 청풍개를 혼이 쏙 빠지게 한 환우였다. 그런 환우보다 빠르면 빨랐지 느리지 않은 속도로 구양천은 환우가 달아난 방향으로 달려가고 있었다.

“쳇. 빠르네.”

환우는 상대가 자신을 빠른 속도로 쫓고 있다는 것을 느낄 수 있었다. 하지만 지금으로서는 별다른 수가 없었다.

언제까지 이렇게 도망을 쳐야 하는지 알 수 없었다. 상대가 저 정도의 속도로 따라붙는다면 과연 떨쳐 낼 수 있을까란 의문도 들었다.

“귀찮은 놈에게 걸렸어.”

환우의 얼굴에 진한 짜증이 어렸다.

환우는 무당산의 곳곳을 누비면서 달렸다. 무당산의 지리 따위는 몰랐기에 그저 달릴 수 있는 곳이면 무조건 달렸다. 어떻게 해서든 저 괴물 같은 녀석을 떨쳐 내야 했다. 얼굴도 모르는 적이지만 그 적의와 함께 자신에게 풍겨지는 기운이 불길했다.

환우의 본능이 어떻게 해서든 피해야 할 적이라고 알려주고 있었다.

‘문제는 지구력이야. 과연 저놈이 나 못지않은 지구력을 가지고 있느냐, 없느냐……’

그것은 도박이었다.

상대는 분명 환우 자신보다 강했다. 그것도 괴물같이 강했다. 그런 상대가 자신보다 느릴 리 없었고 지구력도 떨어질 리 없었다.

하지만 환우는 자신이 익힌 무공이 중원의 그것과는 궤를 달리한다는 것을 믿었다. 중원인들은 기를 몸 안에 쌓아 그것을 사용한다. 하지만 자신은 직접 기를 받아들여서 바로 사용한다.

이곳은 기가 풍부한 무당산이다. 환우는 그것에 희망을 걸었다.

용아천뢰검을 사용하는 벽천뇌검공이라면 환우 자신의 의지력의 한계가 있지만 지금 같은 경공은 잘만하면 거의 한계 없이 펼칠 수도 있었다.

청풍개와의 경주 때는 아무것도 몰랐기에 그렇게 체력까지 바닥이 나도록 무식하게 달렸지만 지금은 아니다.

환우는 더 이상 그때처럼 아무것도 모르는 철부지가 아니었다.

"쥐새끼가 아주 끈질기구나."

구양천의 얼굴에 땀방울이 맺혀 있었다. 그리고 쉬이 잡히지 않는 상대에 대한 짜증 역시 자리하고 있었다.

처음 도주를 시도할 때는 아주 같잖았다. 자신이 경공을 특기로 삼지는 않지만 그렇다고 느리지도 않았다. 구양천 정도의 수준에 이르면 특별히 경공을 등한시 않는 이상은 어느 정도의 속도는 나왔다.

그런 자신 앞에서 도망이라니, 어림도 없었다. 설혹 자신보다 경공이 빠르다 하더라도 자신보다 많은 내공을 가졌을 리 없다. 결국은 내공은 내공대로 소모하고 자신에게 잡히게 되어 있는 것이다. 그런데 벌써 반나절이 지났다.

거리는 줄어들 기미를 보이지 않고 있었다.

아무래도 구양천 자신이 잘못 생각한 듯했다. 상대는 도망에 나름대로 자신이 있었기에 그것을 택한 듯했다.

"귀찮은 놈이야."

구양천은 자신이 쫓고 있는 쥐새끼가 얼마 전 자신에게 그와 같은 말을 했다는 것을 알까? 무당산의 산길을 헤치며 달리는 그의 양 주먹이 거칠게 움직였다.

환우의 얼굴에 서서히 여유가 자리하기 시작했다. 상대의 경공이 자신보다 뛰어나지 않았던 것이다. 처음에는 무척 빠른 듯했으나 처음뿐이었다. 계속해서 달려보니 확실히 자신보다 느렸다.

둘 사이의 거리는 조금씩 벌어져서 이제는 상당했다. 당연히 환우의 얼굴에 여유가 생길 수밖에 없었다. 더군다나 지구력에도 자신이 있었다. 어쩌면 그 괴물을 마주하지 않고 무당산을 벗어날 수 있을 것 같았다.

하지만 그렇게 한다고 해도 문제는 있었다.

자신은 공동파로 가는 길을 모른다. 치호가 있어야 했는데 치호를 데려올 수는 없었다. 상대 역시 기감이 상당히 뛰어난 듯했다. 결국 흔적을 지운다 해도 상대는 자신의 기를 읽고 따라붙을 가능성이 농후했다.

결국은 자신을 느끼지 못할 정도로 거리를 벌려야 했는데, 과연 그 거리가 얼마일지는 환우도 알 수 없었다.

그래서 상당한 거리가 벌어진 지금도 속도를 줄이지 않고 계속해서 달리고 있는 것이다.

"젠장. 언제까지 이렇게 달리고만 있어야 하는 거야?"

환우도 현 상황이 짜증나는 듯했다.

*　　　*　　　*

인자한 얼굴의 노승이 어이가 없다는 얼굴로 자신의 앞에 앉은 사람을 바라보고 있었다. 그와 마주 앉은 도사는 낯부끄럽다는 얼굴로 고개를 숙이고 있었다.

"허허, 허허허, 설마 그런 일이 있었을 줄이야……."

"부끄럽습니다."

노승은 소림의 방장 대사이자 현재 천의맹의 맹주인 불요 대사였다. 그의 입에서 허탈한 웃음이 터져 나왔다.

그와 마주한 도사는 무당의 장로 중 한 명이었다. 천의맹이 무창에 자리를 잡으면서 무당에서 파견을 나와 있는 인물이었다.

무요 진인은 본파에서 전해온 소식을 전해야 하나 말아야 하나 고민을 했지만 일단 천의갱의 구성원으로 참여한 이상 보고는 해야 했다.

그러라고 본파에서 전갈이 온 것일 테니까 말이다.

"무당에서 그런 생각을 품었다니 놀랍습니다만… 그래도 현일 진인께서 몸소 나서서서 일을 정리하고 있다니 다행입니다. 역시 무당은 무당입니다."

"그저 부끄러울 따름입니다."

무요는 정말로 부끄러웠다. 설마 장문 사형이 그럴 줄은 몰랐다. 무요 역시 태극뇌정검에 얽힌 사연을 잘 알고 있었다. 단지 전대 장문인인 사숙께서 주인이 나타날 때까지만 장문 영부로 정했다는 것도 잘 알고 있었다. 그런데 사형은 그것을 가로채려 했다. 그리고 장로를 맡고 있는 다른 사형제들 역시 그것에 동조했다.

대무당의 제자가 어찌 그럴 수 있단 말인가.

'허어, 무진 사형만 계셨더라도…….'

수련을 위해 자리를 비운 무당제일검 무진 진인의 빈자리가 부쩍 크게 느껴졌다.

"그럼 저는 이만 가보도록 하겠습니다."

"네, 그러십시오."

계속해서 불요 대사와 마주하고 있는 것이 부담스러운 듯 무요 진인은 전할 말을 모두 한 후에 서둘러 자리에서 일어섰다. 불요 대사도 그런 그의 심정을 짐작한다는 듯 붙잡지 않왔다.

무요 진인이 물러나고 방 안에는 불요 대사 혼자만 남았다.

"허허허. 일이 이렇게 흘러가는구나. 역시 사람이 생각하는 대로 흘러가지만은 않아. 그렇다고 그 아이가 경거망동하면은 안 될 텐데……."

불요 대사의 얼굴에 걱정이 어렸다. 누구를 위한 걱정일까.

*　　　*　　　*

"후아. 중원은 참말로 넓데이. 뛰어도 뛰어도 끝이 보이지를 않으니 이거 행님을 찾을 수 있기는 있는기가."

근처 개울에서 시원하게 물을 들이켠 돌쇠가 질렸다는 듯 중얼거렸다.

배에서 내린 후 벌써 사흘을 꼬박 달렸다. 수시로 검집을 꺼내 들어 방향을 확인하면서 달리고 또 달렸다.

길이 있든 없든 그런 것은 상관이 없었다. 그저 달리면 되는 것이다.

돌쇠가 가진 것이라고는 무식한 힘과 끈기가 전부 아니던가. 거기에 범어사에서 돌쇠에게 그 힘을 더욱 잘 쓸 수 있는 법을 가르쳐 주었다. 돌쇠는 그것이 참으로 신기했다. 형님이 그렇게 강할 수 있었던 이유가 있었다.

하지만 형님이 강했던 것은 다른 이유도 있는 것 같았다. 지금도 형님과 붙으면 자신이 없었다.

"에고. 행님요, 어디 있는교. 어서 봤으면 좋겠구만."

물을 마시면서 잠시 쉬던 돌쇠는 다시 달리기 시작했다.

마을이 있으면 들러서 쉬고, 배가 고프면 먹고, 목이 마르면 물을 마시고, 졸리면 자고 그리고는 그냥 달렸다.

돌쇠에게는 시간이 많지 않았다. 앞으로 팔십여 일 후면 이 검집은 더 이상 형님의 행방을 가르쳐 주지 않을 테니 말이다.

"행님요, 어디 싸돌아댕기지 말고 한곳에 딱 붙어 있으소. 그래야 내가 얼렁 찾아가지."

돌쇠는 자신의 희망을 중얼거리면서 땅을 박차는 두 발에 힘을 더했다.

*　　　*　　　*

"잠영 일호에게서 전갈이 왔다고?"

"네."

위청운의 표정이 묘했다. 귀연수는 그런 상관의 표정을 살피면서 조심스럽게 대답했다.

"흠, 그러면 이제 둘이 부딪치는 것인가?"

"네. 구양 호법께서 잠영 일호를 물리실 때 뿜어내신 살기가 엄청났다고 합니다. 그 기세로 보아 아무리 그자라도 버티지 못할 것 같다고 전했습니다.”

“그건 어디까지나 잠영 일호의 생각이지.”

위청운은 턱을 괸 채로 말했다. 잠열일호가 구양 호법에게서 떨어져 바로 전갈을 보냈다고 해도 벌써 하루 전의 일이다.

그렇다면 벌써 결론이 나와도 나와야 할 때이다.

단지 소식이 늦는 것일 뿐.

“흐음. 어떻게 됐을까? 아무리 그자라도 구양 호법은 감당할 수 없을 텐데…….”

위청운은 무언가를 고민하는 듯했다.

“이제 남은 곳이 공동과 점창이라고 했던가?”

“예.”

얼마 전 귀연수가 꺼냈던 이야기를 생각한 듯했다. 위청운은 아직 뇌룡아를 회수하지 못한 두 문파를 입에 올렸다.

“이쯤이면 결론이 났을 테니 천천히 움직여도 되겠지. 놈이 살아 있든 죽었든 말이야.”

“네.”

“작업을 준비시키도록. 너무 서두르지는 말고. 난 교주님께 연락을 취하고 올 테니.”

그 말을 남기고 위청운은 태사의에서 몸을 일으켜 뒤로 사라졌다. 귀연수는 바쁜 걸음으로 자신의 일을 하러 움직였다.

*   *   *

꼬박 하루를 내리 달렸다.

두 사람은 그렇게 쫓고 쫓기었다.

하지만 그 누구도 지쳐 나가떨어지지 않았다.

둘 모두 인간의 한계를 벗어난 지구력을 보여주었다.

'젠장, 이래서는 결론이 안 나잖아.'

벌써 무당산 곳곳을 누볐다. 오직 무당파와 청로 진인이 있
는 곳만을 피했을 뿐이다. 환우도 설마 자신이 하루 동안 죽
어라 무당산 곳곳을 달리게 될 줄은 몰랐다.

"지독한 놈이군."

이제 온몸이 땀으로 뒤덮인 그양천이 질렸다는 듯 중얼거
렸다. 꼬박 하루 동안 경공을 펼치기는 그의 평생 처음이다.
그럼에도 여전히 거리는 줄어들지 않고 있었다. 쥐새끼치고
는 놀랍도록 끈질긴 녀석이었다.

환우는 계속해서 달리고 또 달렸다. 그렇다고 잡힐 수는 없
는 노릇이었다. 누가 먼저 지쳐 나가떨어질 때까지 달릴 수밖
에 없었다.

길을 모르기에 무당산을 벗어날 수도 없었다.

'잠깐만. 그깟 길 모르면 뭐 어때? 물어서 다시 찾아오면 되잖아.'

환우는 도망치는 데만 열중하느라 잠시 간과한 사실을 떠올렸다. 치호 없이 공동파로 가는 것은 상당히 난감한 일이지만 혼자서 이곳으로 다시 돌아오는 것은 그리 어려운 일이 아니다. 그저 물어서 찾아오면 되는 것이다.

굳이 무당산 안에서 이렇게 힘들게 도망칠 이유는 없는 것이다.

"쳇. 바보는 나였군. 그럼 어디 쫓아와 보라지."

환우는 달리는 속도를 더욱 높였다. 굳이 무당산이라는 울타리에 얽매이지 않아도 되니 내달리는 속도가 더욱 빨라졌다.

"응?"

구양천은 목표가 무언가 변했다는 것을 알 수 있었다. 어떻게든 무당산 안에서 있으려고 하는 듯하더니 이제는 무당산 밖으로 곧장 달리고 있었다.

"훗. 사람들 사이에 숨겠다는 생각이냐? 가소롭구나, 그런 얄팍한 생각이라니."

다른 사람이라면 사람들 사이에 숨으면 찾는 데 어려움을 겪을지도 모른다. 하지만 구양천은 상관없었다. 자신은 상대를 느낄 수 있었고, 또 다른 사람이 다치든 어떻든 그것은 아무 상관이 없었다. 그저 쥐새끼만 때려잡으면 그만인 것이다.

　게다가 산을 벗어나면 경공을 펼치기가 더욱 쉬워진다. 그것은 쥐새끼 역시 마찬가지겠지만 그래도 자신은 더욱 빨라진다. 이런 좁고 구불구불한 길은 자신의 성미에 맞지 않는 곳이었다.

　조금이라도 살 확률이 높은 산을 버리고 스스로 죽을 곳으로 찾아가는 쥐새끼의 얄팍한 뇌를 비웃으며 구양천은 더욱 빠르게 달렸다.

　환우는 무당산을 벗어났다. 무당산을 벗어났다고는 하나 여전히 땅은 험했다. 산을 벗어난다고 바로 너른 평야가 펼쳐지거나 그러지는 않는 것이다.

　하지만 분명 달리기에는 더욱 좋아졌다.

　환우는 곧장 북쪽으로 달렸다. 그냥 북쪽으로 달렸다. 어디로 가든 어차피 돌아와야 할 것, 찾기 편한 방향으로 잡고 달리는 것이다.

　슬슬 다리에 피로가 몰려왔다. 그러고 보니 또다시 하루 꼬박 아무것도 먹지 못하고 달렸다. 위장이 아우성이다. 뒤에서 거대한 괴물이 당장이라도 자신을 죽이겠다고 달려오고 있는데 이놈의 위장은 밥을 내놓으라고 난리다. 환우 자신의 몸이지만 그것은 마음대로 되지 않았다.

　"으이구. 이 상황에서도 밥 달라는 소리가 나오냐? 아무튼

주인 닮아서 괴팍하기는 괴팍하구나.”

그렇게 중얼거린다고 대답을 할 위장이 아니건만 온몸을 서서히 내리누르는 피곤을 쫓기 위함일까? 환우는 스스로에게 장난스레 중얼거렸다.

“헉헉. 쥐새끼만은 아닌 모양이군.”

무당산을 벗어난 이후 조금씩 거리가 줄고는 있었다. 하지만 이런 속도라면 과연 따라잡을 수 있을지 슬슬 걱정이 되었다. 쥐새끼를 따라잡는 것보다 자신이 지치는 것이 먼저일 수도 있다는 불길한 생각이 머리 한 켠에서 움트기 시작했다.

하지만 그런 생각이 들수록 더욱 힘차게 땅을 박찼다. 아니, 박찬다고 생각했다. 하지만 다리는 더 이상 주인의 생각만큼 힘이 넘치지 않았다. 하루 내내 산속을 달린 피로가 누적되어 이제 조금씩 무거워지고 있었다.

“쳇.”

열심히 달리던 환우는 그 자리에 멈춰 섰다.

무당산을 벗어나서 한나절은 더 달렸다. 이제 멈추게 되면 다시 달릴 수 없다는 생각에 지금까지 달려온 기세에 몸을 실어 달리던 터였다. 하지만 환우는 다리를 멈출 수밖에 없었다.

눈앞에 푸른 물이 너울거리고 있었다.

작지 않은 강이 환우의 눈앞에 펼쳐져 있었다. 게다가 환우가 서 있는 곳은 깎아지른 듯한 절벽이다. 절벽의 높이 또한 만만치 않아 감히 뛰어내릴 생각을 할 수 없었다.

환우는 가만히 서서 생각했다. 동쪽이나 서쪽으로 계속해서 달릴 것인가 아니면 이곳에서 자신을 죽이겠다고 죽어라 쫓아오는 적을 맞을 것인가.

"젠장. 멈추는 게 아닌데."

결론은 내려졌다. 아니, 멈추는 순간 이미 내려져 있었다. 어쩌면 북쪽으로 방향을 잡은 순간 정해진 것인지도 모른다. 이미 환우에게는 방향을 바꿔서 뛸 여력도, 멈췄다가 다시 뛸 힘도 없었다.

한 번이라도 멈추면 그걸로 끝인 상황이었다.

"어쩔 수 없지. 죽든 살든 부딪쳐 보는 수밖에."

그리고 환우는 풀썩 주저앉았다. 자신의 계산대로라면 그 괴물이 도착하기까지 대략 일각 정도 걸릴 것이다. 그렇다면 그동안 조금이라도 쉬어두자는 심산이었다.

환우는 가부좌를 틀고 앉아서 천천히 호흡을 가다듬었다. 자연의 기를 몸에 받아들여 피로가 쌓인 근육과 혈맥 곳곳에 보냈다. 기운을 받아들이는 즉시 바로 소모해 버리면 몸에 피로가 쌓일 수밖에 없다. 몸이 기운의 소모를 버티지 못하는 것이다. 그것만 아니라면 환우는 그야말로 쉬지 않고 뛸 수 있었다.

천지에 널린 것이 기운이기에 그것을 쓰기만 하면 될 일이
다. 하지만 신체의 한계라는 것이 있었다.

일각 동안 환우는 자연의 기운을 소모하지 않고 몸의 회복
에 쏟아 부었다. 그렇게 받아들인 기운들이 조금씩 지친 환우
의 몸을 어루만져 주었다.

"큭. 드디어 나가떨어졌군, 쥐새끼."

구양천은 자신이 쫓는 목표가 멈춘 것을 느낄 수 있었다.
그의 입가에는 승리와 만족의 미소가 맺혔다. 그 자신도 너무
나 지쳐 여기서 멈추면 다시는 뛰지 못할 상태였다. 그랬기에
달리는 속도를 늦추지 않고 계속 달렸다. 현재의 속도의 기세
를 빌어 가고 있는 것이다.

이렇게 그 쥐새끼를 만나면 과연 때려죽일 수 있을까란 생
각도 들었다. 하지만 지쳐 있기는 피차 마찬가지다. 그렇다면
자신이 두려워 도망간 쥐새끼 하나 잡는 것은 어려운 일이 아
니다.

이윽고 구양천의 눈에 한 사람의 모습이 보였다. 가만히 가
부좌를 틀고 앉아서 두 눈을 감고 있다. 운공이라도 해서 조
금이라도 내력을 모으려는 것 같았지만 쓸데없는 발악일 뿐
이다.

그 쥐새끼 뒤로 펼쳐져 있는 푸른 물결과 절벽.

구양천은 그제야 쥐새끼가 어째서 멈췄는지 알 수 있었다.

"크크크. 여기까지 도망친 것은 칭찬해 주마. 하지만 무당산의 북쪽에 단강(丹江)이 있음을 몰랐구나."

구양천이 득의의 웃음을 터뜨리며 말했다. 그의 말에 환우의 두 눈이 뜨였다. 그리고 천천히 몸을 일으켰다.

"젠장. 영감이 나를 죽어라 쫓아온 노괴요?"

시작부터 고운 말이 나오지를 않는다. 과연 환우다운 말이다.

"풋. 입이 시궁창인 녀석이로구나."

구양천은 어이가 없다는 듯 환우를 바라보았다.

"노괴는 대체 무슨 원한이 있어서 나를 죽어라 쫓아온 거요?"

"네놈은 대체 무슨 죄를 지었기에 그렇게 죽어라 도망간 것이냐?"

구양천은 환우의 물음에 물음으로 답했다. 그의 행동에 환우는 어이가 없다는 웃음을 지었다.

"그러면 그렇게 죽이겠다고 살기를 풀풀 풍기면서 달려드는데 나를 죽여주쇼 하고 가만히 있는 것이 제정신인 사람이 할 짓이오?"

"허. 그렇다고 무인이라는 놈이 일단 도망부터 가는 게 잘한 짓이라는 거냐?"

환우는 어이없다는 웃음을 터뜨렸다.

"허, 붙으면 죽을 것을 뻔히 아는데 그래도 싸우는 게 무인이오? 그건 죽고 싶어 안달난 놈이나 할 짓이오."

구양천이 두 눈을 가늘게 뜨고는 환우는 바라보았다.

"호오. 네놈은 다른 정파 놈들이랑은 다르구나. 그놈들은 명예를 위해서는 목숨 따위는 아무것도 아니라고 생각하는 족속들이지."

"미친놈들이군."

환우는 대번에 그렇게 내뱉었다.

"허."

구양천이 어이없다는 듯 헛웃음을 터뜨렸다.

세상에 이런 인간이 있을 것이라고는 마교의 호법인 그도 생각해 본 적이 없었다.

"네놈 그 입담 한 번 대단하구나. 어디 그 실력도 입을 따라가는지 한 번 봤으면 싶다."

그 말과 동시에 구양천의 몸 주위로 투기가 넘실거리면서 일기 시작했다. 이제 겨우 서 있을 정도의 내력밖에 남지 않았지만 상대를 눈앞에 두자 없던 힘이 생긴 듯 구양천은 강력한 투기를 뿜어냈다.

"잠깐."

그때 환우가 손바닥을 앞으로 내밀었다. 구양천의 투기의 흐름을 끊는 참으로 시의적절한 동작이었다.

"뭐냐?"

한창 타오르던 기세가 중간에 저지당하자 구양천은 심사

가 뒤틀린 목소리로 물었다.

"당신은 대체 누구요? 대체 누구고 나랑 어떤 원한이 있기에 이렇게 질기게 나를 잡아먹으려고 안달이 난 것이오?"

그랬다.

환우는 아직 상대가 누구이고 어떤 목적으로 자신을 쫓는지조차 모르고 있는 상태였다. 그러니 당연히 그렇게 물을 수밖에. 게다가 상대는 자신을 알고 쫓고 있는 상태니 더욱 기분이 나빴다.

"곧 죽을 녀석이 그건 알아서 뭐 하냐?"

구양천이 자신의 독문 권법을 펼칠 준비를 하며 섰다.

"귀신이 되어서 복수하려고 그러오."

절대 말로는 지지 않는다. 환우의 말에 구양천이 피식 웃었다.

"그러면 귀신이 되어서 알아보거라."

구양천의 주먹이 천천히 움직이기 시작했다.

"쪼잔한 늙은이."

환우는 작게 중얼거렸다.

하지만 그 소리가 구양천의 귀에 안 들릴 리 없었다. 환우의 중얼거림에 구양천의 주먹이 뚝 멈췄다.

"뭐라고 그랬냐?"

구양천의 얼굴에 노기가 어려 있었다.

"어라? 들었나? 역시 쪼잔해서 그런지 귀도 밝군."

이번에도 구양천이 들으라는 듯한 말투다. 물론 구양천은 모두 들었다.

"네놈이 지금 감히 누구더러 쪼잔하다고 한단 말이냐!"

구양천의 입에서 우레와도 같은 호통이 터져 나왔다. 환우는 그렇게 흥분한 그의 모습을 회심의 미소를 지으며 보고 있었다.

'훗. 역시 생각한 대로야. 저렇게 무식하게 덤벼들 줄만 아는 사람들은 쪼잔하다는 말이 쥐약이지.'

"마교의 육대호법 중 하나인 이 혈사자 구양천! 지난 오랜 세월을 살아오면서 결코 그런 사내답지 않은 행동을 한 적은 단 한 번도 없었다. 그런데 감히 새파랗게 어린 네놈이 나에게 그딴 망발을 할 수 있단 말이냐!"

구양천의 얼굴은 시뻘겋게 달아올라 있었다. 환우는 흥미롭다는 얼굴로 그런 그의 모습을 바라보았다. 효과가 있을 것이라 생각했지만 이렇게 즉효일 줄은 몰랐기에 환우도 내심 조금 놀라고 있었다.

"으음. 마교의 육대호법 중 한 명이라… 결국은 마교였군."

환우는 고개를 끄덕였다.

이제야 왜 그렇게 죽자 사자 자신을 쫓아왔는지 그 이유를 알 수가 있었던 것이다. 보나마나 자신의 용아천뢰검을 노린 것이리라. 게다가 이제는 무당의 것도 얻어 모두 세 자루를 가지고 있으니 이때쯤 마교에서 한 번 찔러볼 거라 생각은 했지만 이렇게 무지막지하게 강한 사람이 올 줄은 몰랐다.

아니, 이렇게 강한 사람이 다섯이나 더 마교에 있다는 사실이 놀라웠다.

호법이란 직위의 인물이 이리 강하다면 대체 교주의 수준은 어느 정도란 말인가. 새삼 사부의 능력이 존경스러워지는 환우다.

"그러고 보니 어째 마교에서 찾아오는 사람마다 구양 씨지?"

환우는 자신의 손에 초주검이 될 때까지 두드려 맞다가 스스로 목숨을 끊은 구양병을 떠올리며 말했다.

하지만 환우의 입에서 구양기라는 말이 나오는 순간 구양천의 두 눈이 번쩍였다. 그리고 흥분으로 붉게 달아올랐던 그의 기세가 차갑게 식었다. 마치 만년빙으로 이루어진 동굴 속에 들어온 듯한 한기가 그의 몸에서 넘실넘실 피어오르고 있었다.

*　　　　*　　　　*

산의 모습은 여전했다.

산속에서, 산 아래에서 사람들이 아등바등 어떻게 살아가든지 산은 늘 산이었다. 그런 무당산의 한 봉우리에서 청로 진인이 현현한 얼굴로 산 아래를 내려다보고 있었다.

"지, 진인님."

그런 청로 진인의 뒤로 치호가 다가왔다.

"허허. 걱정이 되느냐?"

"네."

벌써 이곳에 온 지 하루가 지났다. 사실 치호는 이곳에만 오면 어떻게 청로 진인의 도움을 얻을 수 있을 것이라는 생각에 정말 전력을 다해 뛰었다.

사숙은 그저 이곳으로 가라고만 말했지만 그 속뜻은 청로 진인께 도움을 청하라는 것이라 이해했었다. 하지만 전후 사정을 모두 말했음에도 청로 진인은 그저 미소를 지을 뿐 별다른 움직임을 보이지 않았다.

그저 고생했으니 편히 쉬라는 말 한마디만 남긴 채 저렇게 산 아래를 굽어볼 뿐이다.

"사부님, 무언가 보이시는 겁니까?"

역시 걱정 가득한 얼굴의 단리운극이 다가오며 물었다.

"허허. 어찌 하찮은 인간의 눈에 자연이 그 모습을 보여주겠느냐? 그저 이렇게 산의 기운을 보고 있을 뿐이다."

"저희 사숙은 절대 먼저 도망치라는 말을 하실 분이 아니에요. 먼저 그리 말했다면 분명 절대로 이길 수 없다는 생각을 해서입니다. 그런데 어찌 진인께서는 도와주시지 않으려고 합니까?"

치호는 지금까지 몇 번이나 했던 말을 또 했다. 하지만 청로 진인은 여전히 알 수 없는 표정으로 고개를 저을 뿐이다.

"하늘의 뜻이란 것이 있단다. 내가 본 귀인의 얼굴은 절대 젊어서 죽을상이 아니었다. 몇 차례 고난은 있겠지만 그 고난을 잘 넘기고 귀인의 사부 이상의 경지를 이룰 상이었어. 그러니 귀인이 스스로 이 고난을 헤쳐나가도록 해야지. 그것이 진정으로 귀인을 돕는 길이다. 진정한 대인으로 거듭나기 위한 시련일 뿐이다."

치호의 간절한 말에 처음으로 청로 진인이 제대로 된 대답을 해줬다. 그 애틋함이 가슴에 닿았기 때문이다.

"산의 기운은 어떠합니까?"

그때 단리운극이 물었다.

"허허. 평소와 변함이 없구나. 어제는 몹시 시끄럽더니 오늘 오전부터 다시 평소와 같아졌다. 아마도 귀인께서 산을 떠나신 걸 게야."

그 말에 치호는 깜짝 놀랐다.

"그렇다면 사숙이 하루 종일 무당산 안에 계셨단 말이에요?"

"그래, 계속 계셨지. 산속 곳곳을 누비셨어. 그리고 오늘 떠나셨구나. 허허. 상당한 강적이야."

청로 진인이 강적이라 말하자 치호의 얼굴에 있던 수심이 더욱 깊어졌다.

“나라도 장담할 수 없는 인물이로구나. 지금에 이르러 저런 정도의 고수라면 아마도 마교의 육대호법 정도밖에 없겠지.”

청로 진인의 말에 땅을 향해 있던 치호의 고개가 번쩍 쳐들렸다.

“육대호법이라고요?”

놀란 치호의 물음에 청로 진인은 고개를 끄덕였다.

“내 보기에는 그들밖에 없지 싶구나.”

“아아.”

치호는 풀썩 자리에 주저앉았다.

설마 그 육대호법이 아직 살아 있을 줄은 몰랐다. 아니, 청로 진인도 이렇게 건재한데 그들이라고 건재하지 말란 법은 없었다.

하지만 갑자기 육대호법이라니. 환우가 아무리 강해도 아직 육대호법을 감당하기에는 일렀다. 그것이 사숙을 곁에서 지켜본 치호의 생각이었다.

현재 중원의 십대고수는 마교의 육대호법을 완전히 배제한 채 정해진 서열이다. 그들은 이미 죽었을 거란 생각에 정한 십대고수인 것이다.

만일 마교 육대호법이 살아서 그 실력을 갈고닦았다면 십대고수 중 셋은 덤벼야 겨우 감당할 수 있을 것이다. 십대고수 중 최강자라는 검존 역시 혼자서는 육대호법의 일인을 감당하기도 버거울 터다.

그것이 치호가 개방에서 들은 육대호법에 대한 이야기다. 그런 괴물 같은 인물이 사숙을 쫓고 있다니 걱정이 더욱 커졌다.

"너무 걱정하지 말거라. 귀인은 충분히 슬기롭게 그 위험을 잘 헤쳐나가실 것이다. 이번 고난을 잘 넘기면 또 다른 인연이 있을 터이니 어쩌면 귀인에게는 으히려 복인지도 모르겠구나."

치호는 정말로 답답했다. 무당의 최고 어른이라는 청로 진인이 그저 산의 경치나 바라보면서 저런 속편한 소리를 늘어놓고 있으니 말이다.

"귀인은 일을 무사히 넘기면 이곳으로 돌아오실 것이다. 그러니 너도 허튼 생각 말고 이곳에서 극이와 함께 수련이나 하면서 지내거라. 마침 둘은 또래도 비슷하니 서로에게 큰 도움이 될 것이다."

그 말을 마지막으로 청로 진인은 도관으로 들어갔다. 그 자리에는 치호와 단리운극 두 사람만 남았다.

치호는 허탈한 눈으로 산 아래를 내려다보았다.

*   *   *

"구양 씨라고 했느냐?"

구양천의 목소리가 스산하게 울렸다. 그 모습에 환우는 약간 찔끔했다.

"그래."

"그러면 병이 그 아이겠구나."

"분명 그런 이름이었지."

환우는 고개를 끄덕이며 대답했다.

"네가 그 아이를 그 꼴로 만들었느냐?"

처참한 그 몰골에 대한 이야기를 떠올리며 물었다. 환우는 고개를 끄덕였다. 같은 성인데다 저리 분위기를 잡는 것으로 보아 최소한 혈연 관계에 있는 듯했다. 그렇다고 겁먹을 것은 없었다.

"흐흐흐. 그 불쌍한 것을 그리 만들다니. 네 이놈! 내가 병아의 넋을 달래기 위해 네놈을 쫓아왔다!"

그제야 환우는 완전히 이해할 수 있었다. 단지 용아천뢰검만을 노린다면 한 사람이 자신을 이리 집요하게 노릴 수는 없었다. 다른 사람들과 교대를 하든 대규모의 집단으로 달려들 수도 있는 일이다.

그런데 이 사람은 혼자서 집요하게 환우를 쫓았다. 그것이 조금은 마음에 걸렸었다.

하지만 이제는 그 의문이 뻥 뚫렸다.

그랬다.

이 사나운 노인은 자신에게 원한이 있었던 것이다.

"쩝. 내가 잘못 짚었네. 용아천뢰검이 아니라 내가 목적이 었군."

"교주나 소교주가 어찌 생각하든 난 그딴 쇠붙이에는 관심 없다."

"이거 쇠붙이 아닌데……."

냉기를 풀풀 날리는 구양천 앞에서 환우는 조금 찔끔한 듯한 모습을 잠시 보였을 뿐 기 죽지 않고 구양천의 심기를 살살 긁었다.

"클클. 그래, 그딴 헛짓거리나 계속하거라. 그러다가 죽으면 죽는 줄도 모르겠지. 병아 녀석이 너 따위 녀석 때문에 죽었다니 참으로 원통하구나."

그 말이 끝남과 동시에 구양천의 주먹이 환우를 향해 날아왔다.

혈마파산권(血魔破山拳).

구양천이 혈사자라는 별호를 얻을 수 있게 한 독문 권법이었다.

예고도 없이 그 천고의 절기가 펼쳐지며 환우를 덮쳐들었다.

하지만 쉬이 당할 환우가 아니다. 환우는 재빨리 다리를 움직이며 구양천의 주먹을 피했다.

아니, 피했다고 생각했다. 하지만 그 순간 환우는 옆구리에서 묵직한 통증을 느꼈다.

정통으로 맞았다.

"우욱. 쿨럭."

반응은 즉각 왔다. 환우가 신음 소리와 함께 한 모금의 피를 토했다.

"형편없군."

그 모습에 구양천이 싸늘하게 말했다.

"젠장."

환우는 그런 구양천을 보면서 낮게 중얼거렸다. 환우의 얼굴에 조금씩 분노의 기운이 더해지고 있었다.

第六章 생명의 위기, 투신

「사람이 아니야… 사람일 리 없어. 그래, 동방의 하늘에서 내려온 천신(天神)일 거야. 틀림없어.」

해동에서 온 백의의 사내. 한 번의 손짓에 열 개의 벼락이 떨어지고, 마교의 혈사는 그 앞에 침묵한다. 열 가의 벼락을 중원에 남겨두고 홀연히 떠났다.

그리고 오십 년 후. 다시금 중원이 어지러워지려 할 때 그의 후예가 중원으로 향한다.

푸른 하늘에 열 개의 벼락이 다시 떨어지는 순간 천하는 그 앞에서 무릎 꿇으리라.

차가운 바람이 불었다.

이 여름에 차가운 바람이라니 말도 안 되는 일이지만 환우
는 차가운 바람을 느꼈다. 바람은 구양천의 등 뒤에서 불어오
고 있었다.

"노괴, 대단해."

환우가 입가의 피를 닦으며 중얼거렸다. 하지만 구양천은
아무런 대꾸도 없었다.

"빌어먹을."

구양병의 이야기가 나온 후부터 구양천은 사람이 달라졌
다. 무식하게 돌진만을 아는 바보는 더 이상 없었다.

환우는 품에서 용아천뢰검을 꺼냈다. 용케도 구양천은 환우가 준비하는 것을 기다려 주었다.

"얼마나 알량한 실력을 가졌는지 봐주마."

구양천이 환우가 준비하는 것을 기다린 것은 그런 이유였다.

"그럴 거면 꺼낸 다음에 공격하던가. 선빵부터 먹여놓고는."

이 상황에서도 환우의 입은 가만히 있지 않았다.

하지만 구양천은 아무런 동요가 없었다. 아니, 쓸데없는 말을 주절거리는 순간 환우를 향해 쇄도해 들어오고 있었다.

"일뢰파천!"

애자가 구양천의 주먹을 향해 날아갔다.

쾅!

주먹과 검이 부딪쳤다. 그런데 폭음이 울렸다.

"말도 안 돼."

그랬다.

구양천의 주먹은 붉은 강기에 둘러싸여 있었다.

권강(拳罡).

부수지 못할 것이 없다는 권법의 극의의 경지가 지금 환우의 눈앞에 펼쳐져 있었다.

혈마파산권이라는 이름에 걸맞은 핏빛 강기였다.

환우는 이제 강기를 알아보는 정도는 되었다. 몇 번에 걸쳐 검강을 본 덕이었다.

하지만 검강과 권강은 그 성질이 달랐다. 검강이 무엇이든 베어버린다면 권강은 무엇이든 부숴 버린다. 무공의 특성에 따라 강기의 성질도 결정되는 것이다.

환우는 구양천의 권강을 보고 첫 수는 그가 봐주었다는 것을 알 수 있었다. 첫 번째 주먹부터 권강이 입혀진 채였다면 환우의 내부는 벌써 풍비박산이 났을 것이다.

"쳇."

"네놈, 신기한 수를 쓰는군. 과연 오십여 년 전의 그 젊은 놈과 같은 수법이야."

구양천은 오십여 년 전의 정마대전어 직접 참가했던 역전의 용사다. 최일선에서 싸웠기에 동방신협의 모습도 똑똑히 보았다. 그의 손에 목숨을 달리하는 전대 교주도 똑똑히 보았다. 그것이 그의 일생의 한이었다.

그런데 눈앞에 있는 녀석이 오십여 년 전의 그 무공을 사용하고 있다. 가뜩이나 구양병의 일도 있는데 이런 일까지 겹치자 구양천은 끓어오르는 살심을 주체할 수가 없었다.

다시 한 번 구양천이 환우를 향해 쇄도했다.

환우는 이번에는 검을 던지지 않았다. 아니, 세 자루의 용아천뢰검은 환우의 의지에 따라 하늘 높이 치솟았다.

어쨌든 시간을 끌어야 했다.

환우는 즉각 선무도의 동작으로 구양천의 혈마파산권을

맞았다. 두 사람의 손발이 어우러지기 시작했다. 하지만 확실한 환우의 열세였다.

선무도가 아무리 뛰어난 무공이라 할지라도 환우는 박투에 있어서는 권만을 절기로 삼은 구양천에 비해 손색이 있었다. 그 덕에 환우는 연신 밀렸고 몸 여기저기에 권강이 스치고 지나간 상처가 생겼다.

그나마 몸을 재빨리 움직여 치명타는 맞지 않고 피하고 있었다.

"무슨 꿍꿍이냐?"

두 번의 주먹을 더 내지른 구양천이 환우의 입가에 맺힌 미소를 보며 석연찮은 기분에 낮은 목소리로 물었다. 물론 환우가 대답해 줄 리 없었다.

대답 대신 환우는 다리를 구양천의 옆구리에 찔러 넣는 듯하더니 그 반동을 이용해 빠른 속도로 구양천에게서 물러났다.

"무슨……?"

갑자기 자신에게서 떨어지려는 환우의 행동에 구양천이 재빨리 따라붙으며 공격했지만 환우는 더욱 빨랐다. 처음부터 마음먹고 몸을 뺐기 때문인지 미처 구양천이 따라잡지 못했다.

그때였다.

하늘에서 세 줄기 푸른 벼락이 떨어졌다.

대응할 새도 없었다. 과연 세상에 벼락보다 빠른 것이 있을까? 적어도 환우는 아직까지는 벼락보다 빠른 것을 본 적이 없었다.

당연히 한낱 인간이 벼락보다 빠를 티가 없었다.

무당파에서는 일부러 땅을 겨냥하고 펼쳤던 수법이다.

하지만 지금은 아니다. 정확히 구양천을 노리고 벼락을 떨어뜨렸다.

두 번째로 펼치는 파곤의 수법이다. 이번에는 세 자루의 용아천뢰검으로 펼친다는 것이 다를 뿐이다. 벼락의 수는 줄었지만 그 위력은 무당의 그것과 비할 바가 아니었다. 이번에 펼친 것이 진정한 파곤인 것이다.

콰콰쾅!

벼락은 정확히 구양천을 때렸다. 구양천은 갑자기 하늘에서 떨어져 내린 벼락에 그대로 몸을 노출시켰다.

환우의 입가에 회심의 미소가 어렸다.

벼락을 맞고 무사할 수 있는 사람이 있겠는가? 없다. 그렇다면 그것이 어디 사람인가.

괴물같이 무서운 자였지만 이렇게 이겼다. 생각보다 쉬이 결말이 나서 허탈한 감도 있었지만 자신이 무사하다는 것이 중요하다.

"후우. 다행이다."

긴장이 풀려서일까? 환우는 자리에 털썩 주저앉았다. 정말로 조금 전은 매 순간순간이 아찔했다.

망오 대사가 아니었으면 죽었을 것이다. 망오 대사에게 두들겨 맞으며 몸으로 터득한 본능이 구양천의 주먹을 피할 수 있게 해주었다. 그런 고된 경험이 있었기에 그나마 구양천의 주먹을 스치는 정도로 막을 수 있었던 것이다.

그것이 아니었다면 환우는 권강이 씌인 구양천의 주먹 한 방에 그대로 죽었을 것이다.

그것은 분명한 사실이다.

환우의 이마로 식은땀이 흘러내렸다.

"어쨌든 끝이야."

환우는 벼락이 떨어져 깊게 파인 구덩이를 보면서 중얼거렸다. 이제는 용아천뢰검을 회수해야 했다. 그리고 무당산으로 돌아갈 것이다.

"후우. 이제 돌아가야 하는데 몸에 힘이 하나도 안 들어가는군. 정말로 마지막 남은 기력을 전부 쥐어짰어."

그랬다.

의지력 역시 한계는 있다. 의지라는 것도 몸이 온전하고 기력이 충만할 때가 가장 강하다. 물론 극한의 상황에서 한계를 초월한 의지력이 발휘되기도 하지만 그것은 특수한 경우다. 그리고 그런 특수한 경우를 겪고 나면 몸은 더욱 심하게 탈진하게 된다.

지금 환우가 그랬다. 스스로 목숨이 걸린 극한의 상황이라

인식했고 이곳까지 도주하면서 모두 써버린 체력과 기력으로 인해 더 이상 쥐어짤 힘도 없는 상황에서 억지로 뽑아낸 의지력이었다.

정말로 이제는 꼼짝도 할 수 없었다.

어서 저 구덩이에서 용아천뢰검들을 회수해야 하는데 말이다. 어느 정도냐면 그냥 널브러져 있을 용아천뢰검을 의지로 불러들이는 것조차도 하지 못할 정도였다.

"일단은 좀 쉬자. 모두 끝났으니까."

스스로를 안심시키기 위한 말일까? 그렇게 중얼거린 환우는 앉은 자세에서 등을 땅에 뉘었다. 그렇게 완벽하게 땅에 누워버렸다.

평소의 환우답지 않은 행동이다.

보통은 상대의 최후를 두 눈으로 확인하기 전에는 절대 안심하지 않을 성격이건만 이번에는 팽팽하던 긴장의 실이 갑자기 끊어진 때문인지 너무 풀어져 있었다. 환우는 천천히 두 눈을 감았다.

들썩들썩.

그때 구덩이 가운데 부분의 흙이 조금씩 움직였다. 그것을 놓칠 환우가 아니다. 아무리 지쳤어도 아직 기감은 활짝 열려 있었다.

"응?"

환우의 두 눈이 다시 뜨였다. 그리고 힘겹게 몸을 일으켰다.

"설마?"

불길한 생각이 머리를 스쳤다.

환우는 정신을 집중했다. 활짝 열린 기감에 온 정신을 모았다. 지친 만큼 주변의 기를 탐지하는 능력은 제법 떨어진 상황이다.

정신을 집중하니 느낄 수 있었다.

아직 살아 있었다.

"젠장. 정말 괴물인 거야? 벼락을 맞고 살아 있어?"

환우는 아직 벽천뇌검공이 만들어내는 벼락을 사람에게 직접 떨어뜨려 본 적이 없었다.

아니, 몇 번 있었지만 모두 상대의 검이나 병기에 막혔었다. 상대에게 정확히 명중시킨 것은 이번이 처음이었다. 그래서 그저 진짜 벼락과 같을 것이라 생각했다. 그랬기에 그렇게 안심한 것이다.

그것이 환우의 착각이었다.

설마 인간이 만들어낸 벼락이 자연이 만들어낸 벼락과 완전히 같을 수는 없었다. 만일 완전히 같은 벼락을 만들어낼 수 있다면 막을 수도 없다.

하지만 많은 이들이 환우가 펼친 용아천뢰검의 벼락을 막았다.

막을 수 있다는 소리다.

아무리 이번에 펼친 것이 용아천뢰검 세 자루의 파곤이라

해도 완전한 벼락은 아닌 것이다.

파앗.

조금씩 들썩이던 흙이 폭발이라도 한 것처럼 순간 사방으로 터져 나갔다.

그리고 그 사이로 처참한 몰골을 한 구양천이 모습을 드러냈다. 알몸에 천 몇 조각을 걸쳐 놓은 거지보다 더한 모습이다.

머리는 산발을 하고 얼굴은 흙먼지가 잔뜩 묻어 있었다.

조금 전의 그 노인이 과연 이 사람인가란 생각이 들 정도다. 적어도 개방의 거지라도 지금의 구양천보다는 깨끗할 것이다.

"네놈, 확실히 한 가지 재주는 가지고 있구나. 크윽. 정말로 죽는 줄 알았다."

구양천이 분노가 가득한 음성으로 말했다.

"젠장. 노괴가 진정 괴물이로구나."

환우가 미치겠다는 얼굴로 구양천을 보았다. 이제는 정말로 조금도 움직일 힘이 없었다. 하지만 저 괴물은 아직 기력이 남아 있는 것 같았다.

지금 구양천의 양 주먹에서 선명히 빛나는 붉은 빛.

그것은 분명 권강이다. 아직 권강을 뿜어낼 힘이 남아 있던 것이다.

환우가 보기에 강기(罡氣)라는 것은 그 위력에 비해 기의 낭비가 너무 심하다. 정말 비효율적인 방법인 것이다.

반대로 말해 그런 낭비가 심한 강기를 저렇게 유지할 정도면 아직 상대에게 충분한 여유가 있다는 뜻이었다.

하루 반을 전력을 다해 뛰었다. 상대는 그것을 쫓아왔다.

그런데 아직 저런 힘이 남아 있다니… 그것이 인간이란 말인가?

환우는 중원에 들어와서 처음으로 목숨의 위협을 느꼈다. 지금 눈앞의 저 괴물은 살기 가득한 눈으로 자신을 바라보고 있었다.

"흐흐. 이제는 발악할 힘도 없느냐? 그렇다면 내 네놈을 아주 고통스럽게 죽여주마. 나에게 이런 낭패를 겪게 하다니 말이다."

구양천이 잔인한 웃음을 띠었다.

사실 구양천으로서도 조금 전은 그야말로 죽을 뻔한 상황이었다. 자신의 무기를 하늘로 날려 올려 보낼 때는 조금 의아하기는 했었다. 하지만 설마 이런 벼락이 되어 떨어져 내릴 것이라고는 생각도 하지 못했다. 만일 이것이 진짜 벼락이었다면 자신은 죽었을 것이다.

아니, 처음에는 진짜 벼락이라고 착각했었다. 그래서 황당했었다.

마른하늘에 날벼락이 진짜로 떨어지다니 이 무슨 말도 안 되는 일이란 말인가.

하지만 벼락과는 달랐다. 벼락 속에서 예기가 느껴졌기 때문이다. 벼락에서 예기가 느껴질 리 없었다. 자신을 향해 떨어지는 벼락에서 예기가 느껴지는 순간 구양천은 오십여 년 전의 그 광경을 떠올렸다.

존경해 마지않던 교주가 자신의 눈앞에서 죽던 그 모습을 말이다.

진짜 벼락은 아니지만 구양천의 등은 땀으로 젖어들었다. 자신을 향해 떨어져 내리는 속도는 거의 벼락의 그것과 같았다. 피할 수 없다는 것을 단번에 직감했다.

판단이 서는 순간 구양천은 전력을 다해 호신강기를 펼쳤다. 그리고 두 주먹이 어지러이 움직였다.

권막(拳幕).

검의 고수가 펼친다는 검막과 같은 경지다. 차이라면 검기 대신 권기를 사용한다는 정도다. 아니, 구양천은 권강으로 이루어진 권막을 쳤다.

피하기에는 자신을 노리고 날아드는 벼락의 속도가 너무 빨랐고 또 그 궤도가 기괴망측하여 감히 피해낼 자신이 없었기에 정면으로 부딪치기로 결정을 내린 것이다.

눈앞의 애송이가 오십여 년 전의 그에 비해서는 많이 약하다는 것에 희망을 걸었다. 그때는 열 줄기였고 지금은 세 줄기라는 사실도 그를 도박에 나서게 했다.

결과는 구양천의 승리였다.

내공이 바닥난 상태에서 도무지 막을 수 없는 공격이었다. 그래서 구양천은 원정을 깼다. 내공의 근원이 되는 단전. 오랜 세월 그곳에 내공을 쌓아오면서 단단하게 뭉친 내공덩어리가 있으니, 그것이 원정이다.

그것은 내공이 모두 소모되어도 남아 있다.

단단하게 뭉친 원정이 클수록 단전에 모을 수 있는 내공의 양이 많아진다. 원정이 단전의 크기를 결정하기 때문이다. 그리고 원정이 내공을 불러 모은다. 즉, 내공이 몸에 모일 수 있는 근원을 만들어주는 것이다.

처음 내공을 수련한다는 것은 단전을 느끼고 그 단전에 원정의 씨앗이 되는 작은 깨알과도 같은 것을 만드는 것이다.

구양천은 오랜 세월의 수련으로 커다란 원정을 만들었다. 그런데 환우의 공격을 막아내기 위해 오랜 공을 들여 만든 원정을 깨서 그 내공을 사용했다.

덕분에 살아남을 수 있었지만 원정의 삼분지 일에 해당하는 내공이 사라졌다. 지금도 계속해서 내공이 사라지고 있었다. 어서 운공으로 단전을 진정시키며 깨뜨린 원정을 복구해야 했다.

그래야 피해를 최소화할 수 있다. 하지만 그것은 지금 눈앞의 쥐새끼를 잡은 후다.

조카 손자인 구양병을 죽게 한 데서 모자라 이제는 자신의 원정까지 손상시켰다. 게다가 죽음의 공포를 처음으로 선사했다.

용서할 수 없었다.

세상에서 가장 고통스럽고 잔인하게 죽일 것이다.

구양천이 한 걸음 옮겼다.

그의 걸음에는 힘이 있었다.

환우의 필살의 공격을 정통을 맞은 인물이라고는 상상할 수 없는 움직임이다.

수십 년 수련의 결과인 원정의 힘을 사용하고 있는 구양천이다. 그런 모습은 당연한 것이다.

'빌어먹을. 이대로 죽어야 하는 거야? 미쳤냐? 난 절대로 살아남는다!'

환우는 약해지려는 스스로를 다잡았다. 그리고 다시 한 번 정신을 집중해서 의지력을 쥐어짰다.

정말로 이번에 의지력을 짜내지 못하면 죽는 것이다.

이번이야말로 진정 극한의 위기였다.

자신의 목숨이 바람 앞의 등불이 된 꼴 아니던가.

그런 간절함에 반응한 것일까? 흙구덩이에 묻혀 있던 세 자루의 용아천뢰검이 공중으로 떠올랐다. 그런데 그 움직임이 그렇게 힘겨워 보일 수가 없었다.

"훗. 마지막 발악이냐?"

그 모습을 보며 구양천은 비웃었다. 당장 자신이 보기에도 공중을 움직이는 세 자루의 단검은 맥이 없었다. 그야말로 환우의 지금 꼴과 꼭 같았다.

"닥쳐."

환우의 입은 아직 살아 있었다.

"제일 먼저 네놈의 혀를 뽑고 이를 몽땅 부러뜨린 다음 입술을 짓이겨 주마."

환우의 말에 구양천은 스산한 목소리로 중얼거렸다. 그의 목소리에는 분노가 담겨 있었다.

그 순간 천천히 날아오던 용아천뢰검이 환우의 손에 떨어졌다. 환우는 용아천뢰검을 품에 넣으면서 크게 숨을 들이켰다. 몸이 더 이상 자연의 기운을 받아들일 수 없는 상태였지만 그래도 해야 했다. 그러지 못하면 죽는다.

이미 한계를 넘어선 몸은 억지로 자연지기를 밀어 넣자 비명을 질러댔다. 몸의 비명이 고통이 되어 환우의 머리끝에서 발끝까지 훑고 지나갔다. 환우는 이를 악물고 참았다. 그러자 어느 정도 움직일 기운이 몸에 담겼다.

"할 수 있으면 그래 봐, 빌어먹을 노괴. 이 씨발."

환우는 그 말을 내뱉는 동시에 전력을 다해 몸을 뒤로 튕겼다.

"놈! 도망 못 간다!"

환우의 움직임에 구양천에 재빨리 쫓았다. 하지만 환우의 위치가 안 좋았다.

구양천에게 삼뢰파곤을 펼치면서 몸을 뺀 곳이 절벽 근처

였다. 환우도 그것을 알았다. 몸을 빼는 순간에도 혹시나 하
는 생각에 그곳으로 향한 것이다.

처음 푸른 물결이 넘실거리는 절벽 아래의 강을 보았을 때
했던 생각이다.

하지만 그것보다는 차라리 붙어보는 것이 확률이 조금 더
높을 것 같아서 한판 도박을 벌였던 것이다.

그리고 자신은 도박에 졌다.

그렇다면 최후의 한 수를 쓰는 수밖에 없었다.

'하늘은 있는 거겠지? 씨발. 그렇다면 난 절대 안 죽어. 설
마 나같이 착한 놈을 죽게 하겠어? 하늘이 있다면 말이야.'

절벽 아래로 떨어지면서 환우의 머리를 스친 생각이다. 전
력을 다해 몸을 튕겼기에 환우는 절벽의 끝에서 절반의 포물
선을 그리면서 단강으로 떨어져 내렸다.

환우를 쫓던 구양천은 절벽의 끝에 서서 그 모습을 보았다.

"놈! 절대 쉽게 죽지는 못한다!"

그 말과 함께 구양천이 절벽의 끝에서 주먹을 내질렀다.

혈마폭주(血魔暴走).

권기를 뿜어내는 혈마파산권의 한 수법이다. 구양천의 주
먹에서 뻗어 나온 권기가 환우를 향해 날아왔다.

"큭."

권기는 환우의 옆구리를 스치고 지나갔다. 권기의 충격으
로 포물선을 그리며 떨어지던 환우가 갑자기 뚝 떨어졌다. 그

와중에 환우는 정신을 잃었다. 권기가 온몸을 흔드는 충격에 그만 정신을 놓아버린 것이다.

풍덩!

커다란 소리와 함께 환우는 단강의 푸른 물살에 빠졌다. 구양천을 그 모습을 가만히 보더니 몸을 돌렸다.

"놈, 혈마폭주의 초식에 맞기까지 했으니 살지 못하리라."

그렇게 기력이 빠진 상태에서 자신의 권기에 맞았으니 그 충격으로 죽을 것이라 생각했다.

가슴 한구석에 미진하게 남은 찜찜함이 있었지만 구양천은 강 아래로 내려가 확인할 시간은 없었다. 지금도 원정에서 지속적으로 내공이 새어 나오고 있었기 때문이다.

구양천은 그 자리에 가부좌를 틀고 앉아서 두 눈을 감았다. 어서 원정을 복구시켜야 했다.

오늘 한 번의 싸움으로 구양천은 십 년 폐관 수련의 공을 모두 날려 버렸다.

*　　　　*　　　　*

황강은 산적이다.

안휘성의 중심에 있는 합비에서 조금 북쪽에 위치한 팔공산이라는 산에 자리를 틀고 있는 산적이다. 하지만 산적이라고는 하나 녹림의 소속은 아니었다.

황강은 계속되는 흉년을 더 이상 버티지 못하고 산속으로 들어간 이들 중 제법 재주가 뛰어났기에 구리를 모아 산적 집단을 만들 수 있었다. 즉, 산적의 두목인 것이다.

그가 두목이기에 그들 패거리는 지금까지 잘 지낼 수 있었다.

그는 철저히 녹림의 영역은 피했으며 또 자신들로는 감당이 안 되는 목표는 절대로 털지 않았다.

그래서 그들은 근근이 살아갈 정도였다. 그래도 농사를 지을 때보다는 나았기에 이렇게 살아가고 있는 것이다.

사실 녹림의 영역을 피해 가면서 자신들이 감당할 수 있는 행인들만 털어봐야 벌 수 있는 것은 얼마 없었다. 하지만 그래도 좋았다, 먹고살 수는 있기에.

녹림의 영역에 들어갔다가 그들과 싸우게 되거나 감당도 못할 고수나 관아의 인물을 건드려서 잡혀가는 것보다는 백배천배 나았다.

오늘도 여느 때와 다름없이 황강은 십여 명의 부하를 이끌고 사냥감을 물색하러 나왔다.

이제 여름도 가고 가을로 접어드는 따라 그런지 곳곳에 행인들이 보였다.

가을에 접어들면서 들 단풍을 보겠다며 산을 찾는 부잣집 마나님들이 제법 되었던 것이다.

농사꾼들은 이제 추수를 준비하면서 뼈빠지게 일하기 시

작할 때에 단풍이 질 것이라며 구경을 다니는 팔자 좋은 마님들이라니. 그런 이들은 털 때 양심의 가책을 느끼지 않아도 되어서 좋았다.

하지만 겨우 십여 명의 인원으로 잡을 수 있는 목표는 무척이나 적었다.

그런 그들에게 딱 알맞은 먹잇감을 발견한 것은 불과 반 시진 전이다. 그때 이후 적당한 장소를 물색하면서 산길로 은밀히 목표의 뒤를 쫓고 있었다.

아직은 녹림의 영역과 경계가 불명확했기에 만전을 기하기 위해 목표의 뒤를 쫓는 것이다.

행색이 특이한 남자였다. 덩치가 제법 큰 것이 힘깨나 쓰게 생겼지만 그는 혼자고 자신들은 열이 넘는다. 혼자서 힘을 쓰면 얼마나 쓰겠는가? 게다가 그는 지금 맨손이었고 자신들은 초라하기는 하나 날붙이가 붙은 무기들을 들고 있다. 자신들이 절대적으로 유리한 상황이다.

한 가지 걱정은 그다지 돈이 될 만한 것을 지니고 있을 것 같지 않다는 것이다. 하지만 등짐을 진 것으로 보아 제법 먼 길을 여행하는 듯했고, 그렇다면 여비 정도는 있을 것이다. 그중 얼마 정도는 자신들이 가져도 무방하리라. 자신들은 이곳의 길목을 지키고 있는 산적이 아니던가.

돌쇠는 벌써 이십 일을 걸었다. 먹는 시간과 자는 시간을 빼고는 꾸준히 걷고 또 걸었다. 남은 시간이 계속해서 줄기 때문에 잠시의 시간도 아까웠던 것이다.

여비는 충분히 챙겨왔다. 그랬기에 먹고 자는 데 어려움은 없었다. 어떻게 범어사에 중원의 돈이 있었는지는 모르겠지만 돌쇠에게 그런 것은 중요한 것이 아니었다.

"근데 저것들은 뭐꼬?"

가뜩이나 갈 길이 바쁜데 얼마 전부터 자신을 졸졸 따라다니는 무리들이 돌쇠의 감각에 잡혔다. 대체 무엇 때문에 자신을 따라다닌단 말인가.

알 수 없었지만 갈 길이 바빴기에 그냥 길을 서둘렀다. 하지만 누군가가 졸졸 뒤를 따른다는 것은 분명 기분 나쁜 일이었다.

범어사에서 스님들께 배운 것들 덕분에 가뜩이나 감각이 예민해져서 신경 쓰지 않아도 될 것들까지 신경 쓰게 되었다. 돌쇠의 성격에 이런 것들이 꼭 좋은 것만은 아니었다.

얼마나 더 걸었을까?

수풀이 심하게 움직이더니 결국 돌쇠를 따라다니던 무리가 모습을 드러냈다.

황강이 신호를 보내자 모두들 돌쇠를 포위하고 모습을 드러냈다.

드디어 녹림의 영역을 완전하게 벗어난 것이다.

“멈춰라!”

황강이 가장 앞에서 큰 소리로 외쳤다. 하지만 그들의 목표는 멀뚱멀뚱 그들을 볼 뿐이다. 그래도 걸음은 멈췄다. 단지 보통 사람이라면 당장에 자신들이 산적임을 알아보고 어떤 반응이 있게 마련인데 이번 목표는 아무런 반응이 없었다.

입고 있는 복색이 특이하기는 했지만 그렇다고 말을 못 알아먹을 것 같지는 않았다.

“뭡, 뭡니까?”

상대의 입에서 어눌한 말이 새어 나왔다. 그 모습에 황강의 일행은 자신만만한 웃음을 지을 수 있었다.

이제 보니 덜떨어진 놈이었다. 말도 제대로 못하지 않는가 말이다.

“뭐긴 뭐냐? 산적님들이시다. 목숨이 아깝거든 가진 것 모두 내놓고 어서 썩 꺼지거라!”

자신을 가득 얻은 황강이 커다란 소리로 호통을 쳤다.

“산, 산적?”

돌쇠가 떠듬떠듬 말했다.

확실히 아직은 중원어가 익숙하지 않았다. 돌쇠는 그 말의 뜻을 생각하느라 말을 더듬거린 것이지만 산적들은 전혀 다르게 이해했다.

돌쇠를 완전히 바보로 안 것이다.

“푸하하하! 아주 덜떨어진 놈이로구나. 다른 생각 할 것 없다. 어서 품 안에 든 것을 모두 내놓거라."

돌쇠의 행동에 더욱 자신을 얻은 것일까. 황강의 곁에 있던 또 다른 산적이 큰 소리로 외쳤다.

"산적… 산적이라고!"

돌쇠는 그제야 산적이라는 말의 의미를 기억해 냈다. 일 년 동안 배운 중원 말이고 다른 이들에 비해 습득이 빨랐지만 확실히 중원 사람들과 똑같이 하기에는 두리가 있었기에 말이 느렸다.

하지만 그 의미를 확실히 알자 돌쇠의 행동이 돌변했다. 갑자기 그의 몸에서 투기가 무럭무럭 새어 나온 것이다.

"뭐, 뭐야?"

갑작스러운 사냥감의 변화에 호기롭게 호통을 쳤던 황강 곁의 산적은 당황했다. 마치 자신의 말 때문에 상대가 그리 변한 것 같아서 더욱 당황한 것이다.

"그러니까 느그들이 도둑놈이라 이그제?"

확실히 정체를 알자 돌쇠의 입에서 해동 말이 튀어나왔다. 당연히 산적들이 알아들을 리 만무했다.

"그라믄 각오하그라. 감히 도둑놈들 따위가 행님 찾아가는 내 길을 막았다 이그 아이가."

돌쇠의 주먹이 벼락처럼 뻗어나갔다.

퍽!

황강 옆의 산적이 그 일권에 바로 나가떨어졌다.

“자, 잠깐……”

황강은 정말로 당황했다. 쉬울 것이라 생각하고 정한 목표가 의외의 고수였다. 제대로 잘못 짚었다. 이럴 때는 무조건 빌고 도망가는 것이 상책이었다.

그런데 상대는 그럴 여유도 주지 않고 주먹질이다. 그것도 성난 황소와도 같은 기세다.

문답무용.

지금 돌쇠의 기세는 그랬다. 자신의 상대가 산적들이라는 것을 아는 순간 말이라는 것은 필요가 없어졌다.

부산포에서 어부 생활을 하면서 왜구들에게 보통 시달린 것이 아니다. 그 갈아마셔도 시원찮을 해적들 말이다. 그 때문에 돌쇠에게 있어서 도둑놈들은 모두 때려잡아야 할 잡종들인 것이다.

그런 잡종들이 형님을 찾아가기 바쁜 자신의 걸음을 방해했으니 그 화가 오죽하겠는가.

상대가 도적이라는 것을 안 순간부터 아예 돌쇠의 입에서는 중원어가 아닌 해동 말이 쏟아져 나온 것도 말이 필요가 없다는 생각에서였다.

황강을 남기고 그의 수하들이 모두 쓰러지는 데는 겨우 숨 서너 번 쉬는 시간 정도밖에 걸리지 않았다.

고수도 보통 고수가 아닌 것이다.

“니가 두목인갑제?”

황강은 온몸을 벌벌 떨었다. 그의 바지는 이미 축축이 젖어 있었다. 진정한 공포라는 것을 오늘 처음 겪었다. 주먹 한 번에 피떡이 되어 날아가는 수하들을 볼 때의 심정이란…….

게다가 알아먹지도 못할 이상한 말을 하는 것이 마치 지옥에서 올라온 귀신 같았다.

“제, 제발… 큭.”

무어라 말을 하려는 그의 입에 돌쇠의 커다란 주먹이 틀어박혔다. 이가 부러져 날아간다.

“쳇. 별것도 아닌 것들이 바쁜 발을 잡고 난리고. 내 바빠서 이만 하고 간데이. 느그도 정신 차리그라.”

그리고 돌쇠는 다시 바삐 걸음을 옮겼다. 돌쇠가 지나간 자리에는 피떡이 된 십여 명의 산적이 널브러져 있을 뿐이었다.

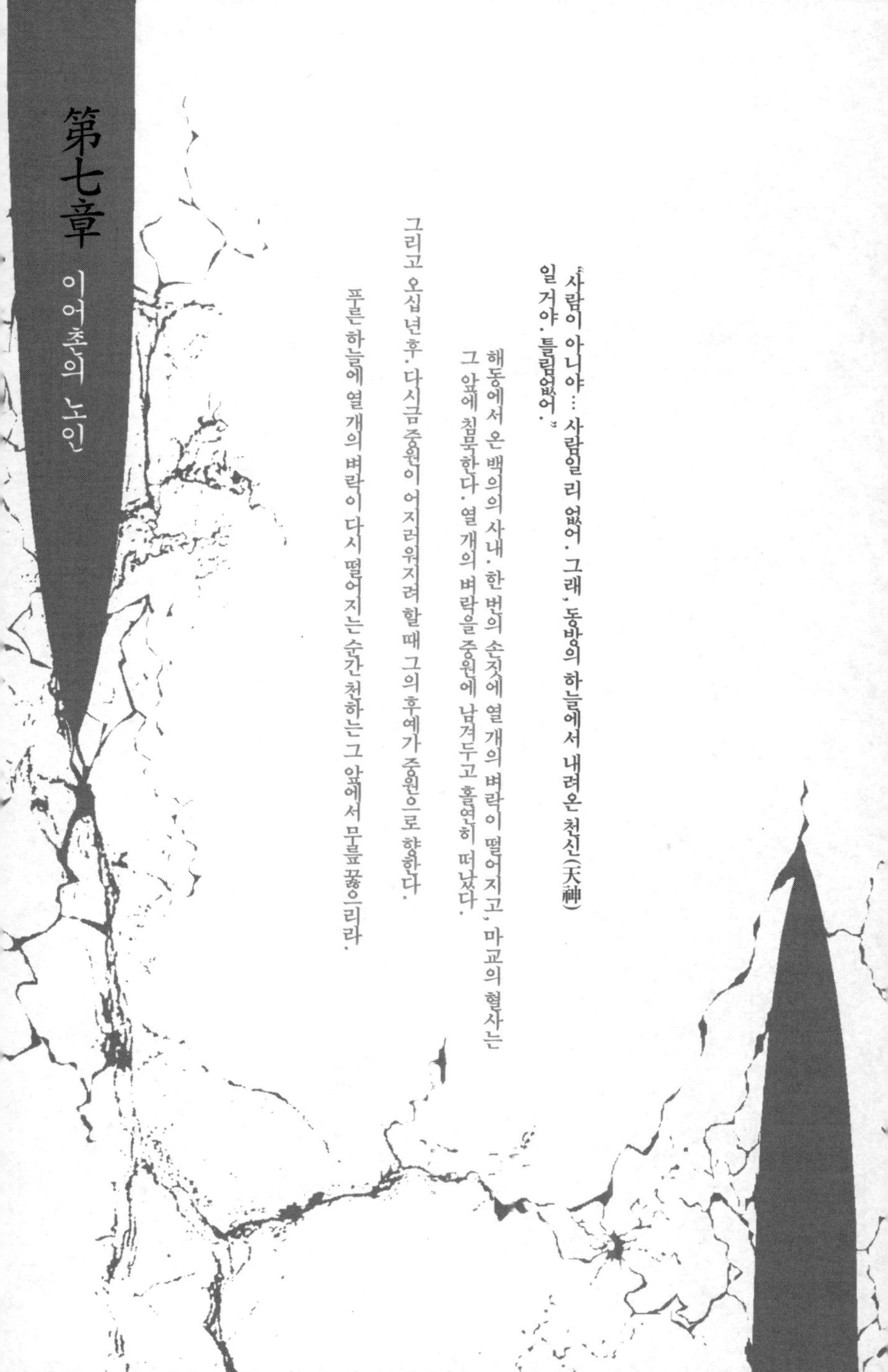

「사람이 아니야… 사람일 리 없어. 그래, 동방의 하늘에서 내려온 천신(天神)
일 거야. 틀림없어.」

해동에서 온 백의의 사내. 한 번의 손짓에 열 개의 벼락이 떨어지고, 마고의 혈사는
그 앞에 침묵한다. 열 개의 벼락을 중원에 남겨두고 홀연히 떠났다.

그리고 오십 년 후. 다시금 중원이 어지러워지려 할때 그의 후예가 중원으로 향한다.

푸른 하늘에 열 개의 벼락이 다시 떨어지는 순간 천하는 그 앞에서 무릎 꿇으리라.

第七章 이어촌의 노인

　푸른 강이 도도히 흘러가는 곁에 작은 마을이 있다. 이곳 이어촌은 삼십 호 남짓의 가구가 모여 사는, 정말로 작은 촌락이다. 단강구(丹江口)에서 강을 따라 북쪽으로 이십여 리 떨어져 있는 이곳은 정말로 순박한 사람들이 모여 서로를 의지하면서 살아가는 그런 곳이다.

　양휘는 그런 이어촌의 막내다. 이제 갓 여덟 살이 된 양휘는 궁금한 것도 많고 신기한 것도 많은 사내아이였지만 또래가 없어 같이 놀아줄 사람이 없었다. 그래서 항상 강가에 나가 자연과 놀았다.

　여덟 살임에도 강가 고기잡이 마을의 아이답게 자맥질에

능해 혼자서도 곧잘 강에서 놀았다. 일에 바쁜 양휘의 부모님들은 그런 양휘를 크게 걱정하지는 않았다. 양휘가 주로 노는 곳이 마을 사람들이 일하는 곳 근처였기에 자신들이 돌보지는 못해도 마을 사람들이 대신 지켜봐 주기 때문이었다.

마을 사람들이 모두 한 가족처럼 지내는 곳이 이곳 이어촌이다.

오늘도 양휘는 변함없이 강가로 놀러 갔다. 이제 가을에 접어들려는 계절임에도 강가의 물풀들은 높은 키를 자랑하며 물 위로 솟아 있었다.

그런 풀 사이사이로 자맥질을 하며 송사리나 물가 곤충들을 구경하면서 노는 것은 양휘에게는 큰 즐거움이었다.

이번에도 여전히 즐겨 가는 곳으로 자맥질해 간 양휘는 무언가 이상한 것을 느꼈다. 어제와는 물풀들의 형태가 달랐던 것이다. 물론 물의 흐름에 따라 움직이는 물풀들이지만 꺾여진 곳도 군데군데 보이는 곳이 이상했다.

양휘 자신은 물풀들이 다치지 않게 조심스레 자맥질을 했고 또 이곳으로는 배가 들어오지도 않는다. 지금까지 이런 적이 한 번도 없었기에 양휘의 가슴은 조금씩 콩닥콩닥 뛰었다. 단조로운 일상에 이런 작은 변화로도 어린아이는 두근거림을 느끼는 것이다.

양휘는 조심스레 움직였다.

무언가 변화가 있다는 것을 안 이상 아무리 어린아이라도 행동이 조심스러워질 수밖에 없었다.

"응?"

그런 양휘의 눈에 낯선 물체가 들어왔다.

아니, 물체가 아니었다.

조금 더 가까이 다가간 양휘는 그것이 사람임을 알 수 있었다.

"어, 어떻게 하지?"

정신을 잃고 쓰러진 사람을 보는 것은 처음이었다. 게다가 물에 오랫동안 있었는지 얼굴이며 몸이 하얗게 퉁퉁 불어 있는 것이 결코 보기 좋은 모습은 아니었다.

여덟 살의 아이가 보기에는 너무나 충격적인 모습이었다. 양휘는 재빨리 헤엄쳐 돌아갔다. 일단은 마을로 가야 했다. 어른들에게 알리면 무언가 수가 날 것이다.

아직 어린아이였지만 영특했기에 서둘러 마을 쪽으로 향했다.

"사, 사람이에요!"

다행히 양휘가 노는 곳이 어른들이 일하는 곳과 가까웠기에 금세 사람들을 발견할 수 있었다.

갑작스러운 양휘의 외침에 어른들은 놀랐다. 늘 밝은 얼굴로 물속에서 놀던 아이의 얼굴이 하얗게 질려 있는 것이다. 필경 무슨 일이 있으리라 생각한 어른들이 서둘러 양휘를 향해 다가왔다.

“휘야, 무슨 일이냐?”

양휘의 옆집에 사는 장필이 물었다. 그는 이제 스물의 건장한 청년으로 마을에서 가장 힘이 셌다. 원래는 고기잡이를 나가야 했지만 오늘은 배를 수리하느라 이곳의 일손을 거들기 위해 잠시 나와 있었다.

“장 아저씨! 사, 사람이에요. 사람이 저기에 둥둥 떠 있어요.”

“저, 저런!”

장필은 대강 양휘가 무엇을 봤는지 짐작할 수 있었다.

상류에서 사고로 물에 떨어진 사람의 시체가 이곳으로 흘러내려 오는 것은 드문 일이었지만 아주 없는 일은 아니었다. 장필 자신도 지금까지 두어 번 정도 보았다. 하지만 그것을 이 어린 양휘가 봤다는 것이 문제였다.

익사한 사람의 시체는 보기 흉측하게 변해 있어 여덟 살 난 어린아이가 볼 것이 못 되었다.

장필은 서둘러 강으로 풍덩 뛰어들었다. 그리고 양휘가 손가락질한 곳으로 헤엄쳐 갔다. 평소 양휘가 놀던 곳을 잘 알기에 수풀을 헤치고 들어가는 것은 어렵지 않았다.

과연 그곳에는 한 젊은이의 시체가 둥둥 떠 있었다.

“쯧쯧. 딱하게도……”

장필은 혀를 차며 시체를 향해 다가갔다.

“휘야, 이곳은 아저씨가 알아서 할 테니까 너는 그만 물 밖으로 나가 있어라. 많이 놀랐겠구나.”

장필은 어느새 근처까지 따라온 양휘를 보며 손을 내저었고 양휘는 그 말을 따랐다.

장필은 시체를 끄집어내기 위해 시체의 어깨를 잡았다.

“응?”

차갑지 않았다. 그리고 딱딱하지도 않았다. 미약했지만 온기가 느껴지면서 살도 말랑말랑했다.

시체라면 이럴 리가 없다. 차갑게 식어 딱딱해져 있어야 정상이다. 이곳까지 떠내려 올 정도의 시체라면 당연히 그래야 했다.

장필은 설마하는 심정으로 시체의 코에 손가락을 가져갔다. 미약하지만 숨결이 느껴졌다.

아직 살아 있었다.

“이런! 살아 있었군!”

시체가 시체가 아님을 알자 장필의 손이 바빠졌다. 살아 있는 사람이라면 한시라도 빨리 구해야 했다. 애꿎은 목숨을 이리 허망하게 죽게 할 수는 없었다.

장필은 재빠른 동작으로 젊은이를 어깨에 들쳐 메고는 헤엄쳐 강가로 나왔다.

“필이, 무슨 일인가?”

같이 일하던 중년의 사내가 묻는다. 그도 으레 시체가 떠내려 온 것이라 생각하는 듯한 얼굴이다.

"살아 있습니다. 무슨 일인지는 모르겠지만 어쨌든 서둘러야겠어요. 그러면 살릴 수 있을 것도 같아요."

그 말에 근처에서 일하던 사람들이 분주해졌다.

그들도 송장을 치르는 것보다는 사람을 살리는 것이 나았다.

마을에서 제일 힘이 센 젊은이답게 장필은 신원 불명의 청년을 들쳐 업고 재빨리 뛰었다.

장필이 간 곳은 자기 집이었다. 아직은 혼자 사는 총각이었기에 낯선 청년을 데려다 놓기에는 그의 집이 가장 적합했다.

장필은 침상에 자리를 펴고 청년의 옷을 벗겨낸 후 깨끗이 닦아주고는 다시 옷을 입혔다. 그리고 이불을 덮어주었다.

숨결은 미약했지만 고르게 쉬고 있었다.

의학적 지식이 아무것도 없었기에 장필이 할 수 있는 처치는 이것이 전부였다. 특별한 상처도 보이지 않았다. 옆구리쪽에 붉게 물든 상처 같은 것이 보였지만 그리 커 보이지도 않아 그것 때문에 이 사람이 이렇게 정신을 잃었을 것이라고는 생각할 수 없었다.

장필은 청년의 몸에서 나온 물건들을 청년의 머리맡에 두었다. 세 자루의 잘 벼려진 단검과 열 자루의 목단검, 그리고 가죽으로 된 검대였다. 장필은 그런 청년을 뒤로하고 집을 나섰다. 자신이 할 수 있는 것은 이제 아무것도 없었다.

의원을 불러올 형편도 되지 못했다.

　의원이라고 해봐야 단강구에 하나 있었는데 그도 이곳까지 올 형편이 못 되었다. 그저 민간요법에 의지해 살아가는 이들이 이곳 이어촌의 사람들이다.

　그것은 장필도 마찬가지였고, 그의 지식에서는 이것이 한계였다.

　이제 살고 죽는 것은 저 청년의 체력과 운에 달린 것이리라.

　장필이 다시 모습을 나타내자 사람들은 갑자기 떠내려 온 청년에 대해 관심을 보였다. 아직 정신을 잃고 있다는 것을 알자 다들 다시 자기들의 일에 열중했다.

　이런 일은 이어촌에서는 평온한 일상에 던져진 큰 변화였으나 사람들은 그 변화를 즐기기엔 여유가 없었다. 하루하루 열심히 일을 해야 평온한 생활을 유지하면서 먹고살 수 있는 것이다.

　적어도 오늘 해가 져야 사람들은 장필의 집에 누워 있는 청년에게 관심을 보일 것이다.

　환우는 그야말로 구사일생으로 목숨을 건졌다.

　구양천의 권기가 스치는 순간 이미 몸이 망가질 대로 망가진 환우는 그 충격에 정신을 잃은 채 물에 떨어졌다. 그것이 다행이었다.

　정신을 잃었기에 물에 가라앉지 않을 수 있었다. 게다가 환

우가 익힌 천뢰무위공은 자연적으로 반응을 해 환우의 몸을
지켰다. 만신창이가 된 몸이었기에 천뢰무위공은 그야말로
최소한으로 반응했다.

천뢰무위공이 환우의 몸을 지키기 위해 할 수 있는 것은 환
우가 물속에 잠시 잠긴 동안 환우의 호흡을 막는 것이 고작이
었다. 하지만 그 덕에 환우는 가라앉지 않고 떠오를 수 있었
다. 그렇게 정신을 잃은 상태에서 환우는 물살에 몸을 맡겨
천천히 아래로 흘러갔다.

몸은 그렇게 별 위험이 없어 보였지만 사실 환우의 몸속은
치열했다.

천뢰무위공이 어떻게든 환우의 몸을 회복시키려 했지만
손상이 너무 컸다. 너무 무리하게 기운을 운용한 탓에 환우의
몸은 더 이상 자연의 기운을 받아들이지 못할 정도의 상태였
던 것이다.

일단 기운을 받아들여야 그 기운을 이용해 내상을 치료라
도 할 것인데 아예 기운 자체를 받아들일 수가 없었다.

이틀에 걸쳐 연이어 절대적인 강자와 부딪친 때문이었다.
이미 청로 진인과의 격돌에서 작지 않은 내상을 입은 몸이다.
그 몸으로 무리하게 자연의 기운을 받아들이면서 탈이 더욱
크게 난 것이다.

환우의 몸이 정상이어도 감당하지 못했을 적이었지만 정
상이 아닌 탓에 몸은 더욱 심하게 망가진 것이다.

그래도 천뢰무위공은 계속해서 작용했다.

아주 실낱같은 기운이라도 받아들이기 위해 스스로 계속해서 움직였다.

환우는 권기의 충격에 정신을 잃었던 것이지만 완전하게 망가진 몸 덕에 정신을 차리지 못했다. 이대로 계속 정신을 잃고 있는다면 언젠가는 죽을지도 모르는 일이었다.

다행히 아직은 계절이 늦여름이라 물속에 몸을 담근 채 떠내려가도 체온을 크게 뺏기지 않았다. 하지만 그것도 정도가 있다. 아주 조금씩 체온을 뺏기는 것이 쌓이면서 환우의 몸은 점점 위험한 상태로 치달았다.

그것과는 별개로 환우의 내부는 조금씩 회복되고 있었다. 자연의 기운을 받아들이는 것에 비하면 그야말로 조족지혈에 불과한 회복이었다. 자연의 기운 없이 환우의 몸 스스로의 작용으로 내상을 회복해 가는 과정이라 회복이라 부를 만큼 나아지지도 않았다.

하지만 천뢰무위공은 그 정도면 충분했다.

천뢰무위공이 실낱같은 자연의 기운을 받아들이는 데 정확히 일주일이 걸렸다. 일단 기운을 받아들이기 시작하자 그 다음부터 환우의 몸의 회복 속도는 급속도로 빨라졌다. 내상이 회복되면서 받아들일 수 있는 기운의 양은 더욱 늘어났고, 그러면서 그만큼 빠른 속도로 몸을 회복하기 시작한 것이다.

그렇게 떠내려 온 환우가 이어촌 강가의 물풀들 사이에 멈첬을 때 대략 절반 정도의 내상이 치유된 상태였다.

이제는 가만히 안정을 취하기만 하면 몸은 완전히 회복을 찾을 것이다.

하지만 계속해서 환우의 체온을 빼앗아가는 물이 문제였다. 특히나 밤에는 그 정도가 심한 데다 이제 계절도 여름에서 가을로 넘어가려 하고 있었다.

마침 그때에 양휘가 환우를 발견한 것이다. 장필이 환우를 자신의 집에 데려다가 눕혀놓은 것은 정말로 시기적절한 대처였다. 그가 알고 그랬든 모르고 그랬든 이제 환우의 몸은 더욱 빠른 속도로 회복돼 가기 시작했다.

어느 정도 회복이 되고 나서부터는 천뢰무위공의 작용은 멈췄다. 그러나 환우의 몸은 호흡과 함께 들어온 자연지기를 받아들이면서 조금씩 나아지고 있었다. 천뢰무위공이 작용할 때에 비하면 그 속도는 느렸지만 차근차근 정상의 몸 상태를 찾아가고 있었다.

어느새 해가 뉘엿뉘엿 저물고 있었다. 마을에서 밭일을 하는 사람들과 달리 고기를 잡으러 강으로 나간 사람들의 배가 하나둘 들어오기 시작했다.

장필이 밭일을 마무리하려는 무렵 고기잡이 나갔던 이어촌의 촌장이 장필을 찾았다.

“정신을 잃은 사람을 데려다 놓았다면서?”

“네.”

"그래, 상태는 어떻더냐?"

"그것이… 통 모르겠습니다. 숨은 고르게 쉬고 있는 것 같은데, 저희 같은 것들이 무얼 알겠습니까?"

장필의 말에 촌장은 고개를 끄덕였다. 그런 상황에 대해서 아무것도 모르기는 자신도 매한가지였다.

정신을 잃은 채 마을의 강가에서 발견된 것도 인연이다. 이 어촌 사람들은 그 청년이 꼭 원래대로 회복되었으면 하는 바람이었다.

그러나 아는 것이 있어야 도울 수 있을 텐데 도통 방법이 없었다.

"음……."

촌장도 그런 마음에서 짧은 신음을 흘렸다. 그러나 이내 방법을 발견한 듯 얼굴이 밝아졌다.

"무슨 방도라도?"

장필은 그런 촌장의 얼굴에 한 가닥 기대를 걸었다. 단강구에 있는 의원은 불가능하다는 것을 마을 사람들이 모두 알고 있는 상황이다.

밭일을 끝낸 사람들과 고기잡이를 끝낸 사람들이 옹기종기 촌장과 장필 주위로 모여들었다.

생업에 바빠서 관심을 보이지 못하던 일에 하루 일과가 끝나면서 깊은 관심을 보이기 시작한 것이다.

순박하고 착한 사람들이다. 갑자기 마을에서 발견된 정신을 잃은 청년이 걱정 안 될 리가 없었다. 다만 자신들의 눈앞에 있는 일이 너무 컸기에 잠시 신경을 못 썼을 뿐이다.

그런 사람들이 촌장을 주목했다. 촌장이 무언가 좋은 방법을 떠올린 듯했기 때문이다.

사람들의 시선을 받으며 촌장의 입술이 천천히 움직였다.

"그 어른께 부탁드려 보면 어떨까? 보통 분이 아니신데 혹여나 무슨 방도를 내주실지도 모르는 일 아닌가?"

촌장의 말에 사람들은 무릎을 쳤다. 벌써 십 년 전부터 이어촌 근처에 터를 잡고 사는 한 노인과 손녀가 있었다. 그 풍모가 도무지 이런 작은 시골 마을에는 어울리지 않는 사람인데, 이곳을 좋아하며 유유자적한 생활을 즐기고 있었다.

마을 사람들에게 어려운 일이 있을 때마다 인자하게 웃으며 도움의 손길을 내밀어준 고마운 사람이기도 했다.

"그렇군요. 제가 당장 모시고 오겠습니다."

이제 얼추 밭일도 끝났기에 장필이 단번에 달려갔다. 그 어른의 집은 마을에서 조금 떨어져 장필이 전력을 다해 뛰어가면 이각이 좀 넘게 걸린다.

노인의 걸음을 생각하면 가까운 거리는 아니다. 하지만 그 노인의 거처에서 가장 가까운 마을이 이어촌이기에 사람들은 그 노인을 한 마을 사람으로 생각하고 있었다. 게다가 벌써 오 년째 같이 살아오고 있지 않은가.

장필은 숨이 턱에 차도록 달려 평소보다 빨리 그 어른이 사는 집에 도착할 수 있었다.

"계십니까?"

장필이 문 앞에서 큰 소리로 외쳤다. 숨이 차서 말소리가 잘 나오지는 않았지만 마음이 급했다.

"음. 필이 아닌가? 무슨 일인가?"

문이 열리면서 선풍도골의 노인이 모습을 드러냈다. 정말로 모르는 사람이 본다면 신선이 인간 세상에 내려와 살고 있는 것이라 착각할 수도 있는 도습이었다. 그 단아한 풍모는 보는 사람으로 하여금 절로 존경심을 느끼게 만들었다.

장필의 다급한 모습을 보았음에도 그는 변함없는 모습을 유지했다.

"좀 도와주셨으면 하는 일이 있어서 이렇게 결례를 무릅쓰고 급히 찾아왔습니다."

"허어, 대체 무슨 일이기에 필이 자네가 이리 다급해하는가? 마을에 무슨 변고라도 있는 것인가?"

노인의 얼굴에는 걱정이 어렸다. 마을 사람들이 노인을 한마을 사람으로 생각하는 것처럼 노인도 마을 사람들을 생각하는 마음이 컸다.

"네. 마을에 변고가 생긴 것은 아닙니다만 마을에 일이 생기긴 했습니다."

변고가 아니라는 말에 노인은 일단 안심하는 듯했다.

"그럼 대체 무슨 일인가?"

"강으로 사람이 떠내려 왔습니다. 시체가 떠내려 온 적은 몇 번 있었는데 산 사람이 떠내려 온 것은 처음입니다. 한데 그 사람이 정신을 못 차리고 있어서… 크게 다친 것 같기는 한데 대체 어떤 상태인지를 알지 못해 이렇게 도움을 구하고자 찾아왔습니다."

"저런. 그런 일이 있었구만. 잠시만 기다리게. 내 채비를 해서 금방 나옴세."

그리고 노인은 다시 안으로 들어갔다.

"경아, 준비하거라. 잠시 마을에 가야겠다."

노인이 손녀를 부르는 소리가 문 사이로 작게 들렸다.

얼마나 기다렸을까? 문이 열리면서 소가 끄는 수레에 탄 노인이 모습을 드러냈다. 수레에는 면사로 얼굴을 가린 노인의 손녀도 함께 있었다.

"필이, 자네도 어서 타게."

"네……."

대답을 하는 장필은 떨떠름한 얼굴이었다. 급히 가야 하는 길에 하필이면 소가 끄는 수레가 뭐란 말인가.

하지만 노인이 바쁜 걸음으로 가는 것도 힘든 일이기에 그러려니 하고 수레에 올랐다. 말이 없으니 어쩔 수 없는 일인가, 생각하면서.

소는 느릿느릿 걸음을 내디뎠다. 하지만 과연 소의 걸음이 맞나 싶을 정도로 빨랐다. 장필은 신기하기도 했지만 그저 다른 소와 달리 조금 특별한 소 정도로 생각했다.

자신이 달려서 이각 정도 걸리는 거리를 수레를 타고 반 시 진이 조금 넘게 걸려서 마을에 도착했다.

"어르신, 어서 오십시오."

마을 어귀에서 기다리던 촌장이 허리를 굽히며 인사를 했다.

"허허. 촌장님, 오랜만입니다. 근처에 살면서 자주 들러야 할 텐데 하릴없는 노인이 집 밖으로 나오지를 않으니… 이거 죄송합니다."

"무슨 말씀을 그리하십니까? 저희도 사는 게 바빠 자주 들르지를 못하는데요."

촌장의 말에 노인은 웃음을 지었다.

"그래, 정신을 잃었다는 그 청년은 어디에 있나?"

노인이 장필을 보며 물었다.

"네, 일단 저희 집에 데려다 놓았습니다."

"그럼 어서 가보도록 하세."

장필이 앞장서고 노인과 손녀가 그 뒤를 따랐다. 촌장이 노인의 곁에서 걸었고 조금 떨어져 마을 사람들이 우르르 뒤를 따라 걸었다. 정신을 잃은 채 이어촌을 찾은 손님의 상태가 궁금했던 것이다.

장필의 집에 도착한 노인은 곧 침상에 누워 있는 청년의 모습을 살폈다.

손목을 잡아서 진맥하는 모습이 익숙한 솜씨였다. 여느 의원이 보았다면 가르침을 내려달라고 청할 정도로 보였다.

"으음."

청년을 진맥하던 노인이 고개를 갸웃거렸다.

그러더니 옷을 벗기기 시작했다. 속옷만을 남기고 옷을 모두 벗긴 노인은 청년의 몸을 꼼꼼히 살피기 시작했다. 만져보기도 하고 가만히 눌러보기도 했다. 어떤 부분은 진맥하듯이 잡고 있었다.

"허어."

노인은 청년의 몸이 무척이나 신기한 듯했다.

"경아, 침통을 다오."

노인의 말에 노인의 손녀는 들고 있던 작은 상자에서 대나무로 만들어진 통을 꺼내주었다.

노인이 침통을 열자 침통에는 금침이 가득 들어 있었다. 노인은 금침을 청년의 몸에 조심스레 놓았다. 침을 청년의 몸에 꽂는 노인의 손은 무척 신중하게 움직였으며 노인의 얼굴은 엄숙했다.

그렇게 몇 군데에 침을 놓던 노인은 고개를 저으며 꽂았던 침을 모두 뽑았다.

"되었네."

청년의 옷을 원래대로 입혀준 후 이불을 잘 덮어주고는 방을 나섰다.

"어르신, 의원이셨습니까?"

장필의 방을 나선 후 촌장이 조심스레 물었다. 청년을 살피던 그 모습은 의원이 아니면 절대로 보여주지 못할 모습이었다.

마을 사람들은 지금껏 병자가 생겨도 스스로 알아서 민간요법으로 처치를 했기에 노인의 손을 빌린 적이 없었다. 그래서 지금껏 노인의 저런 모습을 본 적이 없었던 것이다.

"뭐, 잠시 병자를 돌본 적은 있다네."

노인은 길게 말하기 싫은지 짧게 대답했다. 하지만 과거 그가 의원이었다는 것은 인정했다.

이렇게 작은 마을에서 의원은 무척이나 귀한 존재이면서 간절한 존재였다. 그런데 근처에 두고도 몰랐다니.

사실 노인이 온 이후 마을은 평온했다. 의원을 찾을 정도로 크게 다친 사람도 없었고 역병이 돌거나 하지도 않았다. 그래서 노인이 나설 일이 없었던 것이고 누구도 그가 의원임을 몰랐을 뿐이다.

환우가 이곳에 다친 채 떠내려 오면서 처음으로 노인이 자신의 정체를 드러낸 것이다.

"저 친구의 상태는 어떻습니까?"

장필이 걱정스러운 얼굴로 물었다.

"음. 나도 처음 보는 체질이야. 무인인 듯한데⋯ 중원의 일반적인 무인들과는 전혀 달라. 그래서 무어라 말을 할 수가 없구만. 하지만 한 가지는 확실하네. 이미 몸이 스스로 회복을 하고 있어. 필이 자네가 한 행동이 저 청년에게는 최고의 처치였어. 오랜 시간 물속에 있으면서 빼앗긴 체온을 되찾아 주기만 하면 나머지는 몸이 알아서 스스로 회복할 거야. 괜히 회복을 돕는다고 섣불리 저 청년을 건드리면 그것이 오히려 청년의 회복을 더디게 만들 뿐인 것 같군. 대신 욕창이 생기지 않게 하루 두 번 정도는 눕혀놓은 자세를 바꿔주는 것이 좋을 게야.”

“그렇군요. 감사합니다.”

장필을 비롯한 마을 사람들이 허리를 꾸벅 숙여 인사했다. 사람들의 얼굴에는 안도의 기운이 자리했다.

“그럼 나는 이만 가보겠네.”

“제가 모시겠습니다.”

노인이 볼일이 끝났으니 가겠다는 말을 했을 때 장필이 앞으로 나서며 말했다.

하지만 노인은 고개를 저었다.

“먼 거리도 아니고… 황아가 끄는 수레를 타고 왔으니 괜찮네.”

노인은 마을 어귀에서 자신을 기다리고 있는 황소를 가리키며 말했다.

“그래도…….”

“되었네. 자네는 저 청년이나 잘 돌봐주게. 지켜봐 주는 정도만 해도 되지만 그래도 자네 집의 손님이지 않은가.”

노인의 말에 장필은 자신의 뜻을 굽혔다.

“알겠습니다. 그러면 조심해서 가십시오.”

“그래, 수고 많았네. 혹여 저 청년이 깨어나면 기별을 주게나. 이야기나 한번 나눠보고 싶군, 어쩌다가 저런 지경에 이르렀는지.”

“알겠습니다.”

노인이 떠나려 하자 마을 사람들은 모두 노인에게 인사를 했다. 마을에 곤란한 일이 생기면 자기 일처럼 도와주는 분이니 당연한 행동이다. 그런 분이 의원인지는 오늘 처음 알았지만 말이다.

“경아, 가자꾸나.”

노인은 손녀와 함께 소가 끄는 수레에 타고 올 때처럼 느긋한 모습으로 돌아갔다.

*　　　*　　　*

귀연수가 득의의 미소를 띠고 위청운을 찾아가고 있었다. 소식이 좀 늦기는 했지만 그런 것은 상관없었다. 원하는 결과가 나왔으니 그걸로 된 것 아닌가.

수문위사들을 지나 귀연수는 위청운의 방으로 들어갔다. 여전히 높은 단 위의 태사의에 위청운은 무료한 표정으로 앉아 있었다.

"그래, 소식이 왔다고?"

"네."

위청운은 귀연수의 얼굴에 맺힌 밝은 기운을 보고 대강 결과를 짐작할 수 있었다.

"그 녀석이 죽었겠군."

귀연수가 말하려던 것을 위청운이 먼저 말했다.

"그렇습니다. 아무리 놈이 강해도 역시 육대호법을 이기긴 불가능했습니다."

"그렇지. 오십 년 전부터 이미 괴물같이 강했던 호법들이니."

위청운이 고개를 끄덕이며 말했다.

"그럼 놈이 들고 있던 세 자루는?"

구양 호법은 복수를 위해 그놈을 찾았다. 그러니 죽이는 거야 당연한 일이지만 뇌룡아를 회수했을지 어땠을지는 알 수 없었다. 그래서 물은 것이다.

뇌룡아의 이야기가 나오자 귀연수의 얼굴이 어두워졌다. 대답을 듣지 않아도 알 수 있는 반응이었다. 그 변화를 본 위청운의 얼굴에도 실망이 어렸다.

"그것이… 놈이 마지막에 절벽에서 뛰어내렸다 합니다. 그래서 찾지 못했다 합니다. 절벽 아래에는 강이 흐르고 있는데다 구양 호법께서도 상당한 내상을 입으셔서 몸을 추스른다고 미처 바로 내려가시지 못했다 합니다.”

귀연수의 보고를 들은 위청운의 얼굴이 딱딱하게 굳었다. 다른 것은 몰라도 육대호법 중의 한 명인 구양천이 내상을 입었다니. 그것도 당장 몸을 추슬러야 할 정도라면 상당히 중한 내상이다. 만일 자신이 구양천과 일 대 일로 싸운다면 그런 내상을 입힐 수 있을까? 알 수 없었다.

새삼 이제는 죽어 없어진 그 녀석의 능력에 전율이 온몸을 타고 흘렀다.

“내상을 상당히 심하게 입은 모양이군.”

위청운의 말에 귀연수의 이마에 땀방울이 맺혔다. 과연 이 것을 말해야 하나 말아야 하나 고민하는 듯했다.

“그것이… 원정을 사용하셨다 합니다.”

“……!?”

귀연수의 말에 위청운은 아무런 말도 하지 못했다. 그저 놀란 얼굴로 굳었을 뿐이다.

천하의 구양천이 원정을 사용하다니, 그런 일이 가당키나 하단 말인가. 원정을 사용했다는 말은 곧 원정이 깨졌다는 말. 과연 구양천이 즉시 그놈을 쫓지 못할 만한 상황이었다.

“그게 가능하단 말이냐? 천하의 구양 호법이 원정을 깨뜨려야 할 궁지에 몰리다니…….”

“그것이…….”

위청운의 다그침에 귀연수는 쉬이 말을 잇지 못했다. 망설

임이 역력했다.

"어서 말해봐."

위청운의 말에는 짜증이 어려 있었다. 환우를 향한 것인지 말을 더듬거리는 귀연수를 향한 것인지 알 수 없는 짜증이.

"그것이… 그놈이 세 줄기였지만 벼락을 떨어뜨렸다 합니다. 그 벼락을 막느라… 호법께서는 원정을 깨뜨릴 수밖에 없으셨다고……."

쾅!

귀연수가 말을 채 끝맺기도 전에 커다란 소리가 울렸다. 위청운이 태사의의 팔걸이를 세차게 내려친 것이다. 위청운의 몸이 부들부들 떨렸다.

"벼락… 벼락이란 말이지, 후후."

분노가 가득한 웃음이다.

"결국 놈은 뇌룡아를 사용할 줄 안단 말이군. 그것도 배신자가 사용했던 잘못된 방법의 사용법을……."

위청운은 진정 분노한 듯했다. 자신이 아직 뇌룡아를 완전히 다루어내지 못하는 때에 같이 뇌룡아를 모으는 적이 벼락을 떨어뜨렸다는 말이 그의 호승심을 자극한 것이다.

"하, 하지만 그는 구양 호법의 손에 명을 달리했습니다."

"구양 호법은 그의 시체를 확인하지 못했다."

"하지만 완전히 탈진한 상태에서 절벽에서 떨어졌습니다. 게다가 떨어지면서 구양 호법의 권에 맞기까지 했습니다. 살아 있을 리 없습니다.”

귀연수는 계속해서 환우의 죽음을 주장했다. 하지만 위청운은 쉬이 받아들이지 않았다.

“글쎄… 나는 찜찜해. 혹여라도 놈이 살아 있을까 봐. 그놈의 뇌룡아를 모두 회수해 왔다면 모를까. 어쨌든 세 자루의 뇌룡아가 그놈의 시체와 함께 있다는 말이니…….”

위청운의 말에 귀연수는 아무런 대답도 못했다.

“찾아.”

“네?”

“놈의 시체를 찾아. 놈의 시체를 찾기 전에는 다른 움직임은 모두 멈춘다. 오직 그놈의 시체를 찾아 세 자루의 뇌룡아를 회수하는 데 전력을 다해라.”

“하지만…….”

“닥치고 시키는 대로 해!”

귀연수가 무어라 말을 하려 했으나 위청운의 커다란 호통에 고개를 숙이는 수밖에 없었다.

“알겠습니다.”

귀연수는 대답을 마친 후 황급히 벗어났다.

홀로 남은 위청운은 여전히 화를 삭이지 못하고 있었다.

“놈… 설마 그 정도일 줄이야…….”

사실 구양천이 환우에게 커다란 내상을 입은 것은 환우의 기세에 말려들었기 때문이다.

하루 하고도 한나절 동안 경공을 펼치면서 가진바 모든 내공을 소진한 후 환우와 싸웠기 때문이다.

내공을 모두 소진한 후 환우는 자신의 무공의 특성을 살려 구양천을 상대했기에 구양천을 그 정도까지 몰아붙일 수 있었던 것이다.

만일 둘 모두 온전한 상태에서 싸웠더라면 결코 환우는 구양천을 그렇게까지 몰아붙일 수가 없었을 것이다.

결국은 머리를 잘 쓴 것이다. 하지만 구양천은 자존심이 강한 무인이다. 그런 자초지종을 일일이 보고할 리 없었다. 그것은 자신의 자존심이 용납하지 않는다. 모든 것은 결과가 말해주는 법이다.

*　　　　*　　　　*

청로 진인이 주변을 꼼꼼히 살피고 있었다. 설마 무당산을 벗어나서 이곳까지 왔을 줄은 몰랐다. 그런 청로 진인의 뒤에는 다시 무당의 장문인 자리로 임시로 복귀한 현일 진인이 있었다. 치호가 걱정스러운 얼굴로 청로 진인을 바라보고 있었다.

사흘 동안 사숙이 돌아오지 않았다.

결국 치호가 졸라서 청로 진인이 산을 내려왔다. 청로 진인은 가타부타 말도 없이 무당산을 벗어나 곧장 이곳으로 왔다.

산을 내려다보면서 거대한 기운의 움직임을 읽었기에 쉬이 이곳을 찾았던 것이다.

"사부님, 어떻습니까?"

치호가 묻고 싶었던 것을 현일 진인이 조심스레 물었다.

"허허허. 커다란 시련일 줄은 알았지만 이 정도일 줄은 몰랐구나."

청로 진인이 어두운 얼굴로 대답했다. 그 말에 치호는 하늘이 무너지는 듯한 충격을 받았다. 청로 진인의 어두운 얼굴이 모든 것을 말해주고 있었다.

"설마 살아 있을 줄이야… 아니, 나도 살아 있으니 그리 놀랄 일도 아니구나."

"대체 무엇 때문에 그러십니까?"

현일 진인이 다시 물었다.

"다시 이런 흔적을 보게 될 줄은 몰랐구나. 흐음. 혈마파산권이라……."

"혈, 혈마파산권… 말씀이십니까?"

청로 진인의 중얼거림에 현일 진인은 대경했다. 정파의 무인이라면 결코 잊을 수 없는 권공의 이름이었다.

혈마파산권.

오십여 년 전 정파무림을 유린한 마교의 호법 중에서도 가장 폭급하고 패도적이었던 혈사자 구양천의 독문무공이었다.

"그래. 곳곳에 그 흔적이 남아 있구나. 게다가 이 정도의 경지라면… 후인이라 볼 수는 없어. 오십여 년에 비할 수 없이 강해진 듯하니, 아마도 혈사자 본인일 것이다. 설마 혈사자 구양천이 귀인을 찾았다니… 커도 너무 큰 시련이로구나… 허허."

"그러면 사숙은 어찌 되신 건가요?"

혈사자 구양천이라는 말에 깜짝 놀란 치호가 다급히 물었다. 치호도 혈사자 구양천이 얼마나 대단한 인물인지는 잘 알고 있었다.

"모르겠구나. 마지막에 이 절벽에서 뛰어내린 것까지는 알겠다만… 그 후 어찌 되었는지는……."

청로 진인은 자신없는 목소리로 말했다. 그는 마지막에 환우가 힘껏 몸을 날려 절벽 아래로 뛰어내린 그곳에 서 있었다.

"사, 사숙."

그 말을 듣는 순간 치호의 두 눈에서 눈물이 주르륵 흘러내렸다. 설움이 복받친 것이다.

청로 진인과 현일 진인은 그 모습을 안타까운 얼굴로 바라보았다.

"하지만 말이다… 살아 있으실 게다. 전에도 말했지만 귀인의 상은 절대 요절할 상이 아니야."

스스로에게 하는 말인지 치호에게 하는 말인지 알 수 없는

말을 중얼거리면서 청로 진인은 걸음을 돌렸다. 그 뒤를 치호
는 힘없이 따라갔다. 여전히 눈물은 쉼없이 흘러내렸다. 치호
의 곁에서 단리운극이 걱정스러운 얼굴로 그를 쳐다보았다.

                    *   *   *

  불요 대사는 찻잔을 떨어뜨렸다.
  무당에서 급전을 가지고 온 사람이라기에 만났는데 급전
도 보통 급전이 아니었다. 소림의 방장인 불요 대사가 들고
있던 찻잔을 떨어뜨렸을 정도이니 말이다.
  "신 소협이… 죽었을지도 모른단 말이구려."
  수심 가득한 얼굴로 힘없는 목소리로 중얼거렸다.
  "네."
  "게다가 마교의 육대호법 중 한 사람이 모습을 드러냈고
요?"
  "네."
  무당의 사자로 찾아온 무양 진인은 불요 대사의 말에 침중
한 얼굴로 대답했다.
  "허어, 이 무슨 변고란 말인가. 마교가 곧 활동을 재개할
것이라는 것은 예상했지만 설마 육대호법이 아직도 살아 있
을 줄이야……."
  혈사자 구양천.

마교 육대호법 중 가장 잔인하고 패도적인 인물이지만 가장 강한 인물은 아니었다. 그런데 그가 살아 있다면 다른 육대호법도 모두 생존해 있다고 봐야 한다.

현재의 천하십대고수 중 그들을 감당할 수 있는 인물은 검존과 마도 정도가 전부다. 한데 그런 고수가 마교에 여섯이나 존재한다니 큰일이 아닐 수가 없었다.

마교의 육대호법.

오십여 년 전의 정마대전에서도 이미 감당할 수 없는 절대고수들이었다.

검마 백리장호, 도귀 손철야, 혈사자 구양천, 귀령창 갈문호, 소수마녀 천옥심, 환요마 사도명.

이들 여섯이 마교의 육대호법이다. 각기 각 분야의 무공에서 최고의 경지에 오른 이들로 오십여 년 전에도 이들을 상대하느라 무척 애를 먹었었다. 각파의 전대 고수들이 총출동했지만 이들을 제압하지는 못했었다.

그런 그들이 다시 나타났다는 것이다.

걱정이 안 될 수 없었다.

"그래도 귀 파의 청로 진인께서 건재하시다니 참으로 반가운 일입니다."

그래도 전대 고수 중 한 명인 청로 진인이 아직 정정하게 살아 있다니 불행 중 다행이라면 다행이다.

"사숙조께서 큰 도움이 못 돼드려 죄송하다 전해달라 하셨습니다.”

그 말의 의미는 분명했다. 계속해서 은거를 하겠다는 뜻이다. 불요 대사는 그것이 무척 아쉬웠다.

“그래도 오십 년 전의 그때와 같은 일이 다시 벌어진다면 기꺼이 한 손 거들겠다고 하셨으니 너무 섭섭해하지 마시길 바랍니다.”

무양 진인이 한마디 덧붙였다.

불요 대사는 그 말로 위안을 삼을 수밖에 없었다.

“알겠습니다. 귀중한 소식을 전해주셔서 감사합니다. 오느라 피곤하셨을 텐데 쉬실 곳을 마련해 드리겠습니다.”

불요 대사는 사람을 시켜 무양 진인을 숙소로 안내해 주고는 즉각 천의맹의 장로 회의를 소집했다.

장로는 구파일방의 대표가 한 명씩 맡아 모두 열 명이었다. 불요 대사까지 모두 열한 명의 사람이 앞으로의 일을 머리를 맞대고 논의하기 시작했다.

육대호법이 다시 나타났다는 것은 그만큼 큰일이었다.

第八章 통하지 않는 의지

「사람이 아니야… 사람일 리 없어. 그래, 동방의 하늘에서 내려온 천신(天神)일 거야. 틀림없어.」

해동에서 온 백의의 사내. 한 번의 손짓에 열 개의 벼락이 떨어지고, 마고의 혈사는 그 앞에 침묵한다. 열 개의 벼락을 중원에 남겨두고 홀연히 떠났다.

그리고 오십 년 후. 다시금 중원이 어지러워지려 할때 그의 후예가 중원으로 향한다.

푸른 하늘에 열 개의 벼락이 다시 떨어지는 순간 천하는 그 앞에서 무릎 꿇으리라.

일주일이 흘렀다.

하지만 청년은 눈을 뜰 줄을 몰랐다. 무척이나 편안한 얼굴로 계속해서 잠을 자고 있을 뿐이다.

대체 어떻게 인간이 저토록 오랜 시간을 아무것도 먹지 않고 정신을 잃고 있을 수 있는지 신기했지만 별수없었다. 노인의 말대로 가만히 지켜볼 수밖에.

장필은 배가 다 고쳐져 다시 고기잡이에 나섰다.

사람들이 일을 하는 낮 동안 환우에게는 한 사람이 붙어 있었다.

양휘였다.

늘 같은 일상의 반복 속에 나타난 환우는 양휘의 생활에 있어서 신선한 변화였다. 그래서 양휘는 매일같이 이곳을 찾아 환우를 지켜보고 있었다.

"아저씨, 아저씨는 누구예요? 마을 아래 사는 할아버지의 말로는 무인이라고 하던데… 그러면 그 무림이라는 곳에서 막 날아다니고 장풍도 쏘고 하는 그런 사람이에요? 어떻게 하면 그럴 수 있어요? 깨어나면 휘한테도 가르쳐 주실 수 있어요?"

양휘는 하루 종일 조잘조잘 잘도 떠들었다. 쓰러져 의식이 없는 환우가 대답할 리가 없는데도 쉬지 않고 궁금한 것을 물었다. 그리곤 환우를 가만히 바라보곤 했다. 그리고 장필이 고기잡이에서 돌아오면 자신의 집으로 돌아가는 일상의 반복이었다.

다시 이틀이 더 흘렀다.

오늘도 변함없이 양휘는 침상 앞의 의자에 걸터앉아 환우를 보면서 조잘조잘 떠들고 있었다.

"그러니까 말이죠… 응?"

무언가를 이야기하던 양휘가 말을 멈추었다. 양휘의 눈에 환우가 살짝 움직인 것처럼 보였기 때문이다.

양휘는 숨을 멈추고 가만히 환우를 바라보았다. 분명 움직이고 있었다. 뺨의 잔떨림이 그것을 말해주었다.

가만히 누워만 있던 이가 들썩이기 시작했다.

양휘의 두 눈이 반짝 빛났다.

"으음……."

환우의 입에서 신음 소리가 새어 나왔다.

"아저씨, 정신이 들어요?"

기대가 가득한 물음이다. 양휘는 이 아저씨가 눈을 뜨면 자신에게 어떤 신기한 이야기들을 해줄지 기대가 되는 것이다.

양휘는 이제 여덟 살의 아이일 뿐이다.

환우의 눈꺼풀이 가늘게 떨리는가 싶더니 까만 눈동자가 눈꺼풀을 밀치고 나타났다.

"으음."

눈이 부셨다. 창을 활짝 열어놓아 창으로 들어오는 햇살이 환우의 얼굴에 내리쬐고 있었다.

눈을 찌푸린 환우가 잠시 주위를 두리번거렸다. 이윽고 밝은 빛에 적응하고 눈에 초점이 돌아오자 환우는 낯선 모습의 방을 볼 수 있었다. 자신은 침상에 누워 있었다. 그리고 침상 곁의 의자에는 작은 사내아이 하나가 앉아서 또랑또랑한 눈으로 자신을 바라보고 있었다.

"여, 여기는……."

"이어촌이에요. 단강구에서 좀 떨어진 곳에 있는 작은 마을이에요."

환우가 채 말을 마치기 전에 양휘가 잽싸게 대답했다. 그리고 기대 가득한 얼굴로 환우를 바라보았다.

“으음.”

그때 환우는 허기를 느꼈다. 며칠간 정신을 잃고 있다가 깨어나는 것이 처음도 아니었다. 이미 화산신검과의 비무에서 한 번 겪지 않았던가. 그래서 지금 자신의 몸이 가장 바라는 것이 무엇인지 쉬이 알 수 있었다.

“무언가 먹을 것이 없을까?”

탁한 목소리다. 오랜 시간 정신을 잃은 탓인지 평소 환우의 맑은 목소리가 아니었다.

“잠시 기다리세요.”

양휘는 의자에서 깡총 내려와 근처 탁자에 놓인 죽을 잽싸게 들고 왔다. 환우가 언제 깨어날 것인지 몰랐기에 장필이 매일 일을 나가기 전 준비해 두었던 것이다.

식어 빠진 죽이었지만 환우에게는 더없이 고마운 음식이었다. 며칠을 굶었는지도 모르는 환우의 위장에 부담없이 허기를 면하게 해주는 음식인 것이다.

환우는 허겁지겁 죽을 먹어 치웠다. 양휘는 그 모습을 빤히 바라보고 있었다.

“이곳이 이어촌이라는 곳이라고?”

“네.”

죽을 다 먹은 환우는 궁금함을 해소하기 위해 양휘에게 말을 걸었다. 이런 어린애가 무엇을 알겠냐마는 주변에 사람의 기척이라고는 없었으니 이 아이에게라도 물어야 했다.

“무당산에서는 얼마나 떨어져 있지?”

“으음. 몰라요. 무당파의 도사님들이 사는 곳이라고는 알고 있는데 여기서 얼마나 먼지는 몰라요. 그래도 굉장히 멀 거예요.”

아이다운 대답이다. 답답했지만 어쩔 수 없었다. 이 집의 주인이 돌아오기를 기다리는 수밖에 없었다.

“고맙구나.”

허기를 해결하자 다시 피곤이 몰려왔다. 정신은 차렸지만 몸은 아직 완전히 회복되지 않은 듯했다.

환우는 다시 누웠다. 그리고 눈을 감고 잠을 청했다. 아니, 청하려고 했다.

하지만 그러지 못했다.

“아저씨, 아저씨.”

곁에 있는 양휘 때문이었다. 환우가 정신을 잃고 쓰러져 있을 때도 쉬지 않고 조잘거렸던 녀석이다. 그런데 정신을 차린 환우를 가만히 둘 리 만무했다.

“아저씨는 하늘을 막 날아다니고 그러는 무림인이라면서요?”

양휘가 두 눈을 반짝반짝 빛내며 물었다.

“그래.”

어서 대답해 주고 잠을 청하자는 생각에 짧게 대답했다. 하지만 양휘의 물음은 그것이 끝이 아니었다. 아니, 아직 시작도 안 했다. 양휘는 그간 했던 말들을 쉬지 않고 반복하면서 물었다.

정신을 잃은 사람에게 물으면서 얼마나 그 대답이 궁금했겠는가. 정신을 차린 때를 놓치지 않고 양휘의 입은 쉬지 않고 움직였다.

결국 환우는 잠을 청할 수가 없었다.

양휘의 물음에 대답을 해주다 보니 어느새 집 근처로 사람들의 기척이 느껴졌던 것이다.

"아, 맞다. 아저씨 이름은 뭐예요? 저는 휘예요, 양휘. 그냥 휘라고만 부르셔도 돼요. 헤헤헤."

자신이 궁금해하는 것을 묻느라 아직 자신의 소개도 안 하고 상대의 이름도 모른다는 것을 깨달은 양휘는 머리를 긁적이며 해맑게 웃었다.

사심없는 아이의 웃음은 보는 사람을 즐겁게 한다.

단, 환우는 그럴 수가 없었다. 양휘에게 시달리지 않았다면 무척이나 맑은 웃음이라 생각했겠지만 이미 수 시진을 양휘의 물음에 시달린 환우의 눈에는 그 웃음은 소악마의 그것이었다.

"신환우다."

"아, 신 아저씨구나."

무엇이 그리 신난 것일까? 양휘는 또 무언가를 물으려고 했다. 하지만 그때 문 열리는 소리가 들렸다.

장필이 돌아온 것이다.

그것을 알아차린 양휘가 쪼르르 문 쪽으로 달려갔다.

"장 아저씨, 잠만 자던 아저씨가 드디어 일어났어요. 죽도 다 먹었고요, 무림인이 맞대요. 어떤 사악한 악당이랑 싸우다가 그만 실수로 절벽에서 떨어져서 정신을 잃고 이곳까지 왔다고 해요. 그리고요, 아저씨의 이름은 신환우라고 해요."

양휘는 그간 환우에게서 들은 이야기를 쉬지 않고 풀어냈다. 장필은 보지 않아도 대강 어떤 일이 있었는지 알 수 있었다. 그만 손님에게 큰 실례를 저지르고 말았다.

"알았다. 휘야, 그만 집으로 가보거라. 부모님께서 찾으시더구나."

"네."

부모님이 찾는다는 말에 양휘는 즉각 달을 멈췄다.

"그럼 안녕히 계세요. 신 아저씨, 다음에 봐요!"

장필에게 인사를 한 양휘는 환우에게도 큰 소리로 인사를 하고는 쪼르륵 집 밖으로 달려갔다. 양후의 부모님은 무척이나 엄격했기에 자신을 찾는다는 달에 재빨리 달려간 것이다.

"죄송합니다. 그만 저 녀석의 성격을 깜빡하고 손님께 있도록 했군요."

방으로 들어선 장필이 머리를 긁적이며 사과했다.

"아닙니다. 저를 구해주신 은인이신걸요. 오히려 제가 폐를 끼쳐 죄송합니다."

환우가 침상에서 몸을 일으키며 인사를 했다.

"그냥 편안히 누워 계십시오. 아직 몸도 편치 않으실 텐데요. 게다가 저 녀석에게 시달리셨으면 몸이 정상이라도 못 견딜 겁니다."

장필이 장난기 어린 미소를 지으며 말했다.

"그래도 휘, 그 녀석이 나쁜 녀석은 아닙니다. 그저 외로움을 많이 타는 것뿐이죠. 마을에 또래가 없으니 얼마나 외롭겠습니까?"

그렇게 말하는 장필의 눈에는 진한 동정이 어려 있었다.

"그렇군요."

그제야 환우는 자신을 그렇게 반가워하며 친근해하던 양휘의 행동을 어느 정도 이해할 수 있었다.

"무림인이시라구요. 어떤 사정이 있으셨는지는 모르겠지만 편히 쉬다가 가십시오. 이렇게 만난 것도 인연이니 불편해하지 마십시오."

"감사합니다."

장필의 사람 좋은 미소에 환우는 진정으로 감사하는 마음을 가졌다.

"그럼 쉬십시오. 아직도 많이 안 좋아 보이십니다."

"그럼 실례하겠습니다."

환우는 다시 침상에 몸을 눕히고 눈을 감았다. 그렇게 다시 잠에 빠져들었다.

날이 밝았다.

환우는 장필이 집을 나설 때 함께 나섰다. 장필에게 물어 마을에서 좀 떨어진 인적이 드문 공터를 알아내 그곳으로 향한 것이다.

아직 몸이 완전히 회복된 것은 아니다.

지금까지는 환우의 몸이 스스로 알아서 회복된 것이라면 이제 환우가 자연지기를 받아들여 몸을 완벽하게 회복시켜야 했다.

장필의 집에서 해도 상관없는 일이지만 일단 양휘를 피해야 했다. 그 꼬마가 함께 있으면 환우는 아무것도 못할 것이다. 그래서 양휘가 찾아오기 전에 일찌감치 집을 나선 것이다.

환우는 쉬이 공터를 찾을 수 있었다. 사람이 별로 없는 마을인 데다가 낮에는 다들 일에 바빠서 정말로 인적이 없었다. 게다가 높다랗게 자란 갈대들이 적당히 환우의 모습을 가려 주었다.

환우는 가부좌를 틀고 앉았다.

두 눈을 감고 천천히 호흡을 했다. 그리고 자연에 널리 퍼져 있는 기운들을 호흡과 함께 받아들였다.

자신의 내부를 관조하기 시작했다.

과연 엉망진창이었다. 자연지기를 받아들이는 데는 무리

가 없을 정도로 회복되어 있었지만 이 기운을 이용해 무공을 펼칠 수는 없을 것 같았다.

천뢰무위공의 자가 치유력으로 회복하는 데는 거기까지가 한계였던 것이다.

환우는 자연지기를 받아들여 망가진 몸의 혈맥과 기혈로 보냈다. 자연지기가 따뜻하게 환우의 몸을 감싸면서 몸이 조금씩 회복되었다.

환우의 내상이 조금씩 치유되었다.

"후우. 며칠은 걸리겠군."

상처가 너무 심했기에 쉬이 회복할 수는 없었다. 그래도 원래는 죽을 목숨이었다는 것을 생각하면 이것만 해도 천운이었다.

환우는 윗옷자락을 걷어 자신의 옆구리를 보았다. 붉은 주먹 자국이 희미하게 남아 있었다.

"이 빚은 반드시 갚아준다!"

구양천의 권기가 스치면서 남긴 주먹 자국을 보는 환우의 두 눈은 분노로 불탔다.

"그럼, 어디."

환우는 장필이 잘 챙겨놓았던 용아천뢰검과 벽조목검을 꺼냈다. 몸이 완전히 회복될 때까지 벽천뇌검공을 수련하려는 것이다.

일단 의지력은 몸의 상태가 조금 안 좋아도 사용할 수 있는 힘이었다.

열세 자루의 검에 자신의 의지를 전했다.

환우의 눈썹이 꿈틀했다.

움직이지 않았다. 정확히는 두 자루가 움직이지 않았다.

벽조목검과 용아는 환우의 의지대로 움직였지만 애자와 폐안이 요지부동이었다.

"이 녀석들이 왜 이러지?"

다른 검들에게 보내던 의지를 끊고 오직 두 자루에만 의지력을 집중했다. 그래도 꿈쩍도 하지 않았다.

"이놈들이……?"

처음에는 왜 그러는지 알 수 없었다. 하지만 두 자루에만 의지를 집중해 보니 그 이유를 알 수 있었다.

두 자루의 용아천뢰검은 스스로의 의지로 환우의 의지를 거부하고 있었다. 환우의 의지보다 더 강한 의지로 강력히 거부하고 있었다.

"어, 어째서?"

환우는 당황했다. 이런 경우는 들어 본 적이 없었다. 천뢰무위공의 구결에도 벽천뇌검공의 구결에도 이런 상황에 대한 설명은 없었다. 망아 스님도 이런 일에 관해서는 아무런 말씀도 없었다.

이럴 수는 없었다.

용아천뢰검을 부릴 수 없다면 환우는 날개 꺾인 독수리나 다름없었다.

　환우는 기운 빠진 얼굴로 검을 챙긴 후 장필의 집으로 향했다. 이래서는 몸을 회복한다 하더라도 자신이 뜻하는 바를 행하지 못할 것이다.

＊　　　＊　　　＊

　푸른 물결이 넘실거린다.

　여기를 봐도 물이고 저기를 봐도 물이다.

　이곳은 분명 육지일 텐데 어찌 육지에 바다가 있단 말인가.

　"후우."

　돌쇠는 자신의 눈앞에 펼쳐진 커다란 호수를 보면서 깊은 한숨을 내쉬었다.

　이곳이 호수인 것은 알고 있다. 돌쇠도 그 정도는 안다. 하지만 그 크기가 한눈에 끝이 보이질 않으니 문제다.

　해동에서는 바다를 제외하고 이렇게 넓은 물을 본 적이 없었다. 기껏해야 논에 물을 대기 위해 만들어놓은 저수지 정도가 전부였던 것이다.

　돌쇠는 품에서 검집을 꺼냈다.

　벌써 몇 번을 반복한 행동인지 모른다. 결과가 똑같을 것이라는 건 알고 있었다. 그래도 답답한 마음에 한 번 더 해본다.

　돌쇠는 검집을 들고 사방으로 움직인다. 아무런 움직임이 없다가 검집의 끝이 정서(正西)를 가리키면 부르르 떤다. 그리고 그곳은 넓게 펼쳐진 호수가 있다.

결국은 호수를 가로질러야 한다는 소리다.

그것이 가장 빠른 길이다. 하지만 돌쇠는 저렇게 넓은 호수를 헤엄쳐 건널 자신은 없었다. 게다가 그렇게 오랜 시간 물속에 있으면 큰스님이 형님께 전해주라고 한 것들이 젖어서 못 쓰게 될지도 모른다. 기름 먹인 종이로 잘 싸놓기는 했지만 그것도 한계가 있었다.

그렇다고 호수를 돌아가자니 이 넓은 호수를 돌아가면 시간이 얼마나 허비될지 감이 잡히지 않았다.

"아이고, 우야면 좋노……."

돌쇠가 고민하는 사이에도 시간은 잘도 흘러가고 있었다.

"우짤 수 음다."

결국 돌쇠는 결정을 내렸다.

다행히 호수 근처에는 나무들이 많았다. 돌쇠는 적당한 크기의 나무로 다가가 나무를 뽑기 시작했다.

우지끈.

요란한 소리가 울리면 나무는 땅속 깊이 박아 넣은 뿌리를 땅 밖으로 드러냈다. 어떻게든 버티려 했지만 돌쇠의 괴물 같은 힘 앞에 그것은 참으로 부질없는 몸부림이었다.

"근데 가진 게 아무것도 엄는데 뗏목이 잘 만들어질란가 모르겠데이."

나무를 뽑으면서 돌쇠는 자신없는 목소리로 중얼거렸다.

돌쇠는 뗏목을 만들어 호수를 건너려는 심산이었다. 그런데

돌쇠는 정말로 가진 것이 아무것도 없었다. 그것이 문제인 것이다.

그래도 일단은 나무를 마련하고 보자는 생각으로 돌쇠는 계속해서 나무를 뽑았다.

“허어, 항우장사로고.”

그때 감탄한 듯한 말소리가 돌쇠의 귀에 들렸다.

“응?”

누군가가 다가온다는 기척은 느끼지 못했다. 그런데 이렇게 가까이에서 목소리가 들리다니. 돌쇠는 상대가 무척 강한 사람이라고 생각했다.

망아 큰스님이나 망화 스님이 자신에게 다가올 때 그랬기 때문에 그렇게 생각한 것이다.

“누, 누구십니까?”

돌쇠의 입에서 어눌한 중원 말이 나왔다.

“허허, 그저 지나가던 도사일 뿐일세. 그런데 어눌한 말 하며 복색을 보아하니 중원인이 아니로구만.”

“그, 그렇습니다. 해, 해동에서 왔어요.”

돌쇠의 앞에 모습을 드러낸 사람은 그의 말대로 도사였다. 하얀 머리칼에 하얀 수염을 기른 청수한 모습의 노도장. 푸른 도포가 그의 용모와 잘 어울렸다. 그의 왼손에 들린 검이 그

가 무림인임을 알 수 있게 해주었다.

"도, 도사님은 검, 검을 들고 있는 것을 보니 무, 무림인인 모양이네요."

돌쇠의 물음에 도사가 고개를 끄덕였다.

"그렇네. 검의 길을 추구하기 위해 여행 중이지. 무진이라 한다네."

무진.

도사는 스스로를 무진이라고 했다.

무진이라는 도명이 드문 것은 아니었다. 하지만 검을 든 도사 중 무진이라는 도명을 쓰는 사람은 한 명뿐이었다.

무당의 무진 진인.

천하십대고수 중 오성에 당당히 이름을 올린 검성 무진 진인이었다.

상대가 이름을 밝혔으니 돌쇠도 자신의 이름을 말해야 했다.

"돌, 돌쇠예요."

"돌쇠? 특이한 이름이구만."

발음하기 힘든 돌쇠의 이름을 몇 번 반복해서 연습해 본 후 무진 진인이 말했다.

"중, 중원 이름이 아니라서요."

여전히 어눌한 발음으로 돌쇠가 말했다.

"그렇구만. 그런데 돌쇠 공자는 어이해 애꿎은 나무들을 이리 뽑고 있는 것인가? 항우도 울고 갈 그 힘은 놀랍네만 나무들이 불쌍하구만."

무진 진인이 물었다. 그의 말에 돌쇠도 안타까운 표정을 지었다.

"저, 저도 불쌍한 것은 아, 알아요. 하지만 호수를 건너야 하고 배, 배는 없으니 뗏목을 만들려고요. 딱 그만큼만 뽀, 뽑을 거예요."

"어디로 가기에 그러는가? 호수를 돌아갈 수도 있을 텐데."

"서, 서쪽이요."

돌쇠의 말대로 서쪽으로 가려면 호수를 건너는 수밖에 없다. 그 말에 무진 진인은 고개를 끄덕였다.

"목적지가 어디인가? 길을 몰라 그러는 것 같은데 목적지를 알려주면 내 안내해 주겠네."

무진 진인은 돌쇠가 해동에서 와 길을 몰라 무작정 호수로 가려 한다고 생각했다. 그래서 애꿎은 나무도 살릴 겸 도와주겠다고 나섰다. 돌쇠가 오십여 년 전 정파무림을 구한 동방신협이 온 해동 땅에서 왔다는 것도 그가 친근감을 느끼고 도와주려는 큰 이유 중 하나였다.

"몰, 몰라요. 그냥 서쪽으로 가야 해요."

"그런가?"

무진 진인은 고개를 갸웃거렸다. 그렇다고 처음 보는 자신의 입장에서 더 이상 캐물을 수도 없었다.

"그런데 자네, 뗏목을 만들 도구는 있는가?"

무진 진인의 물음에 돌쇠는 고개를 저었다. 가진 것이라고는 엄청난 힘뿐이었다.

"허어, 그럼 어찌 뗏목을 만들려고 그러는가?"

"어, 어떻게든 되겠지요."

그렇게 대답하고 돌쇠는 나무를 한 그루 더 뽑았다. 그리고 뽑은 나무들을 주욱 늘어놓았다. 이제 필요한 나무들을 다 뽑은 듯했다.

그러면 이제 이것들을 엮어서 뗏목을 만들어야 하는데 마땅히 엮을 것이 없었다. 그리고 가지도 쳐야 하고 뿌리 부분도 잘라야 했다. 그냥 나무만 뽑는다고 끝이 아니었다.

돌쇠는 늘어놓은 나무들을 보면서 고민하는 얼굴을 했다.

무진 진인은 왜인지 그 모습을 그냥 놔두고 볼 수가 없었다.

"후우. 내가 도와주겠네."

"저, 정말요? 가, 감사합니다."

돌쇠가 꾸벅 인사를 하며 말했다. 돌쇠는 진정로 감격한 얼굴로 무진 진인을 바라보았다.

"대신 나도 자네가 가는 곳에 같이 가고 싶구만. 그냥 정처 없이 떠도는 몸이다 보니, 갑자기 같이 가고 싶어졌어."

"아, 알겠습니다."

같이 가도 큰일은 없을 것이다. 돌쇠는 그냥 큰스님이 전해주라고 한 것만 형님께 전해주면 되는 것이고 이렇게 사람 좋은 도사님이 자신에게 피해를 줄 것도 같지 않았다.

무진 진인은 갑자기 이 순박한 청년을 따라가 보고 싶었다. 마음속 깊은 곳에서 그러라고 말하고 있었고 그는 그것을 따르기로 결정한 것이다.

돌쇠가 늘어놓은 나무들로 다가간 무진 진인이 검을 뽑아 휘둘렀다. 그러자 순식간에 한 그루의 뿌리 부분과 가지가 전부 떨어져 나가고 깨끗한 통나무 하나가 남았다.

과연 검성다운 솜씨다. 아니, 검성이 이딴 나무나 다듬기 위해 검을 휘둘렀다는 것을 알면 무림인들은 절대로 안 믿을 것이다.

하지만 무진 진인의 소탈한 성격은 필요한 때 검을 쓰게 만들었다.

"우와!"

돌쇠는 그 엄청난 광경에 입을 벌리고 바라보았다.

자신이 뽑아놓은 나무를 다듬는 데 걸린 시간은 순식간이었다.

"으음. 이제 나무를 엮어야 하는 건가? 엮을 만한 물건은 없는데… 근처 마을에 잠시 다녀와야겠군. 돌쇠 공자는 여기서 잠시 기다리게."

그 말을 남긴 무진 진인은 순식간에 사라졌다. 그는 이곳으로 향하면서 두 시진 전에 지나친 마을로 향했다. 뗏목을 엮을 만한 물건을 구하기 위해서였다.

돌쇠는 귀신에 홀린 듯한 얼굴로 무진 진인이 사라진 방향을 보았다. 어찌 사람이 저토록 표홀히 움직일 수 있단 말인가.

범어사에서는 경공이라는 것을 보지 못했기에 돌쇠는 신기할 수밖에 없었다.

"하이고마. 중원 땅은 참말로 대단하데이. 진짜로 저런 도사님도 계시고."

돌쇠는 작게 중얼거렸다.

무진 진인의 도움으로 돌쇠는 무사히 뗏목을 완성해 호수에 띄울 수 있었다. 뗏목에는 돌쇠와 무진 진인 두 사람이 타고 있었다.

"자네 노 젓는 솜씨가 일품이로군."

돌쇠가 능숙한 솜씨로 노를 저어 뗏목을 서쪽으로 몰고 가자 무진 진인은 감탄한 듯했다.

"이, 이렇게 잔잔한 호수에서 이 정도야 우스운 일이지요. 험, 험한 바다에서도 고깃배를 모는데요."

"허어. 돌쇠 공자는 해동에서 어부였구만 그래."

무진 진인의 말에 돌쇠의 얼굴이 벌겋게 변했다. 아까부터 자꾸 걸리던 말이 있었다. 그것은 공자라는 말이다. 돌쇠도 그 말의 의미는 잘 알고 있었다. 그래서 그 말을 듣는 것이 여간 불편한 것이 아니었다.

"고, 공자라고 안 부르셔도 돼, 돼요. 저는 그, 그렇게 지체 높은 사람이 아니에요. 그, 그저 고기나 잡아 먹고 사는 상놈이에요."

돌쇠의 말에 무진 진인은 고개를 저었다.

"허어, 어찌 사람에게 귀천이 있겠는가. 다 같은 사람인데. 돌쇠 공자는 돌쇠 공자일세."

무진 진인이 웃음을 머금으며 말했다.

돌쇠가 노를 젓는 뗏목은 뉘엿뉘엿 해가 기우는 방향으로 똑바로 나아가고 있었다.

*　　　*　　　*

어두컴컴한 공간이다. 공간 밖에서 간간이 들리는 산새 소리가 이곳이 산의 어디인가에 있는 동굴이 아닐까 하는 추측을 할 수 있게 해주었다.

그곳에 위청운이 무릎을 꿇고 앉아 있다.

위청운의 앞에 뒤로 돌아 앉은 인물의 넓은 등이 자리하고 있다.

"그래, 그가 죽었다고?"

"네, 교주님."

교주.

위청운이 교주라고 불렀다. 위청운에게 본교의 일을 맡기고 마교 재건의 그날을 위해 바쁘게 직접 뛰고 있는 마교의 교주.

위청운이 직접 그를 만나러 온 것이다.

"운아, 너는 그 말을 믿느냐?"

"뇌룡아가 돌아오지 않은 이상 믿기 힘듭니다."

"그래, 나도 믿지 않는다. 그자의 후예다. 그리 쉽게 죽을 리 없지. 아무리 구양 호법이 나섰다고 해도 말이다."

"네. 그런데……."

"말해보거라."

교주도 환우의 소식은 이미 알고 있었다. 하지만 위청운이 보기에 자신이 알고 있는 사실은 모르는 듯했다. 그렇다면 보고를 해야 했다.

"그가 벼락을 떨어뜨린 듯합니다. 그 때문에 구양 호법이 원정에 손상을 입기까지 한 것 같습니다."

"그래? 제법이구나. 네가 갑자기 나를 찾아 놀랐는데 그 일 때문에 그러는 모양이구나."

교주는 위청운의 마음을 다 안다는 듯 따뜻한 목소리로 말했다. 위청운이 보지 못하는 교주의 얼굴에는 가는 미소가 걸려 있었다.

"네."

위청운이 자신없는 목소리로 대답했다.

"신경 쓸 것 없다. 뇌룡아는 본디 다른 목적으로 만들어진 검이다. 벼락 따위를 내리기 위한 것이 아니지. 그것을 배신 자가 그리 이용하는 것뿐이다. 천마뇌룡후만이 오직 뇌룡아를 위한 무공이니라. 용이 없어 불완전하다만 열심히 익히거라. 그것이 진정한 본 교의 수호신공이니. 지금의 너도 능히 구양 호법을 상대할 수 있다. 네가 가진 뇌룡아로 천마뇌룡후를 펼친다면 구양 호법도 감당하지 못할 것이다."

"그, 그렇습니까?"

교주의 말에 위청운은 조금 자신감을 되찾은 듯했다.

"그래. 그러니 너는 나를 믿고 수련에 힘쓰거라."

"알겠습니다."

이제 완전히 자신감을 되찾은 듯했다.

"그럼 이만 가보거라. 오랜 시간을 보내서 좋을 것 없다."

"네."

두 사람은 반대 방향으로 움직여 사라졌다.

"크크크. 꼴 좋구나. 그깟 애송이 하나 감당을 못해서 원정을 깨뜨리다니."

유리를 긁는 듯한 기분 나쁜 목소리가 귀를 불쾌하게 한다.

"시끄럽다."

구양천이 기분 나쁜 듯한 목소리로 대답했다.

“그래, 손자의 복수는 했느냐?”

다시 들리는 목소리에 구양천이 고개를 끄덕였다.

“그래, 그럼 뭐 그깟 원정이 아깝겠느냐. 우리도 이제 갈 날만을 기다리는 늙은이들인 것을. 단지 곧 펼쳐질 마교 천하에 이 한 몸 보태기 위해 근근이 살아가는 것이지.”

“재수없는 소리는 그만 해라. 도귀(刀鬼)라는 별호가 아깝구나.”

“풋. 혈묘(血貓)한테 그런 소리를 듣고 싶진 않구나.”

“혈묘?”

“큭큭. 그래, 혈사자가 원정이 깨졌으니 이제는 고양이지. 그러니 혈묘가 아니고 무엇이겠느냐.”

“갈!”

도귀 손철야의 말에 구양천이 분노를 터뜨렸다.

“크크. 소리를 지르면 어쩔 것이냐? 멀쩡할 때도 나를 못 당하던 놈이 이제는 내 일도나 받을 수 있을꼬.”

그렇게 말하는 손철야의 목소리에는 친우의 약해진 모습에 대한 안타까움이 담겨 있었다.

“됐다. 그딴 소리나 하려고 날 찾은 것이냐?”

“물론 아니지.”

“무슨 일이냐?”

“귀연수라는 놈이 우리 육대호법을 모두 보자고 하는구나.”

“귀연수가?”

“그래.”

손철야의 말에 구양천은 고개를 갸웃거렸다. 자신을 똑바로 보지도 못하는 머리만 쓸 줄 아는 약해 빠진 녀석이다. 그런 놈이 어이해 갑자기 육대호법을 모두 모은단 말인가.

“소교주는?”

“교주를 뵈러 간 모양이다.”

“그런데 감히 군사 따위가 우리를 모두 불러 모아?”

구양천이 기분 나쁘다는 듯 중얼거렸다.

“큭큭. 모르지, 무슨 꿍꿍이인지는. 폐관을 마치고 나와 이렇게 지내는 것도 심심하니 한번 가보는 게 어떠냐? 너야 한번 분탕질을 치고 와서 속 시원할지 몰라도 우리는 답답하기 그지없구나. 한번 속아서 놀아주는 것도 재미있을지도 모르지.”

손철야가 싱긋 웃었다.

“네놈이 정 그렇다면 그 애송이가 과연 뭣 때문에 우리를 불렀는지 한번 가보기로 할까?”

구양천이 어쩔 수 없다는 듯 말하며 몸을 일으켰다. 두 사람은 나란히 귀연수를 찾아갔다.

귀연수는 잔뜩 긴장한 얼굴로 좌중에 둘러앉은 사람들을 보았다. 자신이 걸음마를 배울 때부터 이미 마교에서 이름을

떨쳤던 인물들이다. 이들을 자신의 의지로 이렇게 불러 모으
게 될 줄은 꿈에도 몰랐다.

검마 백리장호.

도귀 손철야.

혈사자 구양천.

귀령창 갈문호.

소수마녀 천옥심.

환요마 사도명.

이들이 모두 자신을 바라보며 앉아 있다. 긴장이 안 되면
사람이 아닐 것이다.

"그래, 무슨 일로 다 늙은 우리들을 이렇게 불러 모았소이
까, 군사?"

육대호법의 대표 격인 검마 백리장호가 먼저 입을 열었다.

귀연수는 침을 꿀꺽 삼켰다. 말 한마디 한마디를 조심해야
한다. 까딱 잘못하면 죽지는 않더라도 반병신이 될 수도 있
다. 군사에게 필요한 것은 생각할 머리와 볼 수 있는 눈, 그리
고 들을 귀와 말할 입이면 충분했다. 이들을 화나게 한다면
분명 이들은 그리 말하며 자신을 병신으로 만들 것이다.

"바쁘신 호법님들을 감히 제가 이렇게 모시게 된 점, 송구
스럽게 생각합니다."

시작부터 굽히고 들어가는 귀연수다.

군사라면 교주와 소교주 바로 아래의 직위다. 하지만 육대

호법은 그런 직위를 벗어난 존재들. 귀연수가 숙이고 들어갈 수밖에 없었다.

"호법님들도 오십여 년 전의 그 안타까운 일을 똑똑히 기억하실 것입니다. 배신자가 들고 나타난 열 자루의 뇌룡아. 지금 그 회수 작업을 하고 있는 중입니다."

오십여 년 전의 일이란 말에 여섯 호법의 안색이 모두 안 좋아졌다.

"그래서?"

백리장호의 음성이 곱지 않았다.

"현재 모두 다섯 자루를 회수했습니다. 그리고 배신자의 후예가 세 자루를 가진 채 죽었습니다. 일단 소교주님의 명으로 그놈의 시체를 수색하는 작업 중입니다. 모든 일에 우선해서 그놈의 시체를 찾으라는 명령 때문에 다르게 진행하던 일이 중단된 상황입니다."

거기까지 말한 귀연수는 마른침을 꿀꺽 삼켰다.

"그러니까 군사는 우리더러 나머지 두 자루를 찾아다 달란 말이로군."

귀연수가 잠시 말을 멈춘 사이 환요마 사도명이 끼어들었다. 육대호법 중 머리를 가장 잘 쓰는 인물이다. 그는 어렵지 않게 귀연수의 의도를 알아차릴 수 있었다.

"그, 그렇습니다."

육대호법 중 한 명이 먼저 말을 자르고 자신의 의도를 말하자 귀연수의 목소리가 떨렸다. 사도명의 말에 육대호법들의 표정이 좋지 않게 변했기 때문이다.

"흥! 우습군. 겨우 애송이 한 놈의 시체를 찾는 일 때문에 일손이 부족해지다니. 우리 마교가 언제부터 이런 꼴이 된 것이지? 우리가 십 년 폐관에 들기 전에는 이 정도까지는 아니었는데."

귀령창 갈문호의 목소리가 날카롭게 울렸다. 귀연수의 얼굴에 맺힌 식은땀이 더욱 늘었다.

"뭐, 너무 그러지 말라고. 어차피 교에서 우리가 할 일도 없지 않은가? 교주님의 명령이 있기 전까지는 계속해서 아무것도 하지 않고 그저 소일만 하고 있으니 좀이 쑤시는 건 사실이야."

도귀 손철야가 말했다.

"으음. 난 아무래도 상관없어요. 뭐, 이대로 있는 것도 좋고 나가서 한번 놀아보는 것도 좋고요."

소수마녀 천옥심이 무료한 표정으로 말했다. 이제 백 세가 넘은 노마녀지만 얼굴은 여전히 중년의 미부였다.

"큼."

구양천은 헛기침 한 번으로 대답을 대신했다. 사실 그는 이미 한 번 무림에 나갔다 왔다. 그것도 상당한 낭패를 겪었고. 게다가 자신이 환우의 시신을 제대로 확인하지 않았기 때문에 교의 활동이 중단된 상태다. 무어라 말을 할 입장은 아닌 것이다.

다섯 호법의 시선이 아무 말도 없이 묵묵히 있는 백리장호를 향했다.

고개를 숙인 채 숙고를 하던 백리장호가 다른 호법들의 시선에 고개를 들었다. 그리고 귀연수를 바라보며 물었다.

"이 일을 소교주께서도 알고 있소? 아니면 군사의 독단이오?"

백리장호의 물음에 귀연수의 등이 축축이 젖어들었다. 이 질문을 잘 받아들여야 한다.

진실을 말할 것인지, 거짓을 말할 것인지. 어떤 패를 내더라도 육대호법들은 모른다. 하지만 과연 어떤 패가 저들이 원하는 패일까. 그것을 알아야 했다.

귀연수가 잠시 침묵했다. 하지만 침묵은 길어질 수 없었다. 육대호법 모두의 시선을 받으면서 굳게 입을 다물고 있을 정도의 배짱이 귀연수에게는 없었다.

"소교주께서는……."

말을 꺼내려던 귀연수는 얼굴을 축축이 적신 땀을 닦아냈다. 그리고 말을 이었다.

"이 일을 모르고 계십니다. 제 판단에 의한 독단적인 움직임입니다."

귀연수의 대답에 육대호법은 모두 고개를 끄덕였다.

하지만 여섯 사람의 분위기는 제각각이었다. 누가 먼저 나서는 이가 없었기에 그저 가만히 있을 뿐이었다.

"만일……."

잠시의 침묵이 흐른 후 백리장호가 입을 열었다.

"거짓을 말했다면 군사는 죽었을 것이오."

검병에 올렸던 손을 내려놓는 백리장호의 말에 귀연수는 온몸의 힘이 쫙 빠지는 것을 느꼈다. 만일 자신이 서 있었다면 그 자리에서 쓰러졌을 것이다.

이미 육대호법들은 자신의 말속에 담긴 참과 거짓을 구분하고 있었던 것이다. 그리고 저들이 원한 패는 '진실'이었다. 소교주가 이 사실을 아는지 모르는지는 중요한 것이 아니었던 것이다.

"조금 무료하던 참이니 잠시 나가서 놀고 오는 것도 좋겠지."

백리장호의 말에 손철야가 기분 좋게 웃었다. 그는 내심 한 번 나갔다 오기를 바라고 있었던 것이다. 하지만 갈문호의 얼굴은 좋지 않았다.

겨우 저 새파란 군사 따위의 명령에 움직인다는 것이 마음에 들지 않은 것이다.

백리장호는 다른 호법들의 반응을 찬찬히 살폈다.

"아직 회수되지 않은 두 자루는 어디에 있는 것들이오?"

백리장호도 뇌룡아가 구파일방에 흩어져 있다는 사실은 잘 알고 있었다.

“공동과 점창입니다.”

귀연수가 얼굴의 땀을 닦으며 말했다.

“감숙과 운남 땅이로군.”

백리장호는 다시 한 번 다른 호법들을 본 후 고개를 끄덕였다.

“천과 문호는 남도록 하지.”

구양천은 백리장호의 말에 고개를 끄덕였다. 구양천 자신도 지금은 밖으로 나돌 여유가 없었다. 몸을 추스르는 데 전력을 다해야 할 입장이었다.

갈문호 역시 백리장호의 말이 반가운 듯했다. 그 자신이 군사의 명령에 움직이는 것이 내키지 않았다.

“그러면 각각 어디로 가면 되죠?”

천옥심이 백리장호에게 물었다.

“나와 명은 공동으로, 철야와 옥심이 점창으로 가는 것이 좋겠군.”

“예? 운남까지 가란 말이오?”

손철야가 자신이 운남으로 가야 한다는 말에 질린다는 듯한 얼굴로 물었다.

“그렇게 밖으로 나가고 싶어하니 가급적 오랜 시간 다녀올 수 있는 곳으로 보내주려는데 싫은가?”

“큭! 아니오. 대형은 참으로 내 맘을 잘 아는구려.”

손철야의 말에 백리장호는 미소를 지었다.

"그, 그러면 도와주시는 겁니까?"

귀연수가 반색을 하면서 물었다. 그들이 나서준다면 천군만마를 얻은 것이나 다름없다. 이 사실을 소교주가 안다면 불호령이 떨어지겠지만 지금은 한시가 급했다. 어떻게 해서든 빨리 뇌룡아를 모두 회수해야 했다.

그래야 다른 계획들을 진행할 수 있다.

그놈의 등장으로 인해 착착 진행되어 오던 마교의 부활 계획이 너무 지연되었다. 귀연수는 그것이 답답했다.

일단 부활 계획의 일 단계가 모든 뇌룡아의 회수이다. 그런데 그것부터 이렇게 지지부진해서는 자신이 준비 중인 다른 계획을 발동시킬 수가 없어서 답답한 것이다.

"무료하던 참이니까."

백리장호가 그렇게 말하며 몸을 일으켰다. 백리장호가 일어나자 다른 이들도 모두 자리에서 일어났다. 귀연수도 그들을 따라 일어나면서 깊숙이 허리를 숙였다.

"정말로 감사합니다."

육대호법이 모두 사라질 때까지 귀연수는 허리를 펴지 않았다.

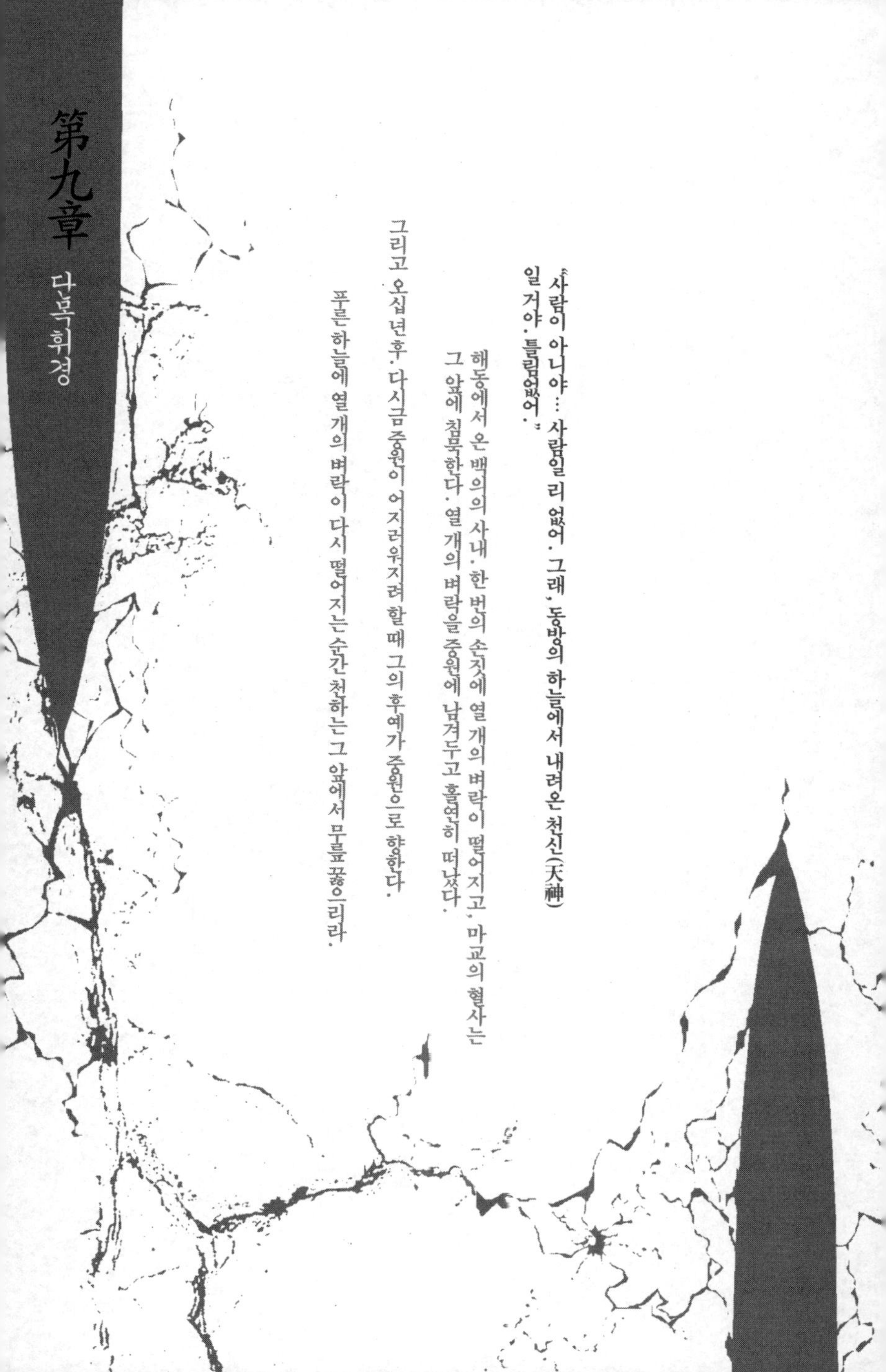

第九章

다목휘경

"사람이 아니야… 사람일 리 없어. 그래, 동방의 하늘에서 내려온 천신(天神)일 거야. 틀림없어."

해동에서 온 백의의 사내. 한 번의 손짓에 열 개의 벼락이 떨어지고, 마고의 혈사는 그 앞에 침묵한다. 열 개의 벼락을 중원에 남겨두고 홀연히 떠났다.

그리고 오십 년 후. 다시금 중원이 어지러워지려 할 때 그의 후예가 중원으로 향한다.

푸른 하늘에 열 개의 벼락이 다시 떨어지는 순간 천하는 그 앞에서 무릎 꿇으리라.

　기분 좋은 다향이 감미롭게 피어오른다. 모두 세 잔의 차가 놓여 있고 세 사람이 둘러앉아 있다.

　정신을 차린 환우가 자신을 구해준 은인을 찾아온 것이다. 환우는 장필에게 생명을 구해주어 감사하다는 인사를 했고 장필이 진정한 은인이라며 가르쳐 준 사람이 지금 환우의 눈앞에 앉아 있는 노인이었다.

　하지만 노인은 고개를 젓고 있었다.

　"허허. 필이 그 친구가 그리 말했다고요? 아닙니다. 필이 그 청년이 다 했지요. 저는 그저 몸 상태를 보아준 것뿐입니다. 그리고 제가 한 일은 없었지요."

"그래도 어르신의 지시가 없었다면 자신은 아무것도 못했을 것이라면서 꼭 노인장께 인사를 드리라 하더군요."

환우의 말에 노인은 그저 헛웃음을 지을 뿐이었다.

"허허. 그 친구 참. 깨어나면 그저 기별이나 넣어달라 했거늘."

노인은 상당히 곤란한 듯했다. 그저 눈앞에 앉아 있는 청년의 몸에 호기심이 있어 그리 말했던 것인데 자신의 얼굴에 이렇게 금칠을 하니 감당을 할 수가 없었다.

"목숨을 구해주신 은혜에 감사드립니다."

환우가 다시 한 번 깊숙이 인사를 했다.

"허허. 진정한 은인은 장필, 그 친구니 그 친구에게 인사를 마저 하십시오."

"저로서는 참으로 곤란하군요. 제가 은인이라 생각하고 인사를 드리는 분마다 서로 아니라 우기시니 그럼 전 대체 누구에게 생명의 구함을 받은 은혜를 갚아야 한단 말입니까?"

환우가 곤란하다는 얼굴로 물었다.

"킥."

그때 옆에 조용히 앉아 있던 노인의 손녀 입에서 작은 웃음이 새어 나왔다.

"경아, 손님 앞에서 무례하구나."

그런 손녀의 행동을 노인이 나무랐다.

"하지만 웃긴 건 사실이잖아요. 저분도 무척이나 난감하시

겠어요. 정말로 두 사람이 다 아니라고 하면 말이에요. 누군
가는 구해줬을 텐데 서로 아니라 하니 저분이 얼마나 곤란하
시겠어요?"

"어허."

손녀의 당돌한 말에 노인은 고개를 저었다.

평소 말없이 가만히 있으면 참으로 얌전한 요조숙녀지만
그것은 모두 포장된 모습이다. 실은 사내 못지않은 활발하면
서도 괄괄한 성격을 지닌 손녀다. 게다가 참으로 당돌하기까
지 하니 노인으로서도 감당이 안 되었다. 그래서 다른 사람들
이 있을 때는 가급적 말을 못하도록 막고 있는데 오늘 그만
저리 말문이 열려 버렸다.

"소저의 말씀이 맞습니다. 사람으로서 목숨의 은혜를 잊는
다는 것은 있을 수 없습니다. 저는 은혜를 갚아야 하는데 대
체 누구에게 갚아야 한단 말입니까?"

환우가 옳다구나 하고 한마디를 덧붙었다.

"허허. 정 그리 말씀하신다면 이어촌의 사람들 모두가 은
인이라 생각하십시오. 그들 모두가 진정으로 공자를 걱정했
다오."

노인이 수염을 쓰다듬으며 그리 말하자 환우로서도 더 이
상 할 말이 없었다.

그 말이 맞기도 했다.

자신이 이곳으로 오기 위해 장필의 집을 나섰을 때 반가운

얼굴로 인사를 하던 마을 사람들의 얼굴에는 하나같이 다행
이라는 표정이 어려 있었다.

그 모습에서 환우는 훈훈한 정을 느낄 수가 있었다.

"어르신의 말씀이 맞는 것 같군요. 그들 모두가 제 은인입
니다. 어르신도 물론이구요."

"허허허. 그래요. 그렇게 생각하면 될 일이죠. 그래, 이제
몸은 좀 어떻습니까? 칠십 평생을 살아오면서 참으로 신기한
현상을 보았습니다. 의식이 없는 상태에서 몸이 스스로 자연
의 기를 흡수해 손상받은 곳을 치유하다니 말입니다."

노인의 말에 환우의 눈이 반짝였다. 자신이 정신을 잃었을
때 진맥을 했다 하더니 그것만으로도 자신의 몸 상태를 정확
히 파악한 모양이다.

환우 자신도 정확히 모르는 일을 말이다.

천뢰무위공의 효능 중 자가 치유력이 있다는 것은 어느 정
도 알고 있었다. 하지만 환우도 그 정도로 그 효능이 뛰어날
줄은 몰랐다.

그때 정신을 잃지 않았다면 과연 자신이 스스로 몸을 회복
시킬 수 있을지도 의문이었다. 그 정도로 환우의 몸은 망가져
있었던 것이다.

그런데 그런 상태를 정확히 알아차리다니 보통 사람이 아
니었다. 한가로운 어촌 마을에 몸을 숨기고 사는 고인일지도
몰랐다.

"네. 이제 거의 괜찮아졌습니다. 하지만 그것을 대번에 알아보시다니 보통 분이 아니시군요.'

"허허허. 공자만 하겠습니까? 중원의 그 어떤 무인도 단전이 없다는 이야기는 듣지 못했습니다. 공자의 경우는 만들어졌던 단전이 망가진 것이 아니라 애초에 단전을 만들지 않으셨더군요. 의원 노릇을 제법 오래 했습니다만 참으로 신기한 일이라 정신을 차리시면 기별을 달라 부탁했던 것입니다."

"무척이나 경지가 높은 의원이셨을 것 같습니다. 저도 아직 다 모르는 저의 몸 상태를 그리 정확히 파악하시다니 말입니다."

두 사람은 대화를 주거니 받거니 하면서 웃음을 지었다.

"이제는 잊었지만 예전에 의원 노릇을 할 때는 단목평(端木平)이라는 이름으로 지냈습니다. 디 아이는 제 손녀인 단목휘경(端木輝瓊)이라 합니다."

"신환우입니다."

"단목휘경이에요."

이제야 서로의 통성명을 하는 서 사람이다.

"신 공자셨군요."

"단리 어르신, 불편합니다. 말씀을 낮추십시오. 이제 겨우 약관인 저에게 너무 과례이십니다."

환우가 불편한 얼굴로 말했다.

"허허허. 그러면 그러도록 합세."

환우의 말에 너털웃음을 지으며 단목평이 편하게 말했다.

"신 공자, 자네는 대체 누구인가? 내 칠십 평생을 살면서 자네 같은 몸을 가진 무인이 있다는 말은 듣지 못했네."

단목평의 물음에 환우가 빙그레 웃음을 지었다.

"중원에만 계셔서 그러실 것입니다."

환우의 대답에서 단목평은 그가 중원인이 아님을 짐작할 수 있었다. 그 말의 이면에는 중원 밖에는 환우와 같은 사람이 있다는 뜻이었으니 말이다.

"어디에서 왔는가?"

"해동입니다."

"신인이 온 곳이구만."

단목평은 대번에 동방신협을 떠올리면서 말했다. 오십여 년 전의 정마대전 때 자신은 갓 의원 딱지를 단 때였다. 그래서 적극적으로 관여하지는 못했다. 무림에서 활동하는 의원이었으나 그때는 아직 단목평은 젖비린내나는 애송이였다. 단목평이 무림에서 명성을 얻기 시작한 것은 그로부터 이십여 년이 흐른 때였다.

그러니까 삼십 년 정도 전부터 단목평이 무림에 명성을 떨쳤던 것이다.

그리고 몇 년 전 홀연히 무림에서 모습을 감췄다.

바로 이곳 이어촌에서 은거에 든 것이다.

하지만 환우는 무림의 정세에 어두웠다. 그랬기에 단목평의 이름을 듣고도 전혀 놀라지 않은 것이다.

단목휘경은 환우가 해동에서 왔다는 이야기를 듣고서야 그가 할아버지의 이름을 듣고도 태연한 것을 받아들였다.

단목휘경은 할아버지의 명성에 대단한 자부심을 지니고 있었기에 환우의 담담한 모습이 마음에 들지 않았던 것이다.

'그러면 그렇지. 해동에서 왔으니 할아버지를 모르지. 어떻게 우거신의(牛車神醫)를 모를 수가 있어.'

단목휘경이 입술을 샐쭉이며 그런 생각을 하고 있을 것이라고는 환우는 상상도 못했다.

환우의 신경은 단목평과의 대화에 집중되어 있었기에 단목휘경의 반응까지는 미처 알아차리지 못한 것이다.

우거신의(牛車神醫).

단목평이 무림에서 활동할 때의 별호다. 중원 천하를 떨친 유명한 별호다.

단목평은 한곳에 정착해서 환자를 보는 의원이 아니었다. 그의 평생 정착을 한 것은 이번이 처음이었다. 은거에 들면서 겨우 정착 생활을 한 것이다. 그전에는 항상 천하를 떠돌았다. 소가 끄는 수레를 타고 천하를 떠돌면서 환자들을 치료했다.

그런 그의 행동에 사람들은 그를 우거신의라 부른 것이다.

환자를 대함에 사심이 없고 차별이 없었으며 정성을 다했다. 게다가 그 의술이 천하에 짝을 찾을 수 없을 정도로 뛰어

난 경지에 올랐으니 무림에서 명성을 얻는 것은 너무나 당연
했다.

게다가 그 자신도 한두 수의 무공은 익히고 있어 무림의 이
류무사 정도의 수준은 이루었다.

자연 그의 도움을 받은 무림인들도 많았고, 그런 이들이 늘
어날수록 그의 명성은 높아져만 갔다.

하지만 그도 일생의 한이 있었으니, 천하를 떠돌며 환자들
을 돌보느라 가족들을 제대로 돌보지 못한 것이었다.

그사이 부인과 아들 내외가 죽고 남은 피붙이라고는 단목
휘경이 전부였다. 그것이 한이 되어 갑자기 모습을 감추고 이
곳에 은거한 것이다.

이제는 가족과 함께하기 위해서, 유일하게 남은 피붙이가
사라지기 전에 가족의 정을 느끼기 위해서 이곳에 들어온 것
이다.

여덟 살짜리 꼬마 숙녀의 손을 잡고 이곳에 들어온 것이 엊
그제 같은데 벌써 이런 여인으로 자랐으니 세월이란 참으로
무상했다.

"몸도 괜찮다면서 무슨 일이 있는가? 자네의 얼굴이 수심
이 떠돌고 있군."

환우의 얼굴에서 걱정의 기색을 읽은 단목평이 물었다. 그
물음에 환우는 억지웃음을 지으며 고개를 가로저었다.

"아닙니다. 개인적인 일입니다."

사실 환우는 지금 자신의 의지를 따르지 않는 애자와 폐안 때문에 걱정이 이만저만이 아니었다. 몸이 모두 회복되더라도 그 녀석들이 마음대로 움직여 주지 않으면 환우로서는 모든 힘을 회복한 것이 아니기 때문이었다.

"이봐요. 할아버지께서 물으시는데 그런 무성의한 대답은 뭐예요?"

그때 단목휘경이 끼어들었다. 감사의 인사를 하러 왔다는 사람이 할아버지의 물음에 괜히 얼버무리는 모습이 마음에 들지 않은 것이다.

그런 그녀의 행동에 당황한 것은 단목평이었다. 환우는 손님이었다.

"경아, 손님에게 그 무슨 무례한 행동이냐?"

단목평이 손녀를 나무랐다.

"하지만 무영개 할아버지도 그러셨잖아요. 사람이 사람을 대함에는 항상 진실해야 한다고요. 하지만 저 사람은 지금 전혀 진실하지 않아요."

이제는 환우를 향해 삿대질까지 한다.

그녀의 행동에 환우의 눈썹이 꿈틀했다. 하지만 은인의 손녀다. 무례할 수 없었다. 게다가 그녀의 말도 옳았다. 그렇지만 무조건 맞는 것은 아니었다. 사람에게는 모두들 나름대로의 사정이라는 것이 있지 않은가. 그녀는 지금 그것을 무시하고 있었다.

“경아, 사람들에게는 모두 저마다의 사정이라는 것이 있는 법이다. 단지 작은 도움을 주었다는 이유로 그런 것들을 무시할 수는 없는 법이야.”

단목평이 준엄한 목소리로 단목휘경을 향해 말했다.

“하지만…….”

단목휘경은 무언가 억울한 듯했지만 더 이상 무어라 하지는 못했다.

단목평의 말에 환우는 고개를 끄덕였다. 그는 거기까지 자신을 배려해 주고 있는 것이다. 이러면 아무리 개인적인 사정이라 하나 숨기고만 있을 수는 없었다. 그리고 딱히 이들에게 숨길 만한 큰 이유가 있는 것도 아니었다.

“그저 개인적으로 익히고 있는 무공에 막힘이 있어서 그럽니다. 지난번의 부상 이전에는 그렇지가 않았는데 정신을 차리니 막힘이 생겼습니다. 몸은 전과 거의 같은데 무공에만 막힘이 생기니 어찌해야 할지 막막하더군요.”

환우의 담담한 말에 단목평은 고개를 끄덕였다. 무인이라면 그것보다 큰 고민도 없을 터이다.

“그래서 그렇게 수심이 어려 있었던 것이구만.”

단목평은 이해한다는 듯 말했다.

환우가 무공 이야기를 꺼내는 순간 단목휘경의 면사 위로 드러난 눈이 반짝였다. 무공에 굉장한 관심을 보였다. 단지 환우는 그녀가 그것 때문에 그런 반응을 보인 것이라고는 생각지 못했다.

"그렇다면 앞으로 어쩔 것인가?"

"글쎄요. 해야 할 일이 있습니다만 전에도 어려웠던 일입니다. 그런데 지금은 가진 힘도 제대로 쓸 수 없으니… 잠시 고민을 해봐야겠군요."

"그렇다면 우리 집에 머무르게나. 이어촌에는 다들 형편이 그만그만해서 자네를 떠맡고 있을 만한 집이 없을 것이야."

환우 역시 단목평의 말에 동감한다는 듯 고개를 끄덕였다. 자신이 침상을 차지하고 있는 동안 장필은 바닥에 모포를 깔고 지낸 듯했다. 정신을 차린 후에도 한사코 그가 바닥의 모포에서 자겠다고 하는 바람에 얼마나 불편했던가.

단목평의 집에는 남는 방이 있는 듯하니 이곳에서 신세를 지는 것도 나쁘지는 않을 것 같았다. 그저 은인에게 폐를 끼치는 것이 송구스러울 뿐이었다.

"그럼 염치불구하고 폐를 끼치겠습니다."

"허허. 아닐세. 그럼 마을에 가서 그리 말하고 오게나. 필이가 걱정할지도 모르겠군."

"알겠습니다. 그럼 잠시 다녀오겠습니다."

찻잔을 비운 환우는 다시 이어촌으로 향했다.

"경아야, 상관없겠지?"

환우가 떠난 후에야 손녀에게 의향을 물었다.

"그럼요."

눈을 반짝이는 단목휘경의 면사 아랫입술이 부드러운 곡
선을 그리며 미소를 만들었다.

일주일이 지났다.

사실 무당산으로 돌아갈 수도 있었지만 지금의 상태로는
도저히 가고 싶지 않았다. 어서 무당산의 청로 진인을 찾아가
치호 녀석을 챙겨야 하건만 애자와 폐안이 속을 썩이는 바람
에 잠시 이곳에 머물기로 했다.

자신의 몸이 완벽해져야 비로소 치호를 데려다가 공동파
로 갈 수 있을 것 같았다.

벌써 마교 놈들이 이런 식으로 덤벼드니 만전에 만전을 기
해야 할 것 같았다.

구양천을 만나기 전이었다면 환우는 몸 상태가 조금 좋지
않아도 무시하고 자신의 목표를 위해 움직였을 것이다. 하지
만 구양천에게 호되게 당한 지금은 몸을 웅크리는 법을 익혔
다.

완벽하지 않은 상태에서 섣불리 움직였다가는 마교 녀석
들에게 당할 수도 있었다.

구양천은 스스로 육대호법의 일인이라 했다. 그렇다면 구
양천 말고도 그런 괴물 같은 인간이 다섯이나 더 있다는 뜻이
다.

"아직 조금 더 강해져야 해."

환우는 여유롭게 흘러가는 강물을 바라보며 중얼거렸다.
일주일이 지났음에도 애자와 폐안은 요지부동이다. 그 답답
함을 풀어보려고 지금 강가에 나와 있다.

"물론이지요. 강함에는 끝이 없는걸요, 신 오라버니."

등 뒤에서 들려온 목소리에 환우가 눈살을 찌푸렸다.

언제부터 자기가 오라버니였던 말인가. 자신은 저런 동생
을 둔 적이 없었다.

처음 봤을 때는 자신의 행동이 마음에 안 든다는 듯 삿대질
까지 하며 시비였다. 하지만 자신이 무공을 수련하는 모습을
본 후부터는 살갑게 구는가 싶더니 언제부턴가 자신이 그녀
의 오라버니로 둔갑해 있었다.

미칠 지경이다.

그녀 때문에 가뜩이나 답답한 가운데 마음 편히 있을 수가
없었다. 자꾸 비무를 하자고 하건서 쫄래쫄래 귀찮게 하니 이
것은 방법이 없었다.

그렇다고 단목평에게 말하자니 은인의 심사를 불편하게
만드는 것 같아서 그럴 수도 없었다.

"내가 말한 것은 그런 강함이 아니야."

싫다 하면서도 어느새 환우는 단목휘경에게 편하게 말을
하고 있었다.

"흐웅. 그래요?"

어느새 곁으로 온 단목휘경이 환우를 올려다보며 말했다.

‘쩝. 저 성격만 아니면…….’

이제 겨우 일주일을 함께 지냈을 뿐이지만 환우는 단목휘경의 성격을 거의 파악한 상태다.

십 년 만에 처음으로 할아버지 이외의 사람과 함께 살게 되었다. 처음에는 조신하게 굴었지만 그것이 이틀을 넘기지 못했다. 더군다나 무공을 익히고 있는 환우와 비무를 하고 싶어 하니 조신한 행동을 유지할 수 있을 리 없었다.

덕분에 환우는 눈치를 보며 슬금슬금 단목휘경을 피하는 데도 그녀는 귀신같이 알고 환우를 찾아왔다.

“하지만 누구나 강해지려 하고 강해지고 싶어하잖아요. 오라버니도 지금 그것 때문에 고민인 것이고요.”

“강해지기 위해서는 스스로를 단련하고 갈고닦아야 하지. 그리고 그것을 확인하면서 스스로를 돌아봐야 해. 그러기 위해서는 다른 사람과 비무를 해야 한다. 그거지?”

벌써 몇 번을 들었던 말인가? 환우는 단목휘경이 하려는 말을 가로챘다. 환우의 말에 단목휘경은 방긋 웃으며 고개를 끄덕였다.

“그래요. 어때요?”

단목휘경이 환우를 바라본다.

‘으이그. 얼굴이 아깝구나.’

환우가 함께 생활하기로 한 날부터 단목휘경은 얼굴을 가리고 있던 면사를 거두었다.

마을에 나갈 때나 가끔 마을 사람이 찾아올 때 얼굴을 가리던 면사이다. 사실은 답답해서 하기 싫었지만 할아버지가 하라고 하니 어쩔 수 없이 했던 것이다.

하지만 매일같이 하고 있을 수는 없어 할아버지께 말씀드렸더니 면사를 거두어도 된다 하여 지금은 맨 얼굴로 있었다.

면사를 거둔 단목휘경을 처음 보았을 때 환우는 깜짝 놀랐다. 무림오화 중 두 명을 만나본 환우다. 그런데 단목휘경의 미모는 그녀들을 뛰어넘으면 뛰어넘었지 결코 모자라지 않았다.

환우가 잠시 동안이나마 그 미모에 혹해서 친절하게 대해 줄 정도로 말이다. 환우도 남자였다.

'그때는 내가 미쳤었지.'

"오라버니의 바람이 간절하지 않아서 두 자루의 단검이 말을 듣지 않는 걸 거예요. 그러니까 비무를 하면서……."

"되었다. 네 말이 맞다고 하더라도 너는 나를 간절하게 만들 정도로 강하지가 않아."

미모에 혹한 자신이 바보였다. 어쩌자고 생긋 웃으며 조신하게 다가오는 그녀가 묻는다고 턱턱 대답을 했단 말인가. 그때는 정말로 단목휘경이 이런 여인일 줄은 상상도 못했다. 자신이 지금 한 말에 대한 대답도 이미 알고 있다. 벌써 몇 번을 반복한 상황이지 않던가. 하지만 알면서도 해야 했다.

"길고 짧은 건 대봐야 아는 거죠."

단목휘경이 생긋 웃으면서 말했다. 그러고 보니 지금 그녀의 옷은 무복이었다. 그녀는 환우에게 비무를 하자고 졸라대던 때부터 무복을 입고 지냈다. 언제든 비무를 할 수 있도록 준비를 마쳤다는 것이다.

"되었다. 네 덕에 마음만 더 심란해지는구나."

환우가 고개를 저으며 걸음을 옮겼다.

'후우. 이 다음은 주먹이 날아오겠지?'

늘 그랬다.

이렇게 환우가 무시하고 걸음을 돌리면 그녀는 자신이 익힌 권법의 초식으로 환우에게 주먹질을 해왔다. 하지만 환우는 그런 주먹을 간단히 피하고 걸음을 빨리해 도망을 간다.

그것이 지난 며칠간 반복되었던 일상이다.

"응?"

그런데 날아올 때가 한참이 지났는데도 단목휘경의 주먹이 날아오지 않는다. 평소와 달랐다.

늘 있던 행동이 없으면 또 사람을 불안하게 한다. 그것이 사람의 심리인 것이다. 환우는 슬며시 돌아보았다. 그리고 찔끔 놀랐다.

단목휘경은 가만히 강을 바라보고 있었다.

무척이나 애절한 얼굴이다. 그 애절함을 더하는 것은 그녀의 눈가에서 뺨을 타고 흐르는 한줄기 눈물이다. 미녀의 눈물은 사내의 가슴을 불타오르게 만든다.

환우는 남자다.

'흑.'

환우는 정말로 찔끔했다. 그리고 조금은 가슴이 두근거렸다. 한 발자국 단목휘경을 향해 걸음을 옮겼다.

그리고 두 발자국을 내디디려 할 때.

환우는 움직임을 멈췄다.

애잔한 표정에 무언가 부조화스러운 것이 있었다. 그냥 느낌이었다. 그 느낌에 환우는 단목휘경의 얼굴을 찬찬히 살폈다. 단목휘경은 여전히 강을 바라보며 눈물을 흘리고 있다.

한데 올라가 있다.

분명 입꼬리가 살짝 올라가 있다. 처음에는 분명 애잔하기 그지없는 얼굴이었으나 자신이 한 걸음을 옮기는 순간 입꼬리가 살짝 올라간 것이다. 그래서 자신이, 무언가 부조화한 것을 느낀 것이다.

정말로 자세히 살피지 않으면 알아차리지 못할 만큼의 변화였으나 환우의 본능은 그 변화를 느꼈다.

환우는 고개를 절레절레 저었다.

'그래, 미녀가 아니라 마녀야, 마녀. 속을 뻔했구나.'

그리고 미련없이 다시 몸을 돌렸다.

평소와는 다른 그녀의 행동에 순간 속을 뻔했다. 그녀의 아름다운 외모에 속는 것은 이제 사양이다.

그렇게 환우가 사라졌다.

"쳇. 거의 성공할 뻔했는데."

환우가 사라지자 단목휘경은 발 앞의 돌을 차며 아깝다는 듯 중얼거렸다. 그녀의 오른손에는 작은 자기 병이 들려 있었다.

"할아버지의 약까지 챙겨서 시도한 건데 실패할 줄은……. 남자 맞아? 나같이 예쁜 여자가 눈물을 흘리는데 그냥 휙 가 버리다니."

단목휘경은 성공의 순간 자신의 입꼬리가 올라가면서 환우에게 들킨 것을 몰랐다. 그랬기에 아쉽고도 아쉬울 뿐이다.

"뭐, 기회는 다음에도 있으니까. 후훗. 배합비를 찾는다고 고생은 했지만 요긴하게 쓰이겠어. 일단 걸음을 멈추게는 했으니. 그래도 그 고생을 생각하면 아깝기는 하네."

그녀는 자기 병을 품 안에 넣으면서 중얼거렸다.

가끔 사람들 중 눈에 이물질이 들어가서 고생하는 이들이 있다. 눈을 씻어내도 빠지지 않는 이물질은 사람을 괴롭게 한다. 그럴 때는 밖에서 씻어내는 물이 아니라 안에서 씻어내는 눈물이 효과적일 때가 있다.

이물질이 들어가면 눈은 자연적으로 눈물을 흘리지만 눈물의 양이 부족해 이물질이 빠지지 않으니 그때는 눈물을 더 흘리게 해야 한다. 그런 목적으로 단목평이 만든 약이 있다. 단목휘경은 그 약을 자기 병에 조금 챙겨 나온 것이다.

이 작전을 짜고 처음 약을 눈에 넣었을 때 그녀는 깜짝 놀렀다.

약의 목적은 어디까지나 눈물을 많이 흘리게 하는 것이다. 정말로 눈물이 줄줄 흘렀다. 그 모습은 한 떨기 수선화같이 아름다운 모습이 아니라 정말로 추한 모습이었다. 아무리 단목휘경이 아름다워도 그렇게 많은 눈둘을 흘리면 비호감이다.

아름다움에 애잔함을 더하기 위해서 필요한 것은 한줄기의 눈물이다.

약이 독해서 그런 것이라 생각한 단목휘경은 물을 타서 희석시켰다. 그 과정에서 딱 한줄기의 눈물을 만드는 약의 농도를 찾느라 수시로 자신의 눈에 넣어봐야 했다.

눈물을 흘리면서 약에 물을 타는 미녀.

가만히 상상만 해도 참으로 웃긴 상황이었다. 하지만 그녀는 그렇게 했다, 오직 환우와의 비무를 의해서.

실패했지만 참으로 대단한 집념이었다.

"허허허. 우리 경아 때문에 자네가 오히려 더 심란해하는 것 같구만."

집으로 돌아오자 단목평이 나와 있었다. 환우가 말하지 않았지만 그는 대강 사정을 짐작하는 듯했다.

"아닙니다, 어르신."

"아니기는, 그 녀석이 성격이 좀 괄괄해야지. 얼굴하고는 전혀 맞지를 않으니, 어쩜 그리 지 어미를 쏙 뺐는지 모를 일이야. 여기 머물면서 쉬라 하고서는 그 녀석 때문에 오히려 마음 편히 못 있는 것 같아서 내가 참으로 미안하네. 그래도 조금만 이해해 주게. 혼자 자라 외로운 아이이니."

"네."

진정으로 미안해하는 단목평의 말에 환우는 그리 대답하는 수밖에 없었다.

'이 마을에는 죄다 외로운 아이뿐이로구나.'

처음 깨어났을 때 자신을 무척이나 괴롭힌 양휘를 떠올리며 생각했다.

다시 사흘이 지났다.

여전히 애자와 폐안은 요지부동이다.

매일 이른 아침과 깊은 밤에 나와 의지로 움직여 보려 하지만 그 녀석들은 꿈쩍도 하지 않는다. 이유를 알 수가 없었다. 몸은 이제 완벽하게 회복됐는데 움직이지를 않으니 심마만 깊어질 뿐이다.

"후우. 왜 안 되는 것일까?"

한숨을 쉬면서 집으로 걸음을 옮기는 환우의 귓가에 물소리가 들렸다.

"응?"

먼 거리가 아니었다. 이 정도면 자신이 기척을 감지 못할 리가 없었다. 그런데 이제야 누군가가 있다는 것을 느꼈다.

그 정도로 필사적으로 의지를 집중한 것이다. 주변의 기척을 못 느낄 정도로 환우는 필사적으로 집중했다. 그런데도 움직이지 않았다. 그 사실을 확인하니 마음이 더욱 무거워졌다.

환우는 집으로 옮기던 걸음을 물소리가 들린 곳으로 돌렸다. 누구인지는 이미 알고 있었다.

분명 자신을 불러내기 위해 저러는 것이리라.

이 늦은 밤에 자신의 동선을 파악하고 저리 준비를 했는데 가주지 않으면 섭섭할 것이다.

게다가 이제는 환우도 은근히 그녀를 놀리는 데 재미를 들렸다. 겨우 사흘이 더 지났을 뿐이지만 그 시간 사이에 환우는 그녀를 대하는 법을 터득했다.

그리고 은근히 놀리기까지 했다.

그전에 그녀로 인해 마음 고생한 것에 대한 환우 나름의 작은 복수였다.

지금 그녀를 향해 가는 것도 놀려주려는 것이 주 이유였다.

얼마나 걸었을까? 이제 곧 강가다.

거기까지 이르자 환우는 몸을 돌렸다.

이 야심한 밤에 여인이 물소리를 내는 이유는 뻔했다. 환우가 그것도 모를 정도로 바보는 아니었다. 뻔히 알고 있는데 속아줄 수는 없는 노릇.

환우는 몸을 돌린 채 강가로 뒷걸음질쳤다. 강가로 내려가는 길목의 수풀이 움직이면서 소리가 났다. 그렇게 몇 걸음

더 걸었을까?

"꺄악!!"

예상대로의 비명이다.

"치한이야!!"

'내가 치한이라구?'

하지만 환우는 아무 말도 하지 않았다. 등 뒤에서 어떤 일이 펼쳐지고 있는지 예상이 되었다.

"감히, 감히 여인이 목욕하는 것을 훔쳐보다니, 네놈은 누구냐?"

'훔쳐봐?'

훔쳐보는 사람이 당당히 수풀을 헤치고 걸어 들어갈 리 없었다.

'어디까지 하나 보자.'

환우는 슬며시 미소를 지으며 가만히 서 있었다.

"앗! 오, 오라버니!"

치한이라며 화를 내던 그녀가 갑자기 깜짝 놀란 듯한 목소리로 말한다. 그녀의 목소리에는 어색함이라고는 전혀 없었다.

'자알 한다. 어찌 뒷모습만 보고 나인 줄 아느냐?'

그거야 이때 이 근처에 있을 사람이 그밖에 없다는 것을 알고 있으니 당연한 일이다. 그녀의 목표는 오직 환우를 낚는 것이었다.

"서, 설마, 오라버니께서 이런 파렴치한 짓을 하실 줄이야.
흑흑흑. 실망이에요. 어찌 여인이 목욕하는 것을 훔쳐보신단
말입니까?"

이제는 울기까지 한다.

자박자박.

그러면서 자신을 향해 걸어오는 것은 무슨 말이냔 말이다.
게다가 옷을 입는 소리도 들리지 않았다. 그렇다면 발가벗고
환우를 향해 다가오고 있는 것이란 말인가?

말도 안 되는 소리다.

분명 옷을 입은 채 목욕하는 척만 했을 것이다.

"하, 하지만 오라버니시라면 저는……."

부끄러운 듯 말끝을 흐린다.

'이곳에서 어르신과 단둘이 살았다는 녀석이 어찌 이런 것
을 알고 있단 말이냐.'

환우는 살짝 어이가 없어지고 있었다. 예상은 했지만 이 정
도로 능숙하게 행동할 줄이야. 대체 이런 것은 어디서 보고
배웠단 말인가.

"흑흑. 모든 것을 보여 드렸으니 이제 오라버니께서 저
를……."

발소리가 굉장히 가까워졌다. 그리고 결론이 나오려고 하
는 순간.

단목휘경은 말을 멈추었다. 걸음도 멈추었다.

환우는 이제 그녀가 자신이 뒤돌아서 있는 것을 알아차렸음을 알 수 있었다. 그녀의 몸에서 이는 잔떨림을 느낄 수 있었기 때문이다.

"내가 무엇을 보았단 말이냐?"

"이익!"

환우의 말에 단목휘경은 분한 신음 소리를 흘린다.

"쯧쯧. 다 큰 여인이 이 야밤에 그 무슨 짓이냐? 옷을 입고 물에 들어가 있고. 이제 날도 쌀쌀한데 괜찮으냐? 감기 걸릴지도 모르겠구나. 몸조심하거라. 그럼 나는 이만 가마."

그렇게 손을 흔들어주고는 여전히 뒤도 안 돌아본 채 걸음을 옮겼다.

"오, 오라버닛!!"

단목휘경의 뾰족한 목소리가 울렸다.

하지만 환우는 걸음을 빨리했다. 입가에 즐거운 미소가 어렸다.

'후훗. 녀석, 무척이나 분할 것이다.'

찝찝했던 기분이 갑자기 좋아졌다. 그녀를 잠시 상대해 준 것으로 이리 기분이 개운해질 줄은 몰랐다.

"아이씨! 분해! 분해분해분해분해!!"

환우가 사라지자 단목휘경은 애꿎은 땅만 차면서 소리를 질렀다.

이럴 수는 없었다.

갑자기 자신에게 역공을 취하더니 오히려 자신이 놀림감
이 되어버렸다.

자신은 정말로 단 한 번 비무를 하고 싶은 것뿐인데 어째서
그렇게 피하느냔 말이다. 게다가 이제는 놀리기까지 한다.

어쩌다가 이렇게 되었는지도 알 수 없었다.

처음에는 자신 때문에 난감해하던 사람이 갑자기 자신을
마음대로 놀리다니. 열받았다. 분했다.

게다가 오늘은 여자의 자존심까지 버려가면서 준비한 유
혹의 계책이었다. 그런데 아예 그것을 예상하고 뒷걸음질쳐
와서는 뒤도 안 돌아보고 돌아갈 줄이야.

그렇게 분할 수가 없었다.

"쳇! 내가 그 정도밖에 안 된단 말이지? 힝!"

눈가에 눈물이 핑 돈다.

환우를 마주 볼 때를 대비해 이번에도 눈물 약을 준비했지
만 사용하지는 않았다. 정말로 분해서 흐르는 눈물이었다.

환우가 떠나고도 한참이 지났지만 너무 분한 나머지 그녀
는 그 자리를 뜰 수가 없었다.

"크크크크. 좋구나."

분한 기운을 토하면서 가만히 서 있는 그녀의 귀에 음산한
목소리가 들렸다.

"누, 누구냐?"

깜짝 놀란 단목휘경이 주변을 둘러보면서 외쳤다.

"아주 좋아. 크크크. 원래 이런 것이 더 좋은 법이지."

또 다른 목소리가 울린다.

단목휘경은 당황한 얼굴로 주변을 둘러보았다.

오늘은 달이 밝은 보름이다. 일부러 이런 날을 택한 것은 그녀다. 달빛에 의지해 주변을 살폈지만 누구도 보이지 않았다.

"호호. 얼굴도 참으로 아름답구나. 겨우 시체 따위나 찾는 일이라 무료했는데 이런 재미도 있어야지. 암."

이번에도 또 다른 목소리다. 대체 몇 명이 이 주위에 있단 말인가.

단목휘경의 몸이 부들부들 떨렸다. 사방에서 들리는 목소리는 음탕하기 그지없었다.

"킥킥. 그래, 물에 젖어 몸에 착 달라붙은 옷이 더 불타오르게 만드는 법이거든."

또 다른 목소리다.

환우와 단목휘경이 간과한 것이다.

마지막에 들린 목소리가 그것을 말해주고 있었다.

달빛에 비친 물에 젖은 미녀의 모습.

그것은 사내를 황홀하게 만드는 모습이다. 넋을 잃고 여인을 바라보게 만드는 그런 모습이다. 만약 환우가 그때 단목휘경이 옷을 입었다는 사실에 안심하고 몸을 돌렸다면 그녀의 이번 계책은 성공했을 것이다. 하지만 환우는 장난스럽게 손을 흔들고는 떠나 버렸고 오히려 쓸데없는 벌레들이 꼬여 버렸다.

"누, 누구냐! 썩 모습을 드러내거라!"

"흐흐흐. 그러지 않아도 갈 테니 너무 보채지 말거라."

그 말과 함께 강가에서 여섯 사람이 모습을 드러냈다. 검은 야행복에 복면을 쓴 이들이다.

"캬! 고거 참 탐스럽구나."

그중 한 명이 중얼거린다.

단목휘경은 온몸에 소름이 돋았다. 끔찍했다.

저들의 몸에서 풍기는 기운에 구역질이 났다. 어떻게 움직여야 하건만 몸이 굳어서 움직이지를 않는다.

"꺄악!"

결국 그녀가 할 수 있는 것은 비명이 전부였다. 단목휘경의 비명이 밤하늘에 울렸다.

第十章

흑마대

사람이 아니야… 사람일 리 없어. 그래, 동방의 하늘에서 내려온 천신(天神)일 거야. 틀림없어.

해동에서 온 백의의 사내. 한 번의 손짓에 열 개의 벼락이 떨어지고, 마교의 혈사는 그 앞에 침묵한다. 열 개의 벼락을 중원에 남겨두고 홀연히 떠났다.

그리고 오십 년 후. 다시금 중원이 어지러워지려 할 때 그의 후예가 중원으로 향한다.

푸른 하늘에 열 개의 벼락이 다시 떨어지는 순간 천하는 그 앞에서 무릎 꿇으리라.

　검은 야행복을 입은 무리들이 강가로 빠르게 움직이고 있었다.

　마교의 사마단 중 흑마대의 인물들이었다.

　이들은 환우의 시체 수색 작업을 위해 환우가 뛰어내렸던 절벽에서부터 쭈욱 내려온 것이다. 다른 부대들도 수색을 했지만 강의 지류가 갈라지면서 전부 갈라졌다. 어느 지류로 시체가 흘러내려 갔는지 알 수 없으니 전부 샅샅이 뒤져야 했다.

　이 수색은 은밀해야 했다.

　아직은 마교가 몸을 드러낼 때가 아니다. 그래서 주로 깊은 밤에 수색이 이루어졌지만 혹시라도 모습을 본 이들은 입을 막았다.

때문에 수색 속도는 생각보다 느렸다.

"정지."

가장 앞에서 가던 인물이 명령을 내렸다.

그들의 눈앞에 마을이 있었다. 아주 작은 마을이다. 그냥 무시하고 지나쳐도 상관이 없겠지만 왠지 찝찝했다.

이유는 알 수 없었다.

'이상하군. 이런 적이 없었는데…….'

흑마대의 부대주인 한종보는 고개를 갸웃거렸다. 그냥 어디에나 있는 작은 마을일 뿐인데 왜 자신의 가슴 한구석이 찝찝한 것일까?

결국 그는 결정을 내렸다.

가끔씩 이렇게 직감이 신호를 보낼 때가 있었고 한종보는 자신의 직감을 믿었다. 그런 행동이 오늘의 부대주 자리를 주었기에 그는 한 번 더 직감을 믿기로 했다.

"저 마을을 수색한다."

이어촌 근처의 강가를 수색하던 흑마대원들이 이어촌으로 스며들었다.

이어촌은 고요했다.

늦은 밤인데도 몇몇 집은 불이 밝혀져 있었다. 일단 흑마대원들은 불이 꺼진 집을 위주로 수색을 시작했다. 어디에나 있는 평범한 작은 마을이다.

이런 곳에서 무언가가 나올 리는 없었다.

'내가 너무 지나쳤나?'

한종보는 고개를 갸웃거렸다.

"철수한다."

반 시진에 걸쳐 마을 곳곳을 수색해도 아무것도 나오지 않았다. 쓸데없이 시간만 허비한 것이다.

다시 강가로 가서 수색을 재개해야 한다.

그때 한종보의 귓가를 간질이는 아이의 목소리가 있었다.

"정말이라구요, 아저씨. 지금 어르신네 집에 가 있지만 분명 무림의 고수예요."

한종보는 그 소리에 걸음을 멈췄다.

이 작은 마을에 무림의 고수라니, 범상치 않은 일이다. 이런 마을에 찾아올 만한 사람은 없었다.

한종보가 가만히 손을 들었다. 이동 중이던 흑마대원들이 소리없이 멈췄다. 그들도 한종보가 들은 목소리를 들었다.

흑마대는 밀정들로 이루어진 부대다. 잠영대에 들지 못하는 실력이 좀 떨어지는 밀정들로 이루어진 부대였지만 그것은 어디까지나 잠영대에 비교했을 때였다. 객관적으로 흑마대는 수준급의 밀정들로 이루어졌으며 실전에서의 그 역할은 막중했다.

잠영대는 교에서 특급 기밀을 모으기 위해 특별히 만들어낸, 그야말로 최고의 밀정들을 키우는 부대였다.

혹마대원들 모두가 한종보가 들은 목소리를 들었다. 그들은 모두 한종보가 멈춘 이유를 알 수 있었다.

이런 마을에 무림의 고수라니 이상했다.

한종보가 아이의 목소리가 들린 곳으로 걸음을 옮겼다.

*　　　*　　　*

"허어. 밤이 너무 깊었네, 돌쇠 공자. 오늘은 근처에서 쉬어가는 것이 어떤가?"

무진 진인이 앞서 걷는 돌쇠에게 말했다. 뗏목을 타고 이동을 하다가 돌쇠가 어느 지점에서 강가로 올라왔다. 그리고 검집을 꺼냈다 넣었다 하면서 신중히 방향을 결정하고는 걸음을 옮겼다.

"아, 아닙니다. 이제 거의 다 와가요. 조금 더 서둘러야지요."

돌쇠는 갈수록 검집의 떨림이 심해지는 것을 느낄 수 있었다. 처음에는 왜 그러는지 알 수 없었지만 이제는 알 수 있었다. 형님이 있는 곳이 가까워지고 있는 것이다.

밤이 깊어 몸이 피곤할 텐데도 돌쇠의 걸음에는 힘이 넘쳤다. 자신이 큰스님께 부탁받은 것을 곧 이룰 수 있다는 것도 있었지만, 무엇보다도 일 년 만에 형님을 볼 수 있다는 것이 돌쇠를 즐겁게 해주었다.

또래보다 유난히 몸집이 크고 힘이 센 돌쇠였다. 반면 성격은 유순하기 그지없어 남을 해치지 못했다.

그런 덩치와 성격 때문이었을까? 돌쇠는 늘 또래 아이들의 놀림감이었다. 그런 돌쇠를 지켜주고 사심없이 대해준 사람이 환우다. 돌쇠에게는 유일한 친구이자 형님과 같은 존재인 것이다.

솔직히 환우가 중원으로 간다고 했을 때 섭섭했다. 그리고 중원으로 환우를 찾아가라는 큰스님의 밑을 들었을 때 두렵기도 했지만 기쁘기도 했다.

검집의 떨림이 요동을 친다고 해야 할 정도로 심한 것으로 보아 멀지 않은 곳에 형님이 있는 것이 분명했다.

돌쇠는 더욱 바삐 걸었다.

"허어. 거참."

무진 진인은 절레절레 고개를 흔들며 계속해서 걸었다. 대체 그가 만나러 가는 형님이라는 사람은 어떤 인물이기에 저런 열의를 보이는 것일까? 참으로 신기했다.

두 사람은 제법 큰 마을에 들어섰다.

"단강구로군."

무진 진인은 자신도 모르게 무당산의 근처에 왔음을 알 수 있었다. 이곳 단강구에서 무당산은 그리 멀리 떨어져 있지 않다. 무진 진인도 무당에 있을 때 가끔 오고 했던 곳이다. 단강구에서 보는 호수와 단강의 경치는 참으로 멋스러웠기에 가끔 푸른 물결이 보고 싶을 때면 오곤 했던 것이다.

"알고 계, 계신 곳이에요?"

"사문이 근처에 있다네."

돌쇠의 물음에 무진 진인이 답했다.

"그러고 보니 사문의 사람들은 다들 잘 있는지 궁금하군. 사문을 떠난 지도 제법 되었는데……."

무진 진인은 지금 무당에 어떤 평지풍파가 일었는지는 꿈에도 몰랐다.

"이곳은 제법 큰 마을이라네. 오늘은 이곳에서 쉬고 내일 아침에 출발하는 것이 어떻겠는가? 자네 벌써 며칠째 이렇게 걸었어. 그러다가 몸이라도 상하면 형님을 만났을 때 걱정만 끼칠 게야."

무진 진인의 말에 돌쇠는 고개를 저었다.

"아, 아니에요. 오늘 만날 수 있을 거예요. 그, 그러려면 계속 가야 해요."

돌쇠는 어둠이 내린 단강구를 그대로 걸어서 지나갔다. 무진 진인은 하는 수 없이 돌쇠의 뒤를 따라야 했다. 돌쇠의 몸을 생각해서라도 잠시 쉬어갔으면 하는 그의 바람은 돌쇠 본인에 의해 거부되었다.

무진 진인은 정말로 돌쇠가 걱정이었다. 가진 신력은 엄청났지만 그래도 보통 사람이다. 아무리 살펴도 돌쇠가 내공을 익힌 흔적은 없었다. 그렇다면 타고난 신력이 아무리 강해도 이런 가혹한 이동에 몸이 상할 수밖에 없다.

돌쇠가 익힌 무공의 특성을 알 리 없는 무진 진인으로서는 당연한 걱정이다.

돌쇠는 범어사에서 일 년간 있으면서 망화 스님에게 선무도를 배웠다. 그리고 선무도의 기본 심법은 천뢰무위공과 유사했다. 역시 단전을 만들지 않고 자연의 기운을 받아들여 바로 사용하는 심법이다.

그러니 중원의 무인인 무진 진인이 보기에 돌쇠는 무공을 익힌 흔적이 없는 것이다. 단전이 없으니 그렇게 생각하는 것이 당연했다.

"응?"

단강구를 벗어나 돌쇠의 뒤를 따르던 무진 진인의 감각에 많은 이들의 기척이 감지되었다.

무공을 익힌 무인들이 은밀히 움직이고 있었다. 이런 한가로운 곳에 갑자기 다수의 무인이라니, 이상했다. 게다가 훈련을 받은 이들인지 그 움직임이 지극히 절도있고 은밀했다.

무진 진인 정도의 경지에 이른 이가 아니면 쉽게 알아차리지는 못했을 것이다.

"돌쇠 공자."

"아, 알아요."

무진 진인이 돌쇠를 부르자 돌쇠는 걸음을 재촉하면서 대답했다.

"응? 무엇을 말인가?"

"저쪽에 사람들이 많이 있는 거 저, 저도 알아요."

돌쇠의 말에 무진 진인은 깜짝 놀랐다. 자신 정도의 고수도 조금 전에 알아차린 기척이다. 그런데 돌쇠 역시 그 기척을 알아차렸다니 놀라웠다. 아무리 봐도 무공을 익히지 않은 것 같은데 어찌 이 은밀한 기척을 알아차린단 말인가.

"나, 나하고는 상관없는 사람들이에요. 지, 지금은 형님을 찾는 것이 급, 급해요."

사실 아직 시일은 제법 남았다. 하지만 오늘 형님을 만나지 못하면 어디론가 훌쩍 떠나 버릴 것 같은 느낌이 들었다. 그래서 돌쇠는 더욱 서둘렀다.

"흐음."

무진 진인은 잠시 고민했다.

자신이 기척을 느낀 이들이 결코 좋은 사람들 같지는 않았다. 이런 밤에 은밀히 움직이는 이들이 좋은 목적으로 그럴 리는 없었다.

그렇다면 정파의 무인으로서 그들의 행동을 알아보고 만약 악한 것이라면 막아야 할지 아니면 자신의 호기심을 채우기 위해 계속 돌쇠를 따라가야 할지 고민이었던 것이다.

"저, 저도 저들의 느낌이 안 좋아요. 그, 그래도 조금만 더, 더 가면 형님을 만날 수 있을 것 같아요. 형, 형님을 만난 다음에 저들을 찾아도 늦, 늦지 않을 거예요.”

돌쇠 역시 은밀히 움직이는 이들에게서 나쁜 느낌을 받은 듯했다.

돌쇠의 말에 무진 진인은 결정을 내렸다. 알 수 없는 이 청년을 믿기로 했다.

일단 돌쇠를 따라가 돌쇠의 형님을 확인하고 저들을 조사해도 늦지는 않을 것이다.

무진 진인이 그렇게 결정한 데에는 그들에게서 살기가 느껴지지 않는다는 사실도 한몫했다.

*　　　*　　　*

“목소리가 아름답다 싶더니만 비명까지도 듣기 좋구나. 크흐흐.”

흑마대주 석도해는 단목휘경을 향해 다가가면서 중얼거렸다.

석도해는 자신이 이렇게 운이 좋을 것이라고는 생각지도 못했다. 벌써 며칠째 시체 한 구 찾느라 강가를 헤집었는지 모른다.

아무리 교의 명령이라지만 슬슬 지칠 때도 되었다. 그래서 그는 부대주인 한종보에게 총지휘를 맡기고 몇몇 수하만을 이끌고 작은 지류를 뒤지겠다며 이리로 왔던 것이다. 수색의 목적보다는 사실 쉬려는 목적이 더 컸다. 그래서 함께 온 다섯 수하는 자신이 죽으라고 하면 죽는 시늉까지 하는 심복들이었다.

대강대강 강가 주변을 둘러보면서 걷던 중이었다.

처음에는 희미하게 여인의 비명이 울리는 것 같았다. 너무 희미한 소리라 바람 소리를 잘못 들었겠거니 했다. 아니, 이 야밤에 인적이 없는 곳에서 여인의 비명이라니, 자신들이 너무 굶주렸구나 하는 생각까지도 했었다.

하지만 잠시 후 자신들이 잘못 들은 것이 아니라는 사실을 확인할 수 있었다.

조금 더 명확하게 여인의 목소리를 들을 수 있었던 것이다.

석도해는 그때 방향을 바꿨다.

바로 여인의 목소리가 들린 곳으로 향한 것이다. 걸음도 빨라졌다. 혹시라도 늦어서 여인이 사라져 버리면 낭패인 것이다.

그렇게 서둘러서 그들은 비명을 지른 여인을 확인할 수 있었다.

'대, 대박이다! 꿀꺽.'

여인의 모습을 확인하는 순간 석도해의 머리를 스친 생각이다. 아니, 그의 다섯 수하들 역시 마찬가지였다.

아름다웠다. 달빛에 비친 여인의 모습은 정말로 아름다웠다. 게다가 물에 흠뻑 젖어 옷이 몸에 착 달라붙은 그 모습은 참으로 요염했다.

사내라면 절로 음심을 일으킬 모습이었다.

이런 상황이라면 앞뒤 가릴 것 없었다. 차려진 밥상이라면 먹어야 했다.

당사자의 생각 따위는 상관없었다. 자신들이 차려진 밥상이라 생각하면 그뿐이었던 것이다.

석도해가 앞장서 천천히 단목휘경을 향해 다가갔다.

"오, 오지 마!"

비명을 지른 단목휘경이 깜짝 놀라서 외쳤다.

"호호호. 조금 전에는 썩 모습을 드러내라더니 지금은 그 무슨 섭섭한 말인가."

석도해가 음소를 흘리면서 말했다.

"저, 저리 꺼져!"

단목휘경이 뒷걸음질치면서 떨리는 목소리로 말했다.

"크크. 그래, 계집은 앙탈을 부려야 맞이지."

석도해의 두 눈은 더러운 욕망으로 번들거리고 있었다. 그 눈빛을 본 단목휘경은 속에서 구역질이 올라왔다.

"저리 가란 말야!!"

큰 소리로 외치면서 뒷걸음질치던 단목휘경이 그만 수풀에 걸려 넘어지고 말았다.

그 모습이 석도해 일행에게는 또 그렇게 요염할 수가 없었다. 그들의 눈이 붉게 충혈되었다. 욕망이 차 오를 대로 차 올라 터지기 직전의 눈이다.

툭.

그때 단목휘경의 허리춤에서 무언가가 떨어졌다.

단목휘경은 그것을 집었다.

'아.'

그것은 작은 가죽 장갑이었다. 앙증맞은 그녀의 손에 꼭 맞을 것 같은 작은 장갑.

그 장갑을 집는 순간 단목휘경은 몸을 부르르 떨었다.

그러고 보니 지금 이게 무슨 꼴사나운 모습이란 말인가. 환우를 꼬셔 비무를 하기 위해 연기하던 여인의 모습에 너무 몰입한 것 같았다.

자신은 이렇게 가녀린 여인이 아니었다.

장갑을 집는 순간 그 사실을 깨달았다. 오늘은 반드시 환우와 비무를 하겠다는 필승의 의지를 다지면서 준비해 온 장갑이 아니던가.

단목휘경은 그 사실을 깨닫는 순간 당차게 일어섰다.

"거기, 잠깐 기다려."

단목휘경의 말에 석도해가 멈춰 섰다. 갑자기 변한 그녀의 모습에 깜짝 놀란 것이다.

단목휘경의 눈이 표독스럽게 빛났다. 눈앞의 여섯 사람을 노려보면서 단목휘경은 얇은 가죽 장갑을 양손에 끼었다. 하얀색 장갑의 손등에는 벼락의 문양이 희미하게 그려져 있었다.

"네놈들, 내가 잠깐 놀랐다고 우습게본 모양인데, 실수했어."

"허."

단목휘경의 말에 석도해는 어이가 없었다.

조금 전까지 무서움에 벌벌 떨던 아름다운 여인은 어디 가고 저런 암고양이가 나타났단 말인가.

석도해가 멍하니 그녀를 보는 사이 그녀의 작은 주먹이 석도해의 얼굴로 날아들었다.

순식간에 몸을 날린 단목휘경의 일권이었다.

매서웠다.

여인이 펼친 것이라고는 믿기 어려운 주먹이다.

석도해는 재빨리 몸을 비틀어 옆으로 피했다. 하지만 또 다른 주먹이 날아들었다. 석도해는 뒷걸음질치면서 피했다.

피하면 피할수록 단목휘경의 주먹이 어지러이 날아든다. 기세를 타기 시작하자 그 흐름에 막힘이 없었다.

석도해의 뒤에 서 있던 다섯 수하는 그 모습을 멍하니 바라보았다.

공격당하고 있는 석도해는 어떤지 모르겠지만 그들의 눈에 비친 단목휘경은 아름다웠다.

달빛 아래서 물에 젖은 무복을 입고 권법을 펼치는 미녀라니.

그야말로 여신이 세상에 내려온 것 같았다.

그래서 그들은 자신들의 대장이 연신 뒤로 밀리고 있다는 사실도 잊은 채 입을 헤벌리고 단목휘경의 움직임을 감상하기에 여념이 없었다.

하지만 석도해는 죽을 맛이다.

주먹 하나하나가 강맹하고 패도적인 기운을 담고 있었다. 잘못 맞았다가는 제법 충격이 클 것 같았다. 게다가 이미 상대의 기세에 말려든 터라 피하기에 급급했다.

석도해는 자신의 검도 뽑지 못했다.

이럴 때 수하들이 알아서 도와준다면 참 좋으련만 무엇 때문인지 수하들은 움직임이 없었다.

"흥. 어디 한번 맛 좀 봐라!"

단목휘경의 장갑에서 빛이 나기 시작했다. 하얀 장갑에서 푸른 빛이 어리기 시작하더니 찌직 소리가 난다. 마치 작은 벼락이 장갑에서 이는 듯 작은 불빛이 팍팍 튀었다.

'뇌, 뇌기다!'

석도해는 그것이 그저 단순한 빛이 아님을 알 수 있었다.

'맞으면 정말로 큰일 난다!'

더 이상 여인이라고 경시할 수 없었다. 잘못하면 정말 낭패를 면키 어려울 것 같았다.

"까불지 마라!"

커다란 외침과 함께 검을 뽑았다. 검으로 상처를 입힐 수가

없어서 지금껏 그저 피해왔지만 이제는 그런 것을 따질 때가
아니었다.

횡.

날카로운 소리와 함께 석도해의 검이 단목휘경의 팔을 가
르고 지나간다.

단목휘경은 재빨리 뒤로 물러섰다.

"네년, 보자 보자 하니까 무서운 걸 모르고 설치는구나!"

단목휘경의 얼굴이 하얗게 질렸다.

진검을 처음 보는 그녀다. 잘못했으면 한쪽 팔을 베일 뻔했
다.

스르륵 내려가는 오른팔의 옷자락이 그것을 말해주고 있
었다. 참으로 아슬아슬하게 스쳐 옷자락만 잘리는 것으로 끝
이 났지만 아차 하는 순간 팔이 잘릴 뻔했다.

옷자락이 잘린 사이로 새하얀 그녀의 팔이 드러났다. 달빛
을 받은 그녀의 살은 더욱 사내의 가슴을 설레게 만들었다.

"흐흐. 왜? 칼을 보니 무서우냐?"

석도해는 단목휘경의 안색이 질려 있는 것을 놓치지 않았
다.

"네놈들! 대체 무얼 하고 있었나?"

일단 위기에서 벗어나자 석도해는 뒤를 돌아보며 호통을
쳤다. 지금 상황에서 단목휘경이 다시 달려들 것 같지도 않았
기 때문이다.

석도해의 호통에 다섯 수하는 찔끔했다.

넋을 놓고 저 여인의 움직임을 구경하고 있었다고 할 수는 없었다. 하지만 정말로 아름다웠다.

"어디 계속 재롱을 떨어보거라."

석도해가 미소를 지으며 단목휘경에게 말했다. 단목휘경의 얼굴에 긴장의 빛이 역력했다.

"무서운가 보구나. 그럼 내가 간다."

석도해가 한 발을 앞으로 내디디며 검을 내리그었다. 단목휘경은 몸을 비틀며 옆으로 피했다. 하지만 검은 꺾여서 단목휘경을 따라왔다. 단목휘경은 철판교의 수법으로 허리를 뒤로 젖혀 그 검을 피했다. 하지만 검은 다시 그녀의 가슴을 베어온다.

"파렴치한……."

단목휘경은 땅바닥을 굴렀다.

나려타곤을 펼친 것이다.

그녀의 얼굴이 붉게 물들었다.

게으른 당나귀가 바닥을 구른다는 나려타곤은 사용했다는 사실 자체가 수치가 되는 수법이다.

할아버지와 단둘이 사는 그녀지만 가끔 들르는 할아버지의 친우에게 그 이야기를 들었다. 그래서 수치로 붉게 물들어 있는 것이다.

"이이!"

자신이 나려타곤을 펼쳤다는 것을 참을 수 없었는지 서문휘경의 입에서 가는 신음 소리가 새어 나왔다.

그녀는 땅을 박찼다. 석도해를 향해 주먹을 뻗었다. 그녀의 장갑에서 나오는 작은 뇌전은 그 수가 더욱 늘어나 있었다.

"어림없다!"

다시 석도해의 검이 날아왔다. 단목휘경은 상체를 살짝 기울여 검을 피한 후 주먹으로 검던을 후려쳤다.

쩡.

그녀의 주먹에 맞은 검에서 소리가 울렸다.

"윽!"

석도해의 검을 쥔 손이 찌릿찌릿거렸다.

뇌기를 뿜어내는 권법이라니, 참으로 난감했다.

"어디 계속 막아봐!"

단목휘경의 주먹이 다시 검면으로 날아간다. 일단 상대의 손에서 검을 빼앗으려는 심산이다.

하지만 한 번 당한 수에 두 번 당하지는 않는다. 그렇게 호락호락하다면 석도해가 흑마대의 대주를 맡을 수 있을 리 없었다.

석도해의 검이 유려한 곡선을 그리며 단목휘경의 주먹을 요리조리 피했다. 그러면서 빈틈이 보이면 단목휘경의 몸을 베어갔다.

절대 찌르지 않고 베었다.

간간이 스치는 검에 단목휘경의 옷자락 여기저기가 베어져 벌어졌다. 그 사이로 뽀얀 그녀의 살결이 모습을 드러냈다.

석도해의 눈이 다시 붉게 충혈되었다.

"호호호."

그의 입에서 진득한 음소가 흘러나왔다.

"기분 나빠!"

큰 소리와 함께 단목휘경은 양 주먹을 휘돌리며 앞으로 뻗었다.

번쩍.

밝은 빛을 발하며 권기가 뻗어나갔다. 석도해는 깜짝 놀랐다. 그가 보기에 그녀는 아직 수준이 높지 않아 권기를 사용할 수 없었다. 그렇게 생각하고 상대하던 중 갑자기 권기가 자신을 덮치니 놀랄 수밖에 없었다.

게다가 보통 권기가 아니다.

작은 벼락 같은 권기다.

석도해는 급히 나려타곤을 펼쳐서 피했다. 무조건 피해야 한다고 직감이 말해줬다.

"훗! 어때?"

상대도 나려타곤을 펼쳤다는 것에 만족한 것일까? 단목휘경의 입가에 가는 미소가 걸렸다. 지금 자신의 처지도 까맣게 잊은 채로 말이다.

"벼락 같은 권기를 뿜는 권법이라……."

석도해는 어디선가 그런 권법에 관한 이야기를 들은 것 같았다. 가만히 기억을 더듬었다.

"뇌정권(雷精拳)이라는 권법이다, 이놈아!"

단목휘경이 의기양양하게 말했다.

"뇌정권!"

단목휘경의 말에 석도해는 깜짝 놀랐다.

뇌정권.

삼십 년 전 무림에 그 명성을 떨친 뇌진자(雷震子) 임원도의 독문무공이다.

마교가 활동은 하지 않았지만 무림의 정세에 대한 정보는 꾸준히 모았기에 알고 있었다.

십여 년 전에 갑자기 모습을 감춰 천하십대고수에 꼽히지는 않지만 능히 오성에 뒤지지 않는 경지의 무인이었다.

그런 뇌진자의 뇌정권이 어째서 이런 시골 마을의 여인의 주먹에서 다시 모습을 드러내는지 알 수 없는 일이었다.

"뇌진자 임원도와는 어떤 관계냐?"

석도해의 말이 조심스러워졌다. 어쩌면 근처에 임원도가 있을지도 모른다. 그렇다면 정말로 낭패다. 그들로서는 절대 감당할 수가 없었다.

"알 거 없어."

단목휘경이 당당한 얼굴로 말했다.

그녀의 대답에 석도해는 고민했다. 만약 임원도가 있다면 그들은 모두 죽은 목숨이다. 하지만 그렇지 않다면 석도해는 능히 저 여인을 제압할 수 있었다.

어떻게 해야 할까?

그냥 물러서자니 떡이 너무 컸다.

'가만.'

순간 석도해의 머리를 스치는 사실이 있었다.

단목휘경의 비명 소리는 정말로 컸다. 만약 근처에 임원도가 있었다면 그 정도의 고수가 그 비명 소리를 못 들었을 리 없었다. 만약 들었다면 벌써 그나 나타났어도 나타났으리라. 그렇지만 아무도 오지 않았다.

즉, 없다는 소리다.

"훗. 후후후. 크하하하! 그렇군, 그래, 임원도는 없어."

석도해가 크게 웃음을 터뜨렸다. 그의 말에 단목휘경의 얼굴이 살짝 굳었다.

"크크. 그럼 이렇게 질질 시간 끌 것 없지. 단숨에 끝내자고."

석도해의 기세가 변했다.

아무리 밀정들이 모인 흑마대의 대주이라지만 그도 마교의 인물. 나름대로 강한 실력을 지니고 있었다.

상대의 기세가 변하자 단목휘경은 긴장했다. 사실 조금 전의 그 뇌전권기가 그녀가 펼칠 수 있는 최고 수준이었다. 그런데 상대는 더욱 강한 기세를 뿌리니 난감했다.

'이 인간은 어디 가서 안 오는 거야! 이게 다 누구 때문인데!'

단목휘경은 이 자리에 없는 환우를 탓했다. 어서 오라고 커다랗게 비명도 질렀건만 아직도 나타나지를 않다니.

애초에 자신이 왜 이 늦은 시간에 이런 강가에 나왔는가. 모두 환우 때문이었다. 환우가 상대를 안 해주니 그를 유혹해 비무를 하기 위해서 이곳에 이렇게 나왔다 이런 꼴을 당하게 된 것이다. 모든 원망이 환우를 향했다.

쉭.

그때 석도해의 검이 빠르게 단목휘경을 베고 지나갔다. 그의 검이 벤 곳은 옆구리였다. 옆구리의 옷자락이 벌어지면서 그녀의 뽀얀 속살이 드러난다.

살에는 상처를 입히지 않고 정확히 옷자락만 베어냈다. 상당한 실력이다.

"이런 파렴치한 놈!"

"크크. 맞아."

마교의 마인에게 그런 말은 욕도 아니었다.

"이 빌어먹을 놈아! 왜 안 나타나!"

궁지에 몰리자 악에 받친 단목휘경이 큰 소리로 외쳤다.

"응? 누구를 찾는 거지? 크크, 임원도라면 없을 텐데."

석도해는 거대한 욕망 속에 빠져 머리가 굳어 있었다. 임원도가 없다는 것을 확인한 순간부터 단목휘경은 그저 먹음직한 먹이로 전락했기에 욕망에 몸을 맡긴 것이다. 만일 조금이라도 생각을 했다면 단목휘경이 임원도에게 감히 그런 식으로 말을 못할 것이라는 것을 알아차렸을 것이다.

즉, 지금 단목휘경이 찾는 인물은 임원도가 아니라는 것이다.

석도해가 이제는 욕정으로 번들거리는 눈으로 단목휘경의 몸을 찬찬히 살폈다. 이제는 어느 부분의 옷을 벨까 탐색하는 눈이었다.

"흐음. 임원도가 누구인지는 모르겠지만 없는 건 확실해. 하지만 신환우라면 여기 있는데 말이야."

그때 수풀을 헤치며 환우가 모습을 드러냈다.

"누, 누구냐!"

석도해가 깜짝 놀라서 외쳤다.

"말했잖아, 신환우라고."

환우가 석도해를 보며 빙긋 웃었다.

"오, 오라버니!"

환우의 모습을 확인한 단목휘경의 눈에 눈물이 핑 돌았다. 반가워서다. 위기의 순간에 이렇게 나타나 준 환우가 너무나 반가워서다.

"왜? 조금 전에는 빌어먹을 놈이라더니?"

"그, 그건……."

환우의 말에 단목휘경은 말문이 막혔다. 홧김에 한 말인데 그것을 들었을 줄이야…….

당황해하는 단목휘경을 보며 환우는 은근한 웃음을 지었다. 그리고는 석도해 쪽으로 몸을 돌렸다.

"제법 동생을 잘 괴롭혔어? 그럼 이젠 나하고 한번 놀아볼까?"

환우의 양손에 벽조목검이 들렸다.

『4권으로 이어집니다』

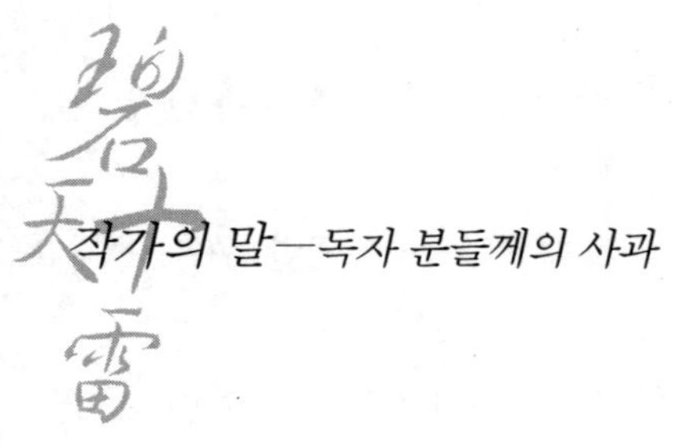

작가의 말—독자 분들께의 사과

안녕하세요.

신가입니다.

두 번의 판타지 소설 다음에 이렇게 무협 소설로 인사를 드리게 되네요.

1권에서도 없었던 작가의 말을 생뚱맞게 3권에 넣는 것은 나름대로의 이유가 있어서입니다.

제목에서 이미 짐작하신 분들도 있을지 모르겠습니다만, 제가 그만 1권에서 커다란 실수를 했네요.

글이 진행되는 와중에 설정의 변경이 있었는데요, 그만 그것을 1권 초반에 반영을 안 했습니다.

변경하는 과정에서 변경 전의 설정이 1권 초반에 있었는데 그만 탈고를 하면서 그 부분을 놓쳤고 그대로 출판이 되어버렸습니다.

알아차린 독자 분들도 계실 테고 미처 못 알아차린 분들도 계실 텐데요, 저의 실수로 인한 큰 잘못이니 이렇게 사과드립니다.

〈삼십대의 나이에 개방 방주의 위치에 있으며 그 무력 역시 매우 뛰어나 그는 우내오천의 바로 아래라는 구주십강(九州十强)의 한자리를 당당히 차지하고 있었다.〉

라는 문장입니다.

2권을 계속해서 읽어보신 분들은 아시겠지만 중원무림의 절대고수는 천하십대고수입니다. 우내오천과 구주십강이라는 말은 더 이상 안 나오지요. 네, 처음에는 우내오천과 구주십강으로 설정을 잡았다가 진행되는 과정에서 천하십대고수로 바뀌었습니다만… 그만 저 문장을 출판 전에 제가 놓쳤네요. 출판된 책을 읽다가 알았습니다. 정말 죄송합니다.

개방 방주 소천걸은 첫 설정에서는 구주십강에 드는 강자이지만 새 설정에서는 천하십대고수에는 들지 못합니다.

설정의 변경에서 일어난 일입니다.

독자 여러분들의 너그러운 이해를 부탁드립니다.

정말 죄송합니다.

그러면 앞으로도 벽천십뢰, 계속해서 재미있게 읽어주십시오.

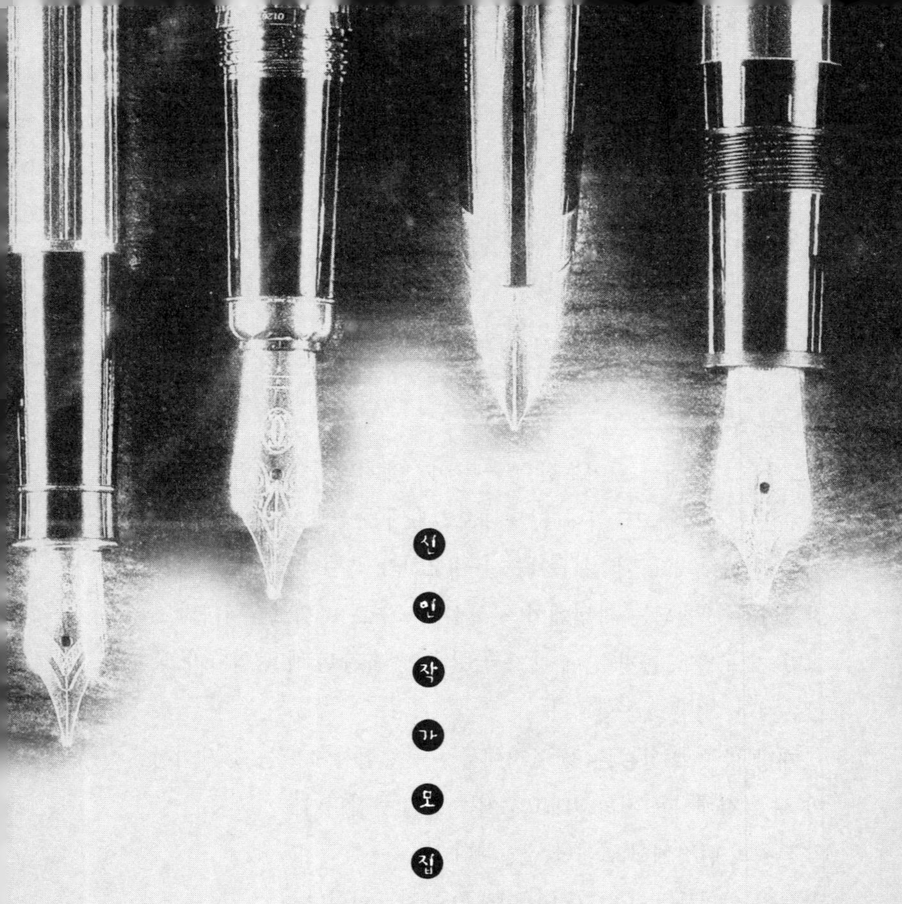